静夜思

조용한 밤에 생각에 잠기다

침상 앞의 밝은 달빛은
아마도 땅에 내린 서리인가
머리 들어 산마루의 달 바라보다가
머리 떨구고 고향 생각하노라

牀前明月光 疑是地上霜
擧頭望山月 低頭思故鄉

영웅 탄생 5

이동휘 新무협 판타지 소설

초판 1쇄 찍은 날 § 2005년 3월 10일
초판 1쇄 펴낸 날 § 2005년 3월 20일

지은이 § 이동휘
펴낸이 § 서경석

편집장 § 문혜영
편집책임 § 서지현
편집 § 장상수 · 유경화

펴낸곳 § 도서출판 청어람
등록번호 § 제1081-1-89호
등록일자 § 1999. 5. 31
어람번호 § 제2-0545호

주소 § 경기도 부천시 원미구 심곡1동 350-1 남성B/D 3F (우) 420-011
전화 § 032-656-4452 팩스 § 032-656-4453
http://www.chungeoram.com
E-mail § eoram99@chollian.net

ⓒ 이동휘, 2004

ISBN 89-5831-460-5 04810
ISBN 89-5831-265-3 (SET)

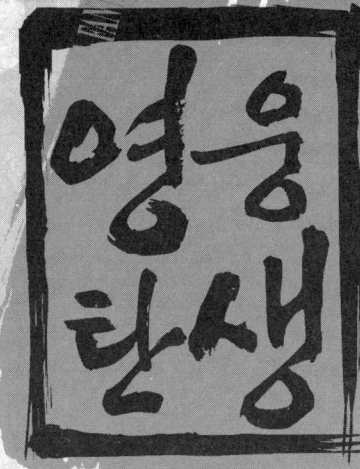

FANTASTIC ORIENTAL HEROES

영웅탄생

|영웅시련(英雄試鍊)|

5

이동휘 新구협판타지 소설

도서출판
청어람

■ 차례 ■

전편의 줄거리

섬서성 서안의 하릴없는 한량 맹정우는 밥이나 한 끼 얻어먹을까 하여 참가한 섬서 영웅대회에서 얼떨결에 우승자로 뽑히게 된다. 거기서 우승 상품으로 얻은 대환단과 어릴 적 아버지가 유품으로 준 팔성검에서 나온 무공으로 인해 뜻하지 않게 고수가 되어버린 그는 섬서영웅이라는 유명세와 거듭되는 행운으로 인해 졸지에 강호의 촉망받는 유망주가 되어버린다.

돈과 여자가 인생의 목표인 그는 유명세를 얻은 김에 강호에서 한몫 단단히 잡기로 결심한다.

어렸을 적부터 무림광인 그의 친구 방구병과 수수께끼의 노강호인 함토리는 강호 경험이 부족한 그를 도와주기도 하고, 때론 과욕을 부리는 그를 견제하기도 하며 그가 청년영웅으로 명성을 드날리는 데 일조한다.

강호사대미인을 얻으려 끊임없이 좌충우돌하던 맹정우는 위기에 빠진 일월문의 한영영을 구하러 형산으로 갔다가 의문의 지하 구조물 내부에서 강시 떼와 맞닥뜨린다.

맹정우는 행운과 잔머리, 기연으로 늘어난 실력 등등으로 강시 떼를 물리치고 한영영 일행을 구해 다시금 자신의 이름을 드높인다.

한편 이 강시들이 백 년 전 멸망한 마교의 수법을 쓰고 있다는 것을 간파한 무림맹은 이들을 제조한 마교 잔당을 소탕하기로 결심하고 맹정우에게 마교 잔당 추적대 대주의 직위를 맡긴다.

맹정우는 마교 잔당을 쫓을 생각보다는 한몫 잡으려는 속셈으로 값비싼 현상금이 걸린 사천의 사대난제를 푸는 데 추적대원들을 동원시킨다.

그러던 중 맹정우와 애증의 관계이던 사대미인 중 한 명인 은소예가 위기에 빠진 맹정우를 구하다가 크게 다치게 된다. 그녀를 살릴 방법을 강구하던 맹정우는 사천당가에서 현심단이란 영단으로 치료가 가능하다는 말을 듣게 된다.

현심단을 제조하기 위해서는 단약의 재료로 쓰이는 옥목환섬이라는 영물의 내단이 필요한데 내단의 주인은 거금 십만 냥을 내놓지 않으면 내단을 줄 수 없다고 억지를 부린다.

결국 십만 냥을 벌기 위해 사대난제 중 현상금이 가장 비싼 탕평촌의 이무기를 사냥하러 추적대가 출동하게 되는데 그곳에서 또 다른 사고가 벌어진다. 당금 강호의 최대 세력 중 하나인 철혈방이 추적대를 탕평촌민들과 철혈방 간의 밀염 거래를 방해하는 세력이라 오해하여 잡아가 버린 것이다.

마침 이무기로 추정되는 괴물(무영환혼신망)을 사냥하느라 추적대와 떨어져 있던 맹정우는 어렵사리 괴물을 퇴치하고 나온 후에야 추적대가 잡혀간 것을 알게 된다.

철혈방이 대원들을 어디로 잡아갔을까를 고민하던 그는 예전에 우연히 알게 된 철혈방의 비처 한곳을 기억해 내고 남은 대원들과 함께 그곳으로 달려가는데…….

제1장

영웅은 동료를 위하여
금전을 아끼지 않는다

　방구병은 침상에 누워 있는 은소예를 안타까운 눈으로 내려다보고 있었다.

　"차도는 좀 있습니까?"

　옆에 있던 당평이 대답했다.

　"지금은 독이 퍼지는 것을 침을 써서 막아놨기에 큰 문제는 없는 상태요. 다만 이런 상태가 지나치게 길어지면 좋지 않다는 것이지요. 앞으로 보름 안에 손을 쓰지 않으면 정말 좋지 않은 결과가 나올 수도 있소."

　잠든 은소예의 파리한 얼굴을 보며 방구병은 안타까운 마음을 금할 길이 없었다.

　은소예는 추적대의 여성 대원 가운데 그가 가장 친하게 지내는 여인이었다. 아미파의 대원들은 비구니란 특수한 신분 때문에 남자 대원들하고 말을 잘 안 하는 편이었고, 한영영은 은근히 콧대가 높아서 맹정우나 진소천 등 명문의 제자 외에 다른 일반 대원들하고 말 한마디 건네는 것을 본 적이 없었다. 반면 은소예는 형산에서부터 동고동락해 온 터라 상당히 정이 쌓인 편이었다.

걱정스레 은소예를 보던 방구병은 뭔가 결심한 듯한 얼굴로 말했다.

"알겠습니다. 당장이라도 내단을 구해와야겠군요."

"글쎄, 마음 같아서야 그러고 싶지만 돈을 구해오겠다던 맹 대주를 비롯한 추적대가 감감무소식이니⋯⋯."

당평이 답답하다는 표정으로 말했다.

"금액이 십만 냥이라고 하셨습니까?"

"그렇소. 말도 안 되는 금액이지요."

방구병은 품속을 뒤적이더니 전표 묶음을 꺼내 건넸다.

얼결에 받아 든 당평은 전표의 액수를 확인하고는 눈을 치떴다.

"이것은?"

"신용이 사천에서 으뜸인 만금전장의 일만 냥짜리 전표 열 장입니다. 굳이 현찰로 바꾸지 않고 그냥 건네도 될 겁니다."

당평은 놀란 얼굴로 물었다.

"이 큰돈이 대체 어디서 나셨소?"

방구병은 으쓱한 얼굴로 말했다.

"출처는 중요한 것이 아닙니다. 그 돈으로 사람 목숨을 살릴 수 있다는 게 중요한 것이지요. 걱정 마시고 당장 배금의에게 다녀오십시오."

당평은 얼떨떨한 얼굴로 전표를 들고 방을 나섰다.

방구병은 다시 은소예를 보며 중얼거렸다.

"정우 녀석, 돈돈 하긴 해도, 여자가 더 중요한가 보군. 십만 냥을 쓸 생각을 다 하다니… 시킨 대로 했으니 욕은 안 먹겠지?"

방구병은 당가에 도착하기 직전 맹정우가 비영각을 통해 보낸 전갈을 받아 보고는 깜짝 놀라고 말았다. 추적대의 귀환이 늦어져 한 달 기한을 넘길 듯하면 십만 냥을 당가에게 전달하여 배금의에게 내단을 사 올 것을 요청하라는 글이 써 있었기 때문이다.

그래서 방구병은 오는 길에 만금전장의 지부에 들러 맹정우 명의로 되어 있는 십만 냥을 찾아온 것이었다.

그가 가져온 십만 냥은 맹정우가 목숨보다 더 아끼는 돈인데 이 돈의 출처는 다름 아닌 왕추봉의 만금산장이었다. 원래 왕추봉이 만령진액을 구하면서 내걸었던 돈은 이만 냥 정도였다. 효능이 좋을 시 만 냥을 더 줄 수 있다는 식으로 외부에 공표를 했었다.

그런데 진액을 후도가 가져가면서부터 다른 종류의 포상액이 붙어 달렸다. 만령진액을 가져오려면 후도까지 처치해야 하고 후도를 공격하려면 그 휘하의 산왕채까지 해결해야 하기 때문에 그에 대한 살인 청부 금액이 더 가산된 것이었다.

그래서 만금산장의 총관이 혈각과 거래할 당시 청부 금액이 진액에 대한 포상액을 훨씬 웃도는 십만 냥이었고, 무정혈이랍시고 찾아온 맹정우에게도 그와 같은 액수를 제시했던 것이다. 맹정우와 방구병은 이게 웬 떡이냐 싶었고, 청부를 이행한 후 겉으로 드러난 포상액만을 함토리 등 추적대원들에게 보여주고 청부 금액 십만 냥은 둘이 꿀꺽 삼켜 버렸다.

둘은 십만 냥을 능력과 활약도, 그리고 주먹 강도를 기준으로 공평하게 나누어 맹정우가 팔, 방구병이 이를 먹었는데, 지금 방구병이 빼내온 십만 냥은 맹정우 몫 팔만에 진액에 대한 포상금 이만 냥을 더한 액수였다.

"최대한 귀환을 기다리다가 정 안 되겠다 싶을 때 넘기라고 써 있긴 했지만… 이 정도면 최대한 기다린 거 아냐? 은 소저 숨넘어가기 직전인데……."

방구병은 스스로의 행위가 정당했다는 것을 확인하려는 듯 중얼거렸다.

제2장
영웅은 흉계를 꾸미는 자의 의표를 찌른다

　사천의 도읍인 성도의 남문 밖으로 나서서 남쪽으로 오 리쯤 가다 보면 커다란 전각군이 하늘 높이 솟구쳐 있는 광경을 보게 된다. 웬만한 마을 크기의 부지에 빽빽히 세워진 건물들을 커다란 담장이 빙 둘러싸고 있는데, 담장의 높이는 오층 건물을 반 이상 가릴 정도로 높아 마치 성과 같은 고압적인 분위기를 자아낸다. 담장의 중앙부에는 마차 다섯 대는 한꺼번에 들어갈 만한 크기의 솟을대문이 있고 큰칼을 찬 정예 무사들이 눈을 부릅뜨고 대문을 지키고 서 있다.

　지나가는 길손으로 하여금 지방 왕부쯤 들어서 있는 것 같은 착각을 불러일으키게 하는 이 장소는 바로 사천 제일을 넘어서 천하제일패를 바라본다는 당금 강호의 최대 세력, 철혈방의 총단이다.

　솟을대문과 연결된 대로의 저편에서 먼지를 일으키며 마차 한 대가 달려왔다. 대문을 지키던 위사들은 마차를 알아본 듯 저지하려던 자세를 풀고 급히 대문을 열었다. 육중한 소리와 함께 커다란 대문이 좌우로 활짝 열려졌고, 마차는 달려오던 속도를 유지한 채 대문 안으로 들어섰다.

대문 안으로 들어선 후에도 건물과 건물 사이를 누비며 한참을 전진하던 마차는 마침내 건물군 맨 뒤편의 가장 큰 건물 앞에서 정지했다.

마차에서 내린 문사풍의 사내는 건물 안으로 부랴부랴 들어섰다.

건물 안에 들어서자 그를 기다리고 있었던 듯 무사 한 명이 서 있다가 그에게 서류 한 뭉치를 건넸고, 문사는 건물의 삼층까지 올라가는 짧은 시간 동안 서류를 재빨리 넘기며 눈으로 훑었다.

"흠, 이런……."

서류의 내용이 뭔가 아쉬운 듯 중얼거리던 문사는 삼층의 커다란 방문 앞에 이르러서야 서류에서 눈을 떼었다. 그리고 의관이 똑바로 되어 있는지 확인을 한 후 문을 두드렸다.

문이 천천히 열렸고, 문사가 들어가자 문은 다시 소리없이 닫혔다.

"방주님을 뵈옵니다."

문사는 지극히 공손한 자세로 방의 상단에 있는 태사의를 향해 부복했다.

태사의에는 사십대 후반에서 오십대 초반 정도로 보이는 중년인이 앉아 있었다. 젊은이 못지않은 건장한 체구에 짙은 눈썹, 호목에 굳게 다문 입매에서는 강렬한 위엄이 풍겨져 나왔다. 그는 검은색 일색의 아주 고급스러워 보이는 도포를 입고 있었는데, 좀처럼 보기 힘든 배색의 옷 모양새였으나 왠지 그에게는 더할 나위 없이 어울려 보였다.

이 중년인이 바로 당금 강호의 다섯 개의 별 중에 하나이며, 천하제일세의 지존을 노리고 있는 철혈도제 위지관천이었다.

위지관천은 부복하고 있는 문사, 철혈방의 두뇌이며 그의 오른팔로 꼽히고 있는 문상 제소운에게 말했다.

"먼 길 급히 오느라 수고했다."

제소운은 황공한 듯 머리를 더욱 조아렸다.

"아닙니다. 늦게 온 것 같아 송구합니다."

"탕평촌의 일 처리는 얼마나 이루어졌지?"

"시간이 없어서 괴물은 처리하지 못했습니다. 다만 우려했던 바와 같이 소문을 듣고 찾아온 어중이떠중이들이 있었기에 그놈들은 처리하고 왔습니다."

위지관천은 호기심 어린 눈빛으로 물었다.

"호오, 괴물이 정말 있긴 있었나?"

"그런 것 같습니다. 괴물이 있는 장소를 둘러싸고 있는 안개의 기운이 심상치 않더군요. 속하도 계속 남아 확인해 보고 싶었습니다만 급전을 받은지라……."

"그랬군. 잘 처리했다. 본 방과 별 상관도 없는 괴물보다는 소문을 듣고 오는 놈들을 처리하는 게 더 중요한 일이지. 놈들은 다 죽였나?"

"철검대가 거의 다 생포했습니다. 미약을 먼저 뿌려 중독을 시켰는데도 불구하고 제법 강한 놈들이어서 잡기가 힘들었습니다. 섭혼강시(攝魂殭屍)를 제조할 실험 재료로 쓰려고 마령지로 보냈습니다. 단순한 청부 단체라고 하기엔 실력이 너무 뛰어난지라 재료로 쓰기 전에 출신을 알아내라고 시켜놓고 왔습니다."

"좋아. 마령지의 강시 제조 상황은 어느 정도인가?"

"조만간 혈강시 백 구가 완성될 것입니다. 대계일 이전에 충분히 가동 가능한 수치입니다."

위지관천은 제소운의 일 처리가 만족스러운 듯 고개를 끄덕이며 말했다.

"급히 부른 까닭은 아냐?"

"올라오면서 보고받았습니다. 무적철권 임천도가 초연흠의 이차 비무 제의를 거절했다고요?"

"임천도가 그렇게 몸을 사릴 줄은 솔직히 몰랐다."

"그렇습니다. 속하의 예상이 보기 좋게 빗나갔군요. 칠 년 전의 첫 번째 대결이 자신의 패배라고 인정했기에 이번 대결을 학수고대했으리라 생각했는데……."

"대의명분을 중시하는 친구이니 개인적 승부에 대한 욕심보다는 대의를 좇았겠지."

위지관천의 말에 제소운은 맞장구를 쳤다.

"맞습니다. 그전부터 무림맹주 청천자에게서 계속 무림맹을 도와달라는 청탁을 받아왔으니까요. 이번에 섬서성에서 벌어진 무림맹 추적대의 궤멸이 그가 몸을 사리는 데 영향을 끼쳤을 것입니다. 조만간 무림맹에 있는 간자에게서 소식이 오겠습니다만 아마도 그가 속한 철권문은 섬서성 사건을 계기로 향후 무림맹에 적극적으로 협조할 가능성이 큽니다."

"섬서성에서 올린 개가가 마냥 좋은 것은 아니로군."

"그렇습니다. 완성된 혈강시의 위력을 확인하고 무림맹에 큰 타격을 가한 것만은 틀림없습니다만, 그로 인해 임천도를 새외로 끌어내어 암살하려던 계획은 시도 이전에 무산되고 말았습니다."

위지관천은 미간을 살짝 찌푸렸다.

"결국 칠패 중에 삼패는 무림맹 쪽으로 붙는 것인가?"

"그렇습니다. 창천보는 워낙 그쪽이었고, 철권문은 임천도가 문주는 아니라도 영향력이 절대적이니 그가 이번에 몸을 사린 계기가 무림맹의 요청 때문이라면 그곳 역시 무림맹 쪽에 붙을 거라 봐야지요. 쌍룡회는 형산의 일 때문에 그쪽에 붙겠지만 세력이 가장 약하여 크게 신경 쓸 곳은 아닙니다. 역시 문제는 일월문이지요."

"그놈의 마교가 항상 문제로군. 일월문과 초연흠 쪽은 아직 접촉이 없나?"

"서로 정통성을 주장하다가 연락이 끊어진 지 벌써 수년이 지났습니다. 그러나 저희의 대계가 실행에 옮겨질 때 그들이 무림맹에 붙을 가능성은 전혀 없다고 속하는 예상하고 있습니다."

"그래? 같은 교세라 해도 한 번 반목하기 시작하면 이교도보다 더욱 서로를 배척하는 것이 종교 집단의 특성 아닌가?"

"그렇긴 합니다. 그들이 이렇게 이를 갈며 추적대를 조직하고 마교 잔당을 색출하겠다고 날뛰는 우스운 작태를 펼치는 것도 형산에서 천강시를 만든 것이 초연흠 측이라고 생각했기 때문일 테니까요. 그러나 그들 역시 자신들의 출신에는 강한 집착을 갖고 있습니다. 마교의 정통 후예라는 자부심 하나만큼은 초연흠 측보다 더하면 더했지 못하지는 않을 것입니다. 마교 척살의 기세가 그렇게 등등했던 지난 백 년간 중원 한구석에서 신분을 숨긴 채 끝까지 생명력을 유지해 온 그들이니까요. 그런 만큼 정통을 다투고 있는 초연흠 측이 제아무리 미워도 마교를 부활시키겠다는 기치를 내걸고 중원 진입을 시도하는 그들을 최소한 방해는 하지 않을 것입니다. 그리고 싸움이 가열되고 팽팽한 국면이 유지된다면 그들 역시 칼을 뽑아 대계에 동참하지 않을 수 없을 거라는 게 속하의 예상입니다. 행여 가만히 있다가 초연흠 측이 승리해 버린다면 나중에 평교도들에게 비겁자라고 낙인 찍힐 수 있으니까요."

위지관천은 알겠다는 듯 고개를 끄덕였다.

"일월문이 호광성만이라도 확실히 잡아준다면 대계에 큰 도움이 되겠지. 마교의 성물만 모두 갖출 수 있다면 그들을 확실히 조종할 수 있을 텐데……. 마경은 아직 못 찾았나?"

제소운은 송구스러운 표정으로 대꾸했다.

"다른 두 개와는 달리 그것만은 행방이 묘연합니다. 조만간 제마령이 들어올 테니 그때가 되면 그것으로 마경의 위치를 알 수 있을 것입니다."

"건곤검으로는 추적이 안 되나?"

"세 가지 성물로 꼽히고는 있습니다만 건곤검은 두 성물과 조금 다릅니다. 마경과 제마령은 마교의 태동과 함께 존재해 왔고 제각각 놀라운 능력을 내포하고 있습니다만 건곤검의 경우 단순히 두 성물의 공능을 조절해 주는 법구 정도로 사용되는 듯합니다. 마교 역사를 살펴보면 건곤검은 다른 두 성물과는 달리 세월이 흐르면서 여러 차례 새로 만들어졌다고 하더군요. 이번 건곤검만 해도 백오십 년 전에 새로이 제작한 물건이라 하니까요."

제소운은 안심하라는 듯 말을 덧붙였다.

"어쨌든 섬서성의 소동으로 인해 대계가 한 달 남짓 당겨졌으니 화산파 습격 시기도 그만큼 빨라졌습니다. 섬서성 정복 후 화산에서 제마령을 얻은 뒤에 곧바로 마경을 찾는 작업을 시작하겠습니다. 마경만 얻을 수 있다면 무림맹과의 전면전 이전에 일월문을 끌어들일 수도 있을 겁니다."

"알겠다. 무림맹 쪽의 이간계는 어느 정도 진행되었나?"

"그 부분은 가장 완벽하다고 자부하고 있습니다. 이미 남궁, 황보, 모용세가가 포섭되었고, 조만간 당문까지 포섭할 계책이 세워져 있습니다. 삼대세가 출신의 무림맹 소속 다섯 장로가 대계일 보름 전에 맹주와 측근들의 비리를 폭로할 것입니다. 칠패에 밀리는 구파일방 속가의 이권을 수십 차례 뒤에서 챙겨주었다는 혐의가 만천하에 드러나면, 그 비리의 진위 논쟁으로 인해 무림맹은 크게 흔들릴 것입니다."

"혐의 증거는 제대로 만들어놨겠지?"

"물론입니다. 그 부분에 가장 만전을 기했습니다. 보름 후면 청천자는 역대 무림맹주 중에 가장 표리부동한 자로 낙인 찍힐 것입니다."

위지관천은 흡족한 미소를 지었다.

"좋아, 수고했다. 이제 더 이상 나다닐 것 없이 한 달 앞으로 다가온 대계에 만전을 기하도록."

"존명!"

깊이 읍을 한 후 제소운은 위지관천의 방에서 나왔다.

자신의 거처로 돌아온 그는 땀에 흠뻑 전 옷부터 갈아입었다. 철혈도제의 한쪽 팔로 꼽히는 그였으나 위지관천 앞에만 서면 항상 긴장을 풀지 못했다. 위지관천은 유능하고 공평무사한 주군이었으나 상벌이 지나치게 명확했다. 상을 줄 때는 아낌이 없는 반면 벌을 줄 때는 냉혹하기 짝이 없었다. 평생을 충성하고도 과실 하나로 인해 사지 하나가 끊어지는 정도는 예사였고, 목숨을 잃는 경우도 왕왕 있었다. 그런 그인지라 담력이 크다고 자부하는 제소운이지만 그 앞에 서면 항상 작아지고 긴장할 수밖에 없었다.

거처에서 한숨 돌린 제소운은 좀 전에 위지관천의 거처에서 잠시 보았던 직속 수하에게서 보고를 받기 시작했다.

수하는 정보부서에서 가져온 최근 무림의 동향을 기재한 보고서를 내밀었다. 제소운은 탕평촌에 신경을 쓰느라 보지 못했던 최근 한 달간의 보고서를 한꺼번에 받아서 읽기 시작했다.

"무상 휘하의 암중흔(暗中痕)이 실패했다고 합니다."

수하의 말에 보고서를 넘기던 제소운이 눈에 이채를 띠었다.

"그 유능한 친구가 웬일이지? 최근 무슨 활동을 하고 있었나?"

"흑월회를 맡고 있었습니다. 일검탈명 맹정우가 이끄는 추적대에 보기 좋게 당했다고 하더군요."

"호오, 그 일검탈명이 결국 무림맹에 들어갔나 보지? 그놈이 대단하긴 한가 보군. 암중흔 정도면 천하오성과 무상 외에 강호에서 대적할 자가 거의 없을 텐데?"

"그에 대한 보고는 그 다음 서류에 적혀 있습니다. 중요한 듯하니 그걸 먼저 보시죠."

제소운은 읽던 서류를 덮고 수하가 가리킨 서류를 집었다.

슥슥 종이를 넘기던 그는 한 부분에 이르러 눈을 크게 떴다.

"이런!"

그의 손에 들린 서류는 무림맹 추적대에서 활동하던 간자가 자신의 활동 상황을 보고한 서류였다. 제소운은 그 간자를 너무도 잘 알고 있었다. 왜냐하면 그 간자를 제소운 자신이 청성파에서 포섭해 왔기 때문이었다.

제소운은 서류에서 눈을 떼어 수하에게 호통을 쳤다.

"단엽이란 놈이 왜 이렇게 보고를 늦게 한 건가! 추적대에서 나왔으면 당장 나에게 알렸어야지!"

수하는 그의 급작스런 반응에 당황한 표정으로 대답했다.

"활동 내역 보고서는 달포 전에 도착했습니다만… 문상께서 그때는 섬서성과 탕평촌의 일 때문에 계속 외유하고 계셨던 터라… 맹정우가 추적대를 꾸리고 있다는 것이 중요한 정보이긴 하나 시급을 다투어 보고할 만한 안건은 아니라 생각하여……."

제소운은 탁자를 쾅 하고 내려쳤다.

"놈이 무림맹 추적대에 속해 있다는 것이 중요한 게 아니다! 우리가 잡은 무정혈이란 놈들이 바로 그 맹정우의 추적대였다는 것이 가장 큰 문제이지! 이런 중요한 사실을 이제야 알게 되다니!"

당황한 가운데서도 제소운의 머리가 빠르게 돌아갔다.

산에서 놈들을 생포할 적에 제법 무위가 뛰어난 몇 놈이 있었으나 소문으로 들은 맹정우 같지는 않았다. 분명 맹정우는 괴물을 잡으러 안개 낀 지역으로 들어가서 나오지 않았다는 그 몇 놈 중에 끼어 있었을 것이다. 진정 맹정우의 실력이 소문대로라면 산에 사는 괴물 따위에게 당하지는 않았을 것이고, 나중에라도 반드시 기어나올 것이다. 행여 놈이 자신의 동료를 잡아간 철검대를 따라나선다면?

'최악의 결과가 발생할 수 있다! 자칫 대계에 치명적이 될 수 있는!'

제소운은 벌떡 일어서서 수하에게 외쳤다.

"총단에서 가동할 수 있는 전력을 총동원시켜라! 당장 출동할 준비를 해야겠다!"

"어디로 말입니까?"

"탕평촌으로! 마령지(魔靈地)로 무정혈 놈들을 끌고 간 철검대에게도 전서구를 띄워라! 즉시 탕평촌으로 귀환하여 놓친 몇 놈을 마저 잡으라고! 무정혈의 정체는 둔갑한 무림맹 추적대였고, 잡히지 않는 놈들

중에 일검탈명 맹정우가 끼어 있을 거란 말이다!"

수하가 명을 받들러 뛰어가는 사이 제소운은 다시 의관을 갖추고 위지관천에게 이 긴급 상황을 보고하려 또다시 그의 거처로 향했다.

"자칫 놈을 놓쳤다가 행여 마령지까지 쫓아오기라도 하는 날에는 정말 큰일이다. 대계의 순간까지 마령지는 절대 노출이 되어서는 안 된다. 번천지계(翻天之計)의 실행까지 앞으로 한 달, 그 안에 맹정우란 놈을 반드시 잡아야 한다!"

제소운은 다짐하듯 중얼거렸다.

*   *   *

사천당가는 추적대에서 갈라져 온 선학자와 덕호가 가지고 온 소식으로 인해 벌집을 쑤셔놓은 듯 소란스러운 상태였다.

당가에 남아 있던 추적대원들은 탕평촌에 갔던 추적대원들이 붙잡혀 가고 맹정우 일행이 그들을 따라 중경으로 갔다는 소식을 듣고 모두 중경 북부로 출발할 채비를 갖추었다.

다만, 남아 있는 대원이 방구병과 청룡당 무사 몇 명뿐이었기 때문에 바로 출발하기는 어려웠다. 섬서성에 갔던 간담과 함토리가 곧 당가로 귀환할 예정이었기에 그들이 도착하는 즉시 함께 중경으로 출발하기로 대원들은 결정했다.

대원들과 함께 출발 준비를 하고 있는 방구병에게 당지연이 찾아왔다. 그녀는 방구병을 따로 불러 한 가지 부탁을 했다.

"방 공자, 저도 중경으로 함께 가겠어요."

"예? 상당히 위험할 텐데요."

방구병은 대갓집의 귀한 아가씨가 한바탕 전쟁을 치를지도 모르는 곳에 함께 가겠다고 하니 만류하는 자세를 취했다.

그러자 당지연은 싱긋 웃으며 말했다.

"방 공자도 가시는데 저라고 못 가겠어요? 제가 방 공자를 지켜 드리죠, 뭐."

방구병은 난감한 표정이 되었다. 사실 그의 무공이 너무 떨어지기 때문에 다른 대원들조차 그가 중경에 가는 것을 은근히 말리는 눈치였다. 그래서 속으로 열이 받던 차인데 당지연까지 불난 데 기름을 끼얹었다.

'참자, 여자에게 화를 내는 것은 소인배나 할 일이니.'

속으로 분을 삼킨 방구병은 억지로 웃으며 대꾸했다.

"당 소저가 저를 지켜주신다면야 그보다 더한 영광이 있겠습니까만, 우리가 가는 장소는 정말 위험합니다. 덕호에게 듣자 하니 사천제일세력이라 일컬어지는 철혈방의 용담호혈이라 하는데, 어쩌면 그 철혈방 놈들과 한바탕 드잡이질을 해야 할지도 모르는……."

그 순간, 당지연의 손이 움찔하는 듯하자 방구병은 오른쪽 어깨가 뜨끔함을 느꼈다.

"아얏!"

따끔한 부위에 손이 가보니 뭔가 가느다란 것이 어깨에 박혀 있는 것을 알 수 있었다.

"이게 뭐야, 침이잖아! 당 소저, 무슨 짓입니까!"

"빼지 말고 가만있어 보세요. 어깨가 시원하다는 느낌 안 들어요?"

화를 내며 어깨에 박힌 침을 빼려다가 당지연의 만류로 잠시 동작을 멈춘 방구병은 그녀의 말마따나 정말 어깨가 시원해진 느낌이 들었다.

"정말 그렇네! 무슨 수를 쓴 거죠?"

"방 공자의 오른 어깨가 항상 축 처져 있는 것을 보아하니 근육이 뭉쳐 있기 때문인 듯해서요. 어깨 혈도에 침을 던져 꽂아서 근육을 풀어준 거예요. 이제 제 실력을 아셨겠죠?"

방구병은 놀라움을 금치 못했다. 거리가 떨어진 상대에게 침을 던져 혈도에 꽂아 넣는 것만 해도 보통 어려운 일이 아닐진대, 깊지도 얕지도 않는 깊이로 꽂아야만 가능한 침술 치료까지 행했다는 것은 대단한 재주였다. 과연 당가의 여식이란 생각이 아니 들 수 없는 재간이었다.

"암기술 외에 용독술에서도 본 가에서 세 손가락 안에 꼽히는 게 저랍니다. 어때요, 방 공자? 저를 데려가 주신다면 위험한 상황에서 상당한 도움이 될 거예요."

방구병은 당지연이 뛰어난 재간을 갖추고 있다는 것을 알게 되자 갑자기 마음이 약해졌다.

그가 다른 대원들이 만류하는 데도 불구하고 중경에 가겠다고 고집하는 이유는 오직 경천객의 명예(?)를 실추시킬 수 없다는 자존심 하나 때문이었는데, 사실 자존심만 내세워 가기에는 목적지에서 그를 기다리고 있는 상황이 너무 위험했다. 강호칠패 중에서도 그 세가 으뜸이라는 철혈방과 그것도 그들의 본 영역인 사천 중경에서 일전을 치러야 할 상황이고 보니 목숨이 위험해지는 상황이 닥칠 수도 있었다. 평소 같으면 든든한 맹정우가 있어서 아무리 위험하다 해도 크게 걱정을 하지 않았지만 맹정우와 따로 떨어지고 나니 자신이 무척 약한 존재라는 것을 절실히 체감하고 있는 방구병이었다.

맹정우와 다시 합류하기 위해서라도 중경으로 꼭 가야겠다는 결심을 굳히고 있는 그였으나 상대가 상대이고, 반면 이쪽의 전력은 현재 최악인 상태라 몹시 겁이 났었다. 그러던 차에 홀연히 나타난 독공의 고수가 자신을 돌봐주겠다고 제의를 해오니 반가운 마음에 그녀의 제의를 덥석 물고 싶은 것이 그의 현재 심경이었다.

그러나 방구병을 항상 지탱해 주는 것은 오로지 천하제일의 영웅이 되겠다는 오기와 자존심이었다. 제아무리 독공의 고수라 해도 자기 또래의 처자가 돌봐주겠다고 하는 제안을 '옛, 감사합니다!' 하고 덥석 물을 수는 없는 법. 그는 속으로 땅을 치고 후회하면서도 과감히 그녀의 제안을 거절했다.

"당 소저, 이 방모를 홀로 사지로 나아갈 용기가 없어 여자 치마폭에 숨어버리는 소인배로 봤다면 그건 큰 오산이오."

뜻밖의 당찬 거절에 당지연은 잠시 당황한 표정을 지었지만 그녀는 곧 방구병이 거절하는 까닭을 알아차렸다. 그가 자신이 처음 얘기할 때 했던 '돌봐주겠다'는 말을 마음에 담아두고 있다는 것을 알아차린 당지연은 즉시 말을 덧붙였다.

"방 공자, 뭔가 오해를 하셨군요. 제가 방 공자를 돌봐주겠다고 한 것은 혹시라도 닥칠지 모르는 적의 독공에서 지켜주겠다는 말이랍니다. 그 대신 방 공자는 직접적인 무력을 쓰는 적에게서 저를 지켜주시면 되는 거죠. 그렇게 상부상조하자는 거예요. 저는 방 공자가 가장 든든해 보여서 그런 제안을 한 것인데……."

이 치켜 올려주는 말에 불끈거리던 방구병의 오기는 눈 녹듯 사라져 버렸다.

"아하, 그런 심오한 뜻이 있는 것을 제가 몰랐었군요! 상부상조라, 그거 멋진 말입니다! 제가 기꺼이 당 소저를 지켜 드리지요!"

"그럼요, 그럼 되는 거지요."

당지연은 쾌활하게 웃으며 고개를 끄덕였다. 그녀는 단순한 방구병이 마음에 드는 듯 그의 어깨를 치며 웃어댔다. 한참을 그러던 그녀는 아차 하는 표정으로 머리를 탁치며 말했다.

"아참, 내 정신 좀 봐. 둘째 숙부가 방 공자를 모셔오라고 했었는데, 지금 약재실로 좀 가주실래요?"

방구병이 약재실에 도착하자 당평이 그를 맞이했다.

"어서 오시게. 드디어 현심단을 완성했다네."

방구병에게서 십만 냥의 거금을 건네받은 그는 후다닥 배금의에게 달려가서 옥목환섬의 내단을 사 왔다. 그리고는 당가에 도착한 즉시 현심단의 제조에 들어갔는데, 닷새 만에 단약을 제조해 낸 것이다.

"이제 그것을 은 소저에게 투약하면 되겠군요."

"사실 그 문제 때문에 자네를 오라 한 것일세."

"왜요, 또 무슨 문제가 있습니까?"

"아니야, 문제가 있다기보다는 좀 더 나은 선택을 하는 것이 좋을 듯해서 말이야."

"……?"

"왜 자네도 알지 않은가. 선학자께서 일검탈명 맹 대주가 구한 무영환혼신망의 내단을 가져왔다는 거."

"예, 알고 있습니다."

"내단의 질을 따져 보면 그것이 옥목환섬보다 몇 곱절은 상품(上品)일세. 고로 그것으로 제조한 현심단의 효능이 훨씬 더 뛰어날 거란 얘기지."

"그렇습니까?"

"지금 은 소저의 상태는 썩 좋지 않네. 물론 현심단을 쓰면 살려낼 가능성이 높지만, 사람을 치료한다는 것은 언제나 최선의 방책을 써야 하네. 고로 이왕 쓸 약이라면 상품의 약재를 쓰는 것이 좋겠지."

"그럼 그 무영환혼신망의 내단으로 현심단을 만들어 은 소저에게 쓰고 싶다는 말씀이시군요?"

"그렇네."

"그래도 괜찮겠습니까? 은 소저를 한시라도 빨리 치료해야 하는 것으로 알고 있습니다만."

"시기적인 문제는 크게 신경 쓸 것 없네. 첫 번째 현심단을 만드는 데 쓰인 약재들이 다 구비되어 있으니 두 번째 현심단은 이틀 안에 만들어낼 수 있네. 은 소저의 상태가 좋지 않은 것은 사실이지만 치료를 이틀 정도 늦게 한다고 해도 큰 문제는 없네. 그보다는 보다 좋은 상질의 약재를 쓰는 게 더 중요한 관건이지."

방구병은 그 말을 듣고 고민하기 시작했다. 마음 같아서야 그러라고 하고 싶지만 지금 눈앞에 있는 이 단약은 물경 십만 냥이란 어마어마한 거금을 투자하여 만든 것이다. 맹정우와 그가 향후 강호 은퇴 뒤에 쓰기 위해 꿍쳐 놓은 사업 밑천까지 투자한 약재인데, 효능이 조금 떨어진다고 환자에게 쓰지도 않을 것이라면 이 얼마나 막심한 손해인가.

방구병은 머뭇거리며 말했다.

"저어… 그럼 이 단약은… 되팔 수 있는 것입니까?"

당평은 의아한 표정으로 되물었다.

"무슨 소린가, 그게?"

"아시다시피… 내단을 사는 데 워낙 거금이 들어가지 않았습니까. 어차피 쓰지도 못할 약재라면 원금 회수를 조금이라도 해야 제 목숨이… 아니, 금액 손실이 보전될 것이기에……."

"아아, 그 말이로군!"

당평은 그제야 알겠다는 듯 웃으며 말했다.

"그건 걱정하지 말게. 칠패나 삼대세가같이 재력 빵빵한 무림 단체에 '현심단을 팔겠소!' 한마디만 하면 돈을 달라는 대로 주겠다며 구름처럼 모여들 걸세. 되레 십만 냥보다 더 받을 수도 있을걸?"

그 말에 방구병은 눈을 크게 떴다.

"그렇습니까? 독을 해소하는 약재가 그렇게 비싼 값을 받을 수 있나요?"

"이 친구 당가의 제약술을 너무 우습게 보는군. 영물의 내단까지 들어간 단약이 설마 해독 작용밖에 없으리라 생각하는 건가? 들어간 재료에 따라 조금씩 차이가 있긴 하지만 이 현심단은 해독 작용 외에도 피시술자에게 엄청난 공능을 안겨주는 영약이네."

"엄청난 공능이라뇨? 설마……."

"제대로만 흡수할 수 있다면 막강한 내공력을 선사해 주지. 무영환혼신망의 내단 정도 되면 최소 일 갑자 이상, 이 옥목환섬의 내단으로 만든 단약만 해도 능히 오십 년 가까운 공력을 선사해 줄 걸세."

"오, 오십 년!"

방구병은 눈이 튀어나올 듯 놀랐다. 정말 현심단이 당평의 말과 같은 효능이 있다면 그의 말마따나 부르는 게 값일 것이다. 지금같이 재력이 풍부한 무림 단체들이 많아진 시점에서는 더 더욱 가치가 있는 약재임에 틀림이 없었다.

진위가 불투명한 만년하수오니 공청석유니 하는 것들보다는 사천당가라는 자타가 공인하는 실력자들이 만든 효능이 입증된 영약이 각광을 받을 것은 당연한 일이 아닌가.

생각이 거기까지 미친 방구병은 흡족한 미소를 지으며 고개를 끄덕였다.

"그럼 그렇게 하십시오. 무영환혼신망의 내단으로 현심단을 만들어 은 소저에게 투여하십시오. 저희야 오로지 은 소저의 완쾌가 가장 중요한 것이니까요."

"그래, 그럼 그리하겠네. 그럼 이것은 자네에게 주면 되겠군."

당평은 현심단이 담긴 목갑을 방구병에게 건넸다.

방구병은 설레이는 표정으로 그것을 받아 들었다.

약재실을 나와 자신의 처소로 돌아온 방구병은 다시금 현심단을 유심히 살폈다.

"이게 십만 냥짜리 내단으로 만든 약이라, 이거지."

가히 상상도 못할 거금으로 만들어진 단약이었고, 또 상상도 못할 가격으로 팔 수 있는 영약이었다.

사실 선학자가 무영환혼신망의 내단을 가져왔을 때 그는 겁이 덜컥 났다.

조금만 참았다가 돈을 내놓을 것을 괜히 은소예를 위한답시고 선뜻 전표를 건네어 굳이 사지 않아도 될 옥목환섬의 내단을 구입했기 때문에 십만 냥이라는 거금을 헛되이 쓴 것이 아닐까 싶어 전전긍긍했었다. 만일 맹정우가 이 사실을 알기라도 하면 그의 목이 남아나지 않을 것은 불문가지, 그로 인해 몹시 불안에 떨었지만 이제는 여유가 생겼다. 이 현심단만 팔면 그 이상의 돈을 받을 수가 있을 것이기에 그는 더 이상 불안하지 않았다.

방구병은 신주단지 모시듯 현심단을 소중히 챙겼다.

그는 현심단이 잘 있나 확인하려 목갑을 열고 안의 내용물을 살펴보았다. 목갑을 여니 그윽한 향내가 그의 코를 찔렀다. 목갑 안에는 검붉은 빛의 큼지막한 단약 하나가 은은한 광채를 내고 있었다.

그것을 행복한 눈으로 바라보던 방구병의 목에서 갑자기 군침이 꼴딱 넘어갔다.

"이걸 먹기만 하면 일 갑자 가까운 공력을 얻을 수 있다 이거지."

그 생각이 떠오르자 방구병은 계속 군침이 돌았다. 꿈에 그리던 무림고수가 될 수 있는 절호의 기회.

그러나 방구병은 억지로 그 욕망을 눌렀다. 물경 십만 냥을 호가하는 보물, 그것도 맹정우의 돈으로 바꿔야 할 보물이었다. 맹정우에게 죽고 싶지 않은 한, 결코 그 단약은 먹어서는 안 되는 것이었다.

방구병은 들끓는 욕망을 꼭꼭 억누르려 애썼지만 그의 손은 그의 생각에 따르지 않고 번번이 목갑으로 향했고, 맛있는 음식을 코앞에 둔 것도 아닌데 침은 계속 꼴딱꼴딱 목구멍 안으로 넘어갔다.

방구병은 참다참다 지친 표정으로 고개를 절레절레 저었다.

"도저히 안 되겠다. 함 노사 오면 당장 맡겨 버려야지. 이걸 계속 갖고 있다가는 아마도 미쳐 버릴 거야."

제3장

영웅은 단 한 수로 모든 상황을 정리한다

영웅은 단 한 수로 모든 상황을 정리했다

북으로 질주하던 맹정우 일행은 중경 근처까지 이르렀을 즈음, 대로에서 벗어나 중경으로 향하는 지름길로 들어섰다. 언덕배기로 난 외길을 막 넘을 무렵, 저 멀리에서 한 무리의 기마가 먼지구름을 일으키며 달려오는 것이 보였다.

"저놈들은!"

최운과 이비향이 먼저 그들의 정체를 알아보았다. 탕평촌에서 대원들을 잡아갔던 자들, 바로 철혈방의 문상 제소운 휘하의 철검대였다.

제소운은 맹정우 일행이 잡혀간 추적대의 자취를 쫓아 중경 북부의 마령지까지 가는 것을 경계하여 철검대를 다시 풀어낸 것이었다. 철검대로 하여금 맹정우들이 쫓아올 경로를 중도에 미리 차단하게 하여 마령지의 위치 발각을 원천 봉쇄하려는 속셈이었는데, 맹정우 일행의 행로가 워낙 기민했기에 탕평촌 근처에서 맞부딪치리라는 그의 예상과는 달리 중경과 매우 가까운 위치에서 두 집단이 마주치고 말았다.

"야단났군요. 여기는 이 길 하나뿐이라 어디로 피할 데도 없는데."

선두에 선 혜량이 걱정스러운 표정으로 말했다.

달려오는 기마는 삼십 기가량, 여섯 명이 맞서 싸우기에는 조금 버거워 보였다.

"대주님, 어떻게 할까요?"

이비향이 걱정스러운 표정으로 물었다.

잠시 생각에 잠겨 있던 맹정우가 입을 열었다.

"저놈들이 보통 몇 기씩 함께 행동하죠?"

다소 뜬금없는 질문이었지만 강호 정보에 능통한 이비향이 즉각 대답했다.

"철검대는 총 오백 기의 정에 철혈방 무사들로 구성되어 있어요. 탕평촌에서는 대략 이백 기 정도가 나타났었고, 따로 행동하는 최소 단위가 백 기인 것으로 알고 있어요."

"역시 그렇군. 저 삼십 기란 숫자가 조금 애매해. 적을 칠 병력으로 고려하기에는 기마의 수가 너무 적고, 전령으로 쓰이기에는 또 너무 많단 말이지. 저 많지도 적지도 않은 수가 갑자기 급하게 움직이는 이유가 뭘까?"

그제야 맹정우의 뜻을 알아차린 최운이 대꾸했다.

"네 말은 저놈들이 우리를 찾고 있는 거란 말이냐?"

맹정우는 고개를 끄덕였다.

"그래, 저놈들이 나타난 순간 우리를 찾고 있는 것 같다는 기분이 들었어. 아까 탕평촌에 나타났던 놈들이 이백 기 정도라고 했지? 탕평촌이 있는 남부에서 중경으로 가는 갈래길이 대로를 합하여 대략 여섯 군데 정도라고 알고 있어. 이백 기를 육으로 나누면 얼추 삼십여 기씩 짝지어지겠지. 우리가 지금 그 여섯 개의 길 중 하나로 들어섰으니 여기를 담당하는 놈들과 마주치게 된 걸 거고."

혜승이 의아한 표정으로 물었다.

"놈들이 대체 우리가 쫓아가고 있는 것을 어떻게 알았을까요?"

"아마도 탕평촌 놈들이 불었겠지."

"탕평촌민들은 몽땅 관가에 넘기지 않았습니까?"

혜승의 순진한 말에 맹정우는 피식 웃고 말았다.

"자네같이 세상 물정 모르는 친구들 말고는 대명의 법조 체계를 믿는 백성은 아무도 없네. 그놈들 아마도 관아에 넘긴 다음날쯤 모두 풀려났을걸. 그 현령의 지갑도 놈들이 풀려나면서 매우 두둑해졌을 것이고."

맹정우는 칼을 빼 들었다.

"놈들이 중경으로 가는 모든 갈림길을 차지하고 있는 것이라면 그 어느 길을 선택하든 어차피 마주칠 수밖에 없어. 속전속결로 뚫고 나간다!"

맹정우 일행은 다가오는 철검대를 피하지 않고 마주 달려갔다.

철검대도 맞은편의 한 무리가 자신들을 향해 돌격해 오는 것을 보고 심상치 않은 기세임을 감지한 듯 뛰는 속도에 더욱 박차를 가했다.

언덕배기를 질주해 내려오는 일행의 선두에 선 맹정우는 다가오는 철검대를 보며 아쉬운 듯 입맛을 다셨다.

'검광만암천을 여기서 시전하면 일격에 치명타를 가할 수 있을 텐데.'

지금 그들과 철검대가 있는 길은 폭이 그리 넓지 않고 양 옆에는 나

무들이 울창하게 들어서 있었다. 그래서 수가 많은 철검대는 삼 열 종대로 전진해 오고 있었다. 일직선으로 줄을 선 채 다가오고 있으니 검광만암천을 시전하면 직선거리의 두 줄 정도는 가볍게 날려 버릴 수 있을 듯했다.

그러나 그러기에는 사정이 여의치 않았다. 천신도와의 부조화 때문에 천신도로 검광만암천을 시전하면 혼절할 가능성이 높았다. 그는 그러한 약점을 해결해 보려고 오는 도중에 다른 장검을 구해 검광만암천을 한번 시전해 보았다. 그러자 공력을 다 끌어 모으기도 전에 장검이 산산조각나 버렸다. 최운에게 이유를 물으니 검기를 격발시키려면 그 강력한 기운을 견뎌낼 만한 보검이 있어야 가능하다는 대답이었다. 고로 팔성검이라도 되찾지 않는 한 검광만암천은 부작용이 있는 천신도로 시전할 수밖에 없다.

가뜩이나 수가 부족한데 자신까지 기절해 버리면 네 명의 대원이 무척 곤란해질 것이 분명했다. 게다가 흔들리는 마상인지라 검기 발출을 하기에도 좋은 여건은 아니다.

고민의 결론이 나지 않은 사이 어느새 철검대와의 거리가 바싹 좁혀졌다.

여섯 명의 추적대원에게 그나마 다행인 것은 길의 폭이 좁다는 것이었다.

지금 철검대는 삼 열로 늘어서서 달려오고 있었는데, 길의 좌우 폭이 좁아서 전투 시에도 사 열 넘게는 나란히 설 수 없을 듯했다. 고로 소수로 다수를 상대하기 딱 좋은 지형이었다.

추적대 중 기마술이 가장 뛰어난 최운이 선두에서 다가오는 철검대와 맞부딪쳤다. 최운은 선두에 있는 세 명에게로 말을 몰아 뛰어들었다. 단숨에 적의 예봉을 꺾어 이쪽의 사기를 올리고 적의 기세를 꺾으려는 심산이었다.

그가 예상보다 빠른 속도로 닥쳐 들자 세 명은 당황하며 검을 뽑았다. 순간 그들 속으로 뛰어든 최운의 검이 번쩍였다.

히히히힝!

세 명의 머리가 바닥으로 나뒹굴었고, 주인 잃은 세 마리의 말이 소리를 지르며 추적대를 지나쳐 달려나갔다.

창졸간에 일어난 격돌로 인해 상대가 엄청난 실력을 갖추고 있다는 것을 깨달은 철검대는 신중해졌다.

최운의 놀라운 무력시위로 사기가 꺾어질 만도 하건만 강호일패로 꼽히는 철혈방의 최정예로 구성된 철검대는 큰 동요를 하지 않았다.

철검대는 앞에서 계속 와보라며 손짓하는 최운을 무시하고 전진하던 발걸음을 뚝 멈췄다. 그러더니 수장의 구령에 맞추어 일제히 말안장에 한 손을 내려 뭔가를 집어 올렸다.

그들이 말안장에서 꺼낸 것은 길이 두 자 반쯤 되는 두 개의 막대였다. 둘 중 하나에는 창날이 붙어 있었는데, 가운데 홈을 끼워 맞추니 순식간에 다섯 자짜리 단창이 완성되었다.

수장의 지시가 다시 떨어지자 죽은 자들 바로 뒤의 네 기의 마필이 일제히 앞으로 나섰다. 좁은 폭의 길에 나란히 설 수 있는 최대한의 수로 정렬한 것이다. 그들은 단창을 꼬나 쥐고 추적대에게로 진격하기 시작했다.

최운의 일격으로 기세를 올린 추적대도 맹정우와 혜량을 제외한 네 기의 마필이 나란히 서서 다가오는 철검대에 맞섰다.

추적대는 자신감에 충만하여 다가오는 적에게 달려들었다. 지리적

이점으로 인해 소수로 다수를 상대하면서도 일 대 일 대결이 가능하게 되었으니 더할 나위 없이 유리한 상황이었다.

그러나 추적대의 예상은 한 번의 격돌로 여지없이 깨어지고 말았다.

철검대는 마상에서의 창술이 매우 익숙한 듯했다. 빠르게 진퇴를 반복하며 다가오는 추적대원들에게 단창을 날리니 단병을 든 추적대원들은 도통 공격을 할 수가 없었다.

단창이 창 중에는 비교적 짧은 길이였지만 추적대가 든 검과 도에 비해서는 훨씬 긴 장병이었다.

뛰어난 기마술과 장병의 이점이 결합하자 무서운 위력이 발휘되었다. 수시로 찔러 들어오는 단창에 추적대원들은 쩔쩔맸고, 상대의 기세에 밀려 조금씩 후퇴하기 시작했다.

보다 못한 최운이 검기를 날려 한 기를 쓰러뜨렸다. 그러나 쓰러진 기마 뒤의 다른 기마가 즉시 앞으로 나와 그 빈자리를 메우며 그를 공격했다.

최운이 검기상인의 수법을 다시 쓰고 혜공 등도 장풍을 날렸지만 처음 한 번 외에는 큰 효과가 없었다.

내공을 격발시키는 수법을 흔들리는 마상에서 쓰자니 정확도와 위력이 모두 떨어지는 데다가 적의 방비도 철저해져 검기나 장풍을 쓸라 치면 즉시 기마를 후퇴시켜 대원들의 기력만 소모하게 만들었다.

효율성이 떨어지고 기력이 빠지는 기법을 차륜전을 전개하는 적에게 계속 쓰는 것은 어리석은 짓이다. 결국 대처할 방법이 없어진 추적대원들은 단창의 공세에 밀려 조금씩 후퇴하기 시작했다.

"윽!"

그러던 중 혜승이 오른 어깨를 정통으로 찔려 대열에서 이탈했다.

그런데 그가 이탈한 자리를 메워야 할 맹정우는 앞으로 나설 생각은
하지 않고 물러서는 혜승에게로 다가갔다.

"이보게, 혜승."

"왜 그러십니까, 대주님."

"오른 어깨를 다쳐서 싸울 수가 없나? 조금만 더 시간을 끌어주면
좋겠는데."

혜승은 오른팔로 칼을 잡을 수가 없을 지경이었지만 억지로 고개를
끄덕였다.

"팔을 못 쓰면 다리를 쓰면 되지요. 제가 철각이라는 것을 잊으셨습
니까?"

"좋아, 그렇다면 다시 나가서 조금만 더 시간을 끌어주게. 난 뒤편으
로 가서 대기하고 있을 테니……."

맹정우는 그의 뒤에 대고 지시 사항을 속닥였다. 혜승은 알았다는
듯 고개를 끄덕였다.

맹정우는 말을 돌려 더 뒤로 물러섰고, 혜승은 앞으로 나가서 싸우
고 있는 대원들에게 맹정우의 지시를 알렸다.

"제가 놈들의 대열을 흐트러뜨리겠습니다. 그 순간 모두 일제히 뒤
로 물러서십시오."

대원들은 혜승의 부상이 걱정되어 만류하고 싶었지만, 찔러 들어오
는 단창을 막기도 바빠 대꾸할 여유가 없었다. 대주인 맹정우가 무슨
수를 강구한다 했으니 그대로 따를 수밖에.

대원들의 암묵적인 동의를 얻은 혜승은 말을 몰아 앞으로 치고 나갔
다. 그러자 전면의 네 개의 단창이 그를 향해 쏟아져 들어왔다.

"타앗!"

그는 날아오는 네 개의 단창에서 시선을 떼지 않으며 말안장을 박차고 붕 하늘로 날아올랐다.

전진하던 단창들이 하늘 높이 몸을 띄운 그를 따라 솟구쳐 올라왔다. 그는 자신을 쫓아오는 단창들을 보며 공중에서 두 다리를 쩍 벌린 채 몸을 회전시켰다. 선풍각을 시전한 것이었다.

회오리처럼 회전하는 그의 철각에 걸린 단창들은 수수깡처럼 부러져 버렸다.

일격에 적의 무기를 무력화시킨 그는 자신을 노리는 네 기마 중 하나에 뛰어내리며 철각으로 마상의 적의 머리를 찍어 눌렀다.

으직!

단창이 부러진 후 미처 다른 무기를 뽑지 못한 놈의 목이 꺾이며 말에서 떨어져 땅바닥으로 굴러 떨어졌다.

"아미타불—"

어쩔 수 없이 살계를 범한 것을 참회하는 독송을 중얼거린 혜승은 죽은 놈을 밀어내고 차지한 말의 안장을 다시 박차고 뛰어올랐다. 단창이 부러진 세 놈은 당황하며 칼을 꺼내고 있는 참이었다.

항마연환퇴의 일격이 두 번째 놈의 가슴에 작렬했다. 놈이 피를 쏟으며 말에서 굴러 떨어지는 찰나, 칼을 빼 들고 닥쳐 든 세 번째, 네 번째 놈이 말안장 위에 우뚝 선 혜승의 양다리를 노렸다.

혜승은 다가오는 칼을 피하지 않고 맞받아쳤다. 그의 두 철각이 쌍비각으로 솟구치며 날아오는 칼과 충돌했다.

깡!

육신과 쇠붙이가 부딪쳤건만 산산이 부서진 것은 쇠붙이로 만든 칼이었다. 칼을 부서뜨린 철각은 전진을 멈추지 않고 칼 임자들의 머리

통까지 부숴 버렸다.

혜승의 맹활약으로 순식간에 전위가 쑥대밭이 되어버리자 수장의 지시를 받은 뒤의 기마들이 단창을 꼬나 쥐고 달려들었다.

혜승은 달려드는 기마를 보고 뒤를 한 번 힐끗 본 후 몸을 날려 길옆의 나무에 붙어 달렸다.

뛰어난 신위를 보이던 그가 갑자기 옆으로 도망치자 의아한 표정을 짓던 철검대는 나머지 네 명의 추적대도 뒤로 후퇴하고 있다는 것을 알아차렸다.

네 명의 대원은 혜승이 전위로 나서서 소동을 일으키고 있는 사이 말을 돌려 뒤로 후퇴했다. 넷은 말에서 내려 자세를 취하고 있는 맹정우를 지나쳐 그의 뒤에 섰고, 맹정우는 혜승이 길옆으로 비켜선 것을 확인하며 정면을 향해 검결지로 태극을 그리기 시작했다.

한편 혜승에게 시선이 쏠려 있던 철검대는 그가 아예 숲 속 깊숙이 사라져 버리자 그를 포기하고 다시 진격하기 시작했다.

맹정우는 다가오는 철검대를 일별하고는 득의 어린 표정을 지으며 온몸의 기력을 오른손의 천신도로 집중시켰다.

천신도의 은빛 광채가 꿈틀거리기 시작하자 선두의 철검대는 이상한 낌새를 알아채고 말을 멈췄다. 그러나 맹정우와 그들 간의 거리는 이미 너무 가까워진 상태였다.

활처럼 당겨졌던 맹정우의 오른팔이 섬광처럼 쏘아져 나갔고, 은빛의 광채가 좁은 길을 온통 뒤덮으며 철검대를 덮쳤다.

검광만암천!

가공할 위력의 검광에 휩쓸리자 말과 사람의 비명이 뒤섞이며 철검대 진영은 아수라장이 되어버렸다.

철검대 진영의 중앙에서 달리던 기마는 검광에 휩쓸려 모두 날아가버렸고, 길 가운데에는 깊숙한 도랑이 패어 외길이 두 갈래길로 변해버렸다.

검광이 한바탕 쓸고 간 여파는 너무도 컸다. 맹정우의 일격으로 인해 철검대 삼십 기의 삼 분지 이가 섬멸되었고, 나머지 열 기 남짓한 자들도 막심한 피해를 입은 상태였다.

전의를 상실한 철검대는 말을 돌려 도망치려 했지만 재빨리 쫓아온 추적대원들이 그들을 그냥 도망치도록 놔두지 않았다.

최운과 이비향, 그리고 소림승들이 그들을 향해 달려나가는 것을 보며 맹정우는 길 위에 천천히 쓰러져 버렸다. 머리에 지독한 두통을 만드는 천신도의 사념이 공력을 소진한 그의 정신을 놓아버리게 만든 때문이었다.

제4장

영웅은 위기에 빠진 동료를
결코 외면하지 않는다

영웅은 위기에 빠진 동료를 결코 외면하지 않는다

품 안에는 꿈에 그리던 그녀가 안겨 있었다.

말로 형용할 수 없는 따뜻함이 가슴으로, 또한 전신으로 스며들었다. 그는 이 순간이 평생 지속되기를 간절히 기원했다.

그러나 그러한 행복감은 잠시, 멀리서 누군가가 부르는 목소리가 들려오자 품속의 새는 그를 벗어나 훌쩍 날아가기 시작했다.

"한 소저! 어딜 가는 거요!"

그의 애타는 부름도 들은 척 만 척하며 그녀는 목소리가 들려오는 곳을 향해 훨훨 날아갔다.

그는 그녀를 쫓아 미친 듯이 달렸다.

그러나 그의 발은 천근만근, 마치 깊은 모래 수렁에라도 빠진 듯 그의 뜻대로 전진할 수가 없었다.

거미줄 수백 겹에 칭칭 감긴 듯한 무거운 몸을 이끌고 열심히 나아간 그는 마침내 그녀를 다시 볼 수 있었다.

그녀는 그의 전면 오 장쯤 떨어진 곳에 있었는데, 그가 있는 곳과 그곳과는 배경의 색이 달랐다. 그녀가 있는 곳은 더없이 화사한 색조가, 그가 서 있는 곳은 암울한 색조가 만연해 있었다.

두 색조가 만나는 경계까지 나아간 그는 더 이상 전진할 수가 없었다. 제아무리 용을 써도 그녀에게 다가갈 수 없었다.

애처로이 손짓하는 그를 그녀는 재미있다는 듯 바라보고 있었다.

그러던 순간, 그의 눈이 찢어질 듯 부릅떠졌다.

그녀의 등 뒤에서 누군가가 나타나서 그녀를 꼭 껴안았던 것이다.

"너 이놈! 무슨 짓이냐!"

그의 입에서 벼락같은 호통이 터져 나왔지만 그의 앞에 선 둘은 전혀 그 소리가 들리지 않는 듯 내내 화사한 미소를 짓고 있었다.

나타난 자는 그녀를 안는 것에 그치지 않고 손을 뻗쳐 그녀의 가슴을 더듬기 시작했다. 그녀는 거부하기는커녕 더욱 진한 미소를 지으며 그자의 가슴에 안겼다.

그자는 그녀의 비단옷을 한 겹 한 겹 벗기기 시작했다. 곧 그녀의 눈부신 나신이 드러났고, 나타난 자는 그 나신을 음탕하게 주물렀다.

그 모든 광경을 코앞에서 똑똑히 보고 있던 그는 주체할 수 없는 분노와 광기에 사로잡혀 길길이 날뛰었다.

"네 이놈, 죽인다! 네놈을 반드시 죽여 버린다!"

그자는 그의 외침에 아랑곳하지 않고 그녀를 눕히더니 나신 위로 올라탔다. 그녀의 간드러진 신음성이 그의 귀에 파고들었다.

그는 나아가지 않는 손과 발을 미친 듯이 휘두르며 외쳤다.

"한 소저! 안 돼! 맹정우, 이놈! 우아아아아아!"

작은 등불만이 어슴푸레 빛을 발하고 있는 어두컴컴한 실내. 유리알처럼 딱딱한 두 쌍의 눈동자가 사지가 묶인 채 발광하고 있는 진소천을 무심히 바라보고 있었다.

눈동자들은 이리저리 돌아가며 진소천의 좌우를 살폈다. 진소천의 옆에는 그와 같은 상태로 묶여 있는 여러 명이 함께 있었다. 그들 역시 알 수 없는 소리를 크게 내지르며 발광하듯 몸을 뒤틀고 있었다.

"이놈들이 이번에 데려온 재료들 중 광혼 제련 단계의 성과가 가장 좋은 놈들입니다."

"몇 놈은 당장 실혼 제련 단계로 넘어가도 되겠군. 과연 문상이야. 어디서 이런 쓸 만한 재료들을 구해왔을까?"

"데려온 철검대 말로는 신흥 살수 단체라 하더군요."

"살수라기에는 근골이 너무 훌륭한걸. 명문정파 무인들이라 해도 곧이 믿을 정도야. 약을 좀 더 강하게 써서 최면 효과를 극대화시켜. 잘 하면 삼 일 내에 다음 단계로 넘어갈 수 있겠어."

"존명!"

잠시 후, 그들이 사라진 공간은 점점 어두워졌다. 불빛이 약해진 것이 아니라 공간을 채우고 있던 안개 같은 기운이 더욱 짙어졌기 때문이었다. 기운이 짙어질수록 묶인 자들의 광기 어린 비명 또한 더욱 높아져만 갔다.

*　　　　*　　　　*

맹정우 일행은 도망치는 철검대의 남은 인원들을 쫓아가 전멸시켰다. 그런 다음 기절한 맹정우가 깨어나기를 기다릴 새도 없이 그를 들쳐 업고 냅다 중경 북부를 향해 뛰어야만 했다. 철검대가 제 동료들의 전멸 사실을 알아차리고 쫓아올지 몰랐기 때문에 최대한 신속하게 이동하여 목적지까지 가야 하는 상황이었다.

결국 대원들은 그 이상 빠를 수 없을 정도로 이른 시각에 목적지에 도착했고, 오는 동안 깨어난 맹정우는 철혈방의 영지로 가는 넓은 벌판을 질러가지 않고 측면을 빙 돌아 장강 쪽으로 갈 것을 지시했다.

정면의 벌판으로 가면 시야가 훤히 트여 있었기 때문에 예전에 자신과 간담이 그랬듯 철혈방도들이 눈치챌 가능성이 높았다. 그렇기에 장강을 타고 영지의 뒤쪽으로 침투하려는 의도였다.

"영지 뒤쪽에 산이 있을 거야. 그쪽에도 당연히 감시조가 있겠지만 우리가 갈 때쯤에는 날이 어두워질 거다. 그럼 침입하기도 쉽겠지."

일행은 오는 도중 무림맹과 당가타에 지원군을 보내달라는 급전을 띄웠다. 그러나 그들이 보낼 구원군만을 마냥 기다리고 있을 수는 없었다. 우선 실험 재료로 쓰일 거라는 동료들의 안위가 불안했고, 또한 구원군이 아무리 많이 온다 해도 그들을 거느리고 함부로 들이닥칠 수 있는 상황이 아니었기 때문이다. 강호에서 단일 세력으로는 가장 강력한 힘을 가진 철혈방이었기에 이곳에 동료가 있다는 명확한 증거도 없이 그들을 내놓으라고 무작정 덤벼들 순 없었다.

결국 일행은 지원군을 기다리지 않고 먼저 건물군에 잠입하여 내부 사정을 캐내기로 마음을 먹었다.

일행이 멀리 상류로 돌아서 강변을 따라 다시 내려온 시각은 저녁을 지나 사위가 캄캄해질 무렵이었다. 맹정우의 말처럼 일행이 넘으려는 산의 뒤편에도 철혈방의 감시조가 있는 듯했다. 산 아래와 산속을 돌아다니는 등불이 몇 개 눈에 띄었다.

일행은 조심스럽게 이동하며 그 불빛들을 피해 산으로 들어섰다. 그리 높지 않은 산을 타고 넘으니 산 아래의 건물군이 내려다보였다.

건물군은 모두 다섯 개의 큰 건물로 이루어져 있었는데, 산 위에서 내려다보니 다섯 개 중 가장 큰 한 채는 산비탈을 깎아내고 그 깎아낸 터 위에 지어진 형태였다. 다른 건물에 비해 규모가 갑절 이상인 이 건물은 후면이 산속으로 깊이 파고들어 가 있었다.

일행은 자연스레 산과 가장 가까이 붙은 큰 건물로 향했다.

건물은 특이하게도 벽에 창문이 하나도 없었다. 산 아래 입구 쪽에는 수문장들이 여럿 지키고 있는 모습이 보였다.

"산비탈과 붙은 지붕 위로 올라가자."

맹정우의 말에 모두 고개를 끄덕였다.

일행은 건물에 근접하다가 걸음을 멈췄다. 지붕 근처에서 들려오는 미약한 호흡이 감지되었기 때문이다.

'매복조가 있군!'

일행은 호흡이 있는 곳을 감지하려 청력을 최대한 돋웠다.

지닌 바 공력이 뛰어난 혜공과 맹정우가 네 군데를 감지해 냈다. 일행은 네 조로 나뉘어 호흡이 있는 곳으로 살금살금 접근했다.

자신의 담당에게 근접한 맹정우는 자세를 낮추고 앉아 있는 놈의 뒷모습을 확인한 후 단지보를 시전하여 상대가 눈치챌 수 없을 정도로 빠르게 접근했다.

파팟!

마혈을 제압당한 놈은 소리없이 쓰러졌다.

다른 세 곳도 다행히 동시에 처리되었다. 쓰러진 매복자들을 한데 모은 일행은 아침까지 발견되지 못하도록 조치를 취해놓고 지붕에 올라갔다.

건물이 산비탈에 폭 싸인 형태인지라 지붕 위로 올라서기는 그리 어렵지 않았다.

지붕의 앞쪽은 기와로 덮여 있었다.

기와를 들어내고 지붕널 몇 개를 소리없이 잘라낸 후 여섯 명이 차례차례 대들보로 내려서자 길게 뻗은 복도가 나타났다. 군데군데 등불이 걸려 있긴 했으나 불빛이 미약해 맞은편 벽 쪽은 어둠에 잠겨 있었다.

일행은 바닥으로 내려가지 않고 대들보 위를 조심스레 이동했다. 근처에 있을지 모를 적을 대비한 행동이었다.

대들보 위로 전진하던 일행은 아래층으로 내려가는 계단이 있는 곳까지 가서는 밑으로 착지했다. 계단을 조심스레 내려가니 아래층이 나왔다.

아래층으로 내려가니 맨 위층과 대동소이한 구조가 나왔지만 다른 것이 하나 있었다. 계단 바로 옆에 붙은, 산 쪽 방향의 벽에 난 문이었다.

"이 벽 뒤는 산일 텐데 문이 있네?"

최운이 문으로 다가가 가만히 문에 귀를 대었다. 내부에 인기척이 없음을 확인한 그는 조심스레 문을 열었다.

문 안쪽에는 예상 밖의 광경이 펼쳐져 있었다. 갱도처럼 뻥 뚫린 동굴이 입을 벌리고 있었던 것이다.

"형산의 강시 굴과 비슷한 형태로군."

맹정우의 말에 혜공이 고개를 끄덕였다.

"그렇군요. 어쩌면 정말 제대로 찾아온 것인지도 모르겠습니다."

그때 뒤쪽에서 인기척이 들려왔다.

일행은 재빨리 동굴 안으로 들어가서 열었던 문을 닫고 구석으로 몸을 숨겼다.

복도를 누군가가 걸어오는 소리가 들리고, 잠시 후 일행이 닫았던 동굴 문이 천천히 열렸다.

문안으로 들어온 것은 두 명의 복면인이었다. 작은 복면으로 입과 코를 가린 둘은 동굴 안쪽으로 걸어 들어가며 대화하기 시작했다.

"어제 왜 그런 거지?"

"뭐가?"

"철검대 말일세. 대계 실행일까지 여기서 대기한다더니 어제저녁에 모두 무장을 갖추고서 다급히 떠나더라고. 어딜 가냐고 물었더니 왔던 곳으로 도로 간다고만 하던데."

"내가 듣기로는 이번 재료들을 잡아왔던 곳의 뒤처리가 깔끔하지 못했다고 하더군. 그래서 남은 놈들을 마저 처리하려고 나간 모양이야."

"철두철미한 문상이 웬일이지? 대계가 코앞이라 모두 다 정신이 없나 보군."

복면인들은 여러 갈래로 뻗은 갱도의 한 갈래 내리막길로 들어섰다. 한참을 내려가 건물 지하쯤으로 예상되는 위치에 들어서자 직선 통로가 이어졌다.

한참을 직진한 두 사람이 도착한 곳은 거대한 지하 공간이었다.

단순히 동굴이라고 불리기에는 너무도 큰, 산의 내부가 몽땅 공동화(空洞化)된 듯한 모양새였다.

한없이 뻗어나가는 듯 보이는 지하 공간의 천장과는 달리, 지하 공간의 바닥은 불과 십 장을 채 못가서 끊어져 있었다. 끊어진 밑으로는 깎아지른 듯한 절벽이 지하를 향해 깊게 패어 있었고, 그 아래쪽은 어둠에 잠겨 바닥이 보이지 않았다.

복면인들은 절벽 바로 앞에 도달했다. 절벽의 전방 역시 아래쪽처럼 칠흑 같은 어둠에 잠겨 있었다. 절벽 저 너머에 뭐가 있는지조차 알 수 없을 정도였다.

절벽 가장자리까지 간 둘은 바닥에 주저앉더니 바닥의 무언가를 조물락거렸다. 그러자 전방이 서서히 환해지기 시작했다.

놀랍게도 거대 공간의 높다란 천장 위에서 수백 개의 야명주가 모습을 드러냈다. 야명주들은 균일하게 천장 벽에 박혀 있었는데, 벽 안쪽에 가려져 있다가 둘이 기관을 조종하자 모습을 드러낸 듯했다.

야명주로 인해 어느 정도 시야가 확보되자 전방의 사물이 서서히 식별되기 시작했다. 절벽 건너 삼십 장쯤 떨어진 거리에 위치한 건너편 절벽이 보였고, 그 뒤로 공간이 계속 이어지고 있었다. 야명주의 빛은 절벽 건너편까지 환히 비치었다. 건너편 절벽 뒤로는 지하 공간이 계속 이어지고 있었고, 이편 절벽과 건너편 사이에는 바닥이 보이지 않는 계곡이 입을 벌리고 있었다. 계곡의 폭은 대략 삼십 장 정도였다.

건너편의 상황을 확인한 둘은 다시 바닥의 조종 장치를 조물락거렸다.

두두두두두두—

기관이 돌아가는 우렁찬 소리가 지하 공간을 울렸다.

소리와 함께 둘의 바로 앞 절벽의 일부분이 서서히 앞으로 나아가기 시작했다. 그와 동시에 맞은편 절벽에서도 이쪽과 같은 폭의 네모진 바위가 튀어나와 천천히 다가오고 있었다.

나아가고 다가오던 두 바위는 마침내 절벽의 중간 부분에서 만났다. 절벽과 절벽을 이어주는 석교가 만들어진 것이다.

복면인들은 다리가 완성된 것을 확인한 후 천천히 석교를 건너기 시작했다.

석교는 폭이 넓고 튼튼해 보였지만 두 명은 매우 조심스러운 몸짓으로 다리를 건넜다.

다리를 건너던 중 한 사람이 흘끔 아래를 내려다보며 말했다.

"여길 지나갈 때마다 느끼는 거지만 꼭 바닥이 없는 무저갱 같단 말이야."

"칠혼이 실험을 해봤다잖아. 다리 위에서 큰 돌멩이를 하나 떨어뜨렸는데 일각이 지나도록 땅에 떨어지는 소리가 들리지 않았다고."

"그럼 일각이 넘게 떨어졌단 말인가?"

"글쎄, 아마도 그전에 떨어졌겠지만 하도 깊어서 소리가 위까지 못 올라왔겠지."

둘은 다리를 건너 건너편으로 넘어간 후, 다리는 그대로 놔두고 야명주만 거두어 빛을 차단해 버렸다.

복면인들이 지나가고 잠시 후, 그들의 뒤를 이어 다리를 건너는 몇 개의 그림자가 있었다. 맹정우 일행이 소리없이 그 둘의 뒤를 미행하고 있었다.

앞서 가는 복면인들은 절벽 뒤로 이어진 거대 공간을 계속 걸었다. 공간은 조금씩 폭과 높이가 낮아졌고, 한참을 더 걸어간 두 명이 도달한 공간의 끝에는 정교하게 구축된 지하 광장이 나왔다.

이제까지 이어져 오던 거대 공간은 자연적인 동굴의 모습을 띠고 있는 데 반해, 반원형의 형상을 띤 커다란 지하 광장은 바닥부터 천장까지 벽돌로 짜임새있게 건축되어 있었다.

특이하게도 광장의 중앙 부근에는 무수한 숫자의 관이 널려 있었다. 어둠에 잠긴 공간에 가득 널려 있는 관들은 <u>으스스</u>한 느낌을 주기 충분했으나 복면인들은 별로 그것을 의식하지 않는 듯 여유로운 걸음걸이로 광장을 지나쳤다.

둘은 어둠에 감싸인 광장을 가로질러 한 켠에 난 통로로 다시 들어섰다. 갱도를 연상시키는 좁은 통로들은 미로처럼 얽혀 있었다. 여러 갈래길을 이리저리 헤쳐 나간 둘은 한 복도에 다다랐다.

복도에 들어서자 기이한 향내가 진하게 풍겨왔다. 아까부터 복면인들의 뒤를 소리없이 따라가고 있는 맹정우 일행이 코를 막아야 할 정도로 진한 향내였지만 눈 아래쪽으로 복면을 착용하고 있는 둘은 그 때문인지 냄새에 자극받지 않는 듯한 모습이었다.

복도를 계속 전진하자 어디선가 비명 소리가 들려왔다.

극악한 고문을 받고 있는 듯한 처절한 울부짖음이었다.

복면인들은 그 비명을 따라 계속 걷더니 마침내 비명이 새어 나오고 있는 듯한 돌문 앞에 멈춰 섰다.

돌문을 천천히 열어젖히니 문에 막혀 있던 비명성들이 봇물처럼 터져 나왔다.

"우아아이아아악!"

"이러지 마! 다가오지 마! 제발!"

"사람 살려— 으허어어어엉—"

통곡과 비명이 가득 찬 공간 안으로 들어서면서도 두 복면인은 눈하나 깜짝하지 않았다.

들어선 복면인들은 문 옆의 삐죽 튀어나온 벽돌 몇 개를 이리저리 눌렀다.

구구구궁!

기관이 돌아가는 소리와 함께 방 안 가득하던 연기가 천장으로 서서히 빠져나가기 시작했다. 연기가 빠져나감에 따라 점차 비명 소리들도 잦아지기 시작했다.

연기가 다 빠져나간 방 안에는 사지가 포박된 열두 명의 사내가 벽에 기댄 채 축 늘어져 있었다.

연기가 빠져나간 것을 확인한 복면인들은 복면을 벗었다.

"휴, 이제 좀 살 것 같군."

"마라연(魔羅煙)이 독하긴 독해. 방독면을 뚫고 들어오는 걸 보니. 여기 한 번 들어오면 머리가 어지럽다니까."

"조심하라고. 이놈들처럼 적응기를 거치지 않고 맨 정신에 들이키면 뇌가 죽어버릴 수도 있으니까."

"이 친구 겁주기는… 그렇게 되려면 연기에 최소한 다섯 시진은 노출되어야 할 걸세."

둘은 대화하며 늘어진 사내들의 눈동자를 하나하나 까뒤집었다.

"흠, 한 절반은 중기로 들어섰는데."

"좋아. 이틀만 더 지나면 전원 중기로 들어서고, 진도가 빠른 두 놈은 실혼 제련 단계로 넘어가도 되겠어."

둘은 복면을 다시 착용하고는 문 앞으로 가서 아까 만졌던 기관 장치를 조물락거렸다. 그러자 천장에서 다시 연기가 흘러나왔다. 축 늘어져 있던 사내들은 연기가 코로 들어오자 다시금 발광하기 시작했다.

"됐어, 이제 나가자고."

둘은 문을 열고 밖으로 나왔다. 그런데 밖에는 그들을 기다리는 손님이 있었다.

두 명의 복면인은 맹정우들에게 흠씬 두들겨 맞은 뒤 다시 방 안으로 들어가야 했다. 둘은 맹정우들의 협박을 받으며 기관을 조작하여 연기를 빼내고는 묶인 사내들을 모두 풀어주었다.

묶여 있던 사내들은 진소천을 포함한 열두 명의 추적대원이었다.

최운이 복면인들의 목에 검을 들이대고 으르렁거렸다.

"아까 네놈들이 하던 말 똑똑히 다 들었다. 저 방에 가득 찬 냄새가 보통 위험한 향이 아닌가 보더군. 묻는 말에 순순히 대답하지 않으면 그 복면뿐 아니라 옷까지 발가벗긴 후 방 안에 처넣고 문을 잠그겠다. 그러면 다섯 시진 후 상황이 어떻게 될지는 너희들이 더 잘 알겠지?"

두 복면인은 새파랗게 질렸다. 마라연의 효과가 얼마만큼 위력적인지는 최운의 말마따나 그들이 훨씬 더 잘 알고 있었다. 겁에 질린 둘은 묻는 말에 순순히 대답하겠다며 일행에게 굴복했다.

"좋아, 너희는 이들 외에도 우리의 많은 동료를 잡아왔다. 나머지 동료들은 어디에 가뒀나?"

"여기서 우리가 왔던 길로 올라가면 커다란 공간이 나오게 되오. 그곳이 지하 광장인데, 그곳의 맞은편에 난 통로로 가서 한 층 밑으로 내려가면 지하 뇌옥이 나오게 되오. 거기에 광혼 단계로 나중에 올 몇 명이 가둬져 있는 것으로 아오."

"몇 명? 잡힌 대원이 사십 명인데 몇 명뿐이라고?"

"섭혼강시(攝魂殭屍)가 될 가망성이 없는 자들은 모두 죽임을 당했소."

"뭣이!"

최운의 눈에서 불똥이 튀었다.

"대체 몇 명을 죽였다는 게냐!"

"열댓 명가량……."

"이놈들……."

최운은 분노에 몸을 떨며 검에 손을 대었다. 곁에 있던 이비향이 다급히 그의 손을 잡았다.

"진정해요. 이놈들에게 아직 얻어야 할 것이 있어요."

이비향 역시 아미파의 현진, 현선의 안위가 걱정되었으나 그녀는 최운보다 머리가 좀 더 차가웠다.

이비향은 두 복면인을 쏘아보며 물었다.

"다른 것을 묻겠다. 너희들의 정체는 뭐냐?"

"우리는 귀령곡인들이오."

'역시 그렇군.'

맹정우와 혜공이 예상한 대로였다. 과연 이놈들은 형산에서 강시를 제조하던 놈들과 한패였다.

"귀령곡인이 왜 철혈방과 같이 있는 거지?"

"그건 우리가 그들에게 굴복되었기 때문이오."

"굴복? 그럼 너희는 지금 철혈방의 하수인이 되어 있다는 말이냐?"

"그렇소. 그래서 그들의 요청에 따라 본 곡 비전의 강시 제조술을 쓰고 있는 거요."

"본 곡 비전이라? 마교 비전이 아니고?"

복면인은 억울하다는 듯 대꾸했다.

"이영이 부리는 천강시는 본 곡의 제조술로 만든 것이 아니오. 게다가 천강시도 마교의 수법은 아니와다. 다만 강시의 재료로 쓰이는 것이 백 년 전 무너진 마교 고수의 시체일 뿐이오. 생전의 무공 수법을 쓸 수 있는 특징이 있는 천강시가 마교 수법을 쓰니 그대들이 착각한 것일 뿐이오."

"그게 정말이냐?"

"이 지경이 되어 우리가 무슨 거짓말을 하겠소?"

맹정우와 최운, 이비향은 이 뜻밖의 대답에 입을 딱 벌렸다. 그렇다면 이제껏 귀령곡에 마교 잔당이란 혐의를 둔 것은 잘못된 판단이었다는 얘기가 된다.

최운은 날카로운 눈빛을 발하며 말했다.

"좋아, 너희들의 말이 사실이라면 마교 잔당이라고 몰아붙인 것은 조금 문제가 있긴 하다. 그러나 너희가 강시 제조라는 역천의 수법을 쓴 것은 여전히 무림공적으로 몰릴 만한 큰 죄목이다. 게다가 그것을 사주한 단체가 단일 세력으로는 천하에서 가장 강대한 철혈방이라는 것은 여러모로 큰 위험성을 내포하고 있다. 그들이 너희를 시켜 강시를 제조하는 목적은 대체 무엇이냐?"

"우리는 졸자라 그런 것까지는 모르오."

"거짓말 마라! 아까 대계 운운하던 것은 대체 뭐였지?"

"한 달 후에 철혈방이 대규모 공세를 펼친다는 것까지만 알고 있소. 대상은 무림맹과 구파일방. 그게 바로 대계라는 것이오. 대계의 목적을 우리에게 직접 알려준 적은 없기에 모른다고 했소만, 무림맹을 친다 하면 보나마나 그 의도는 강호제패 아니겠소?"

복면인의 말은 최운과 이비향에게 엄청난 충격으로 다가왔다.

철혈방이 무림맹과 구파일방을 친다는 것은 어찌 보면 마교 잔당이 부활하는 것보다 훨씬 더 위험한 사태였다. 철혈방 자체로도 능히 무림맹을 능가하는 세력을 갖춘 데다가 철혈방과 공조할 수 있는 세력이

천하에 산재해 있다. 이제 몇몇 방파는 유명무실해지기까지 한 구파일
방과 현저히 세력이 약화된 무림맹이 과연 철혈방의 공세를 견뎌낼 수
가 있을까?

최운은 다급해진 표정으로 중얼거렸다.

"이럴 때가 아니군. 당장 동료들을 구해 여길 빠져나가 맹에 이 사
실을 알려야겠어."

한편 제련실에서 빼낸 열두 명의 대원은 아직 제정신을 차리지 못하
고 있었다.

"이들을 제 상태로 만들려면 어찌해야 하느냐!"

복면인들은 옆방을 가리키며 말했다.

"약재가 필요하오. 우리를 저 방로 데려다 주시오."

제련실의 옆방은 약재실이었다. 그곳에서 마라연 등이 제조되고 제
련실로 뿜어내게 되어 있었다.

그곳에 들어선 둘은 작은 항아리 하나를 꺼내 건넸다.

"이 안에 든 액체가 각성제요. 만일 광혼 제련 단계 초기라면 이것
만으로 제정신이 돌아올 수 있소. 그러나 중기를 넘어섰다면 이것만으
로는 부족하오. 정신이 들긴 하나 지극히 불안정할 것이오. 말기로 들
어선 자는 이걸 먹어도 아무 소용이 없소. 그러나 제련 시간이 아직 많
이 남아 있으니 이들 중에 거기까지 간 사람은 없을 거요."

각성제를 대원들에게 먹이는 중에 일행 사이에서 작은 소요가 벌어
졌다.

뇌옥에 가서 나머지 대원을 구해야 한다는 최운과 그것을 반대하는
이비향 사이에 언쟁이 벌어진 것이다.

"대체 무슨 소릴 하는 거요? 동료를 버리고 그냥 나가자는 말인가?"

최운의 힐난에 이비향도 지지 않고 맞받아쳤다.

"최 향주야말로 정신 차려요. 저 두 놈에게 듣기로는 자신들이 오늘 밤 제련실과 약재 창고를 담당하는 단 두 명이라고 했기에 지금까지는 구조 작업이 수월했지만, 뇌옥을 담당하는 자들은 귀령곡인이 아니라 철혈방도라고요. 거기는 이곳과 비견할 수 없을 정도로 경계 태세가 삼엄하다 하는데, 지금 부상자들까지 데리고 있는 이 전력으로 그곳을 칠 수 있을 것 같아요?"

최운은 이해할 수 없다는 듯 고개를 흔들었다.

"당신이란 여자, 도대체 알 수가 없군. 어떻게 된 여자가 그렇게 냉혹하오? 우리가 이 소동을 벌이고 달아나면 뇌옥의 동료들은 죽임을 당할 게 뻔하오. 그걸 정말 짐작 못하는 거요?"

그 말에 이비향의 얼굴이 새빨갛게 달아올랐다.

"닥쳐요! 당신이야말로 내가 얼마나 어렵게 이 말을 하는지 정말 모르는군요. 뇌옥에는 내 피붙이 같은 사매들이 갇혀 있어요. 난 지금 그 애들이 걱정되어 심장이 터질 지경이라구요. 그러나 지금 우리가 여기서 무리하게 행동하다가 놈들에게 당하기라도 한다면 강호는 한 달 후, 쑥대밭이 될 거예요. 어차피 우리는 강호의 안위를 위해 목숨을 내놓은 추적대예요. 동지애도 좋지만 우리의 본 목적이 더 중요한 것 아닌가요? 누구는 성질대로 행동할 줄 몰라서 이러는 줄 알아요?"

최운은 뭔가 더 말하려 했지만 결국 긴 탄식만을 내뿜었다. 이비향의 눈에 고인 눈물이 그의 눈에 걸렸기 때문이다.

최운은 씁쓸한 표정으로 맹정우에게 말했다.

"대주님, 이 소저 말이 맞습니다. 여기 동료들이 깨어나면 그 즉시 탈출을 감행하죠."

최운이 갑자기 대주님이라 하며 존칭을 쓰는 것은 그가 대원으로의 의무에만 충실하기로 마음을 굳혔기 때문이다.

맹정우는 둘의 말에 동의하면서도 내심 고민했다.

과연 이대로 대원들을 놔두고 떠나야 하는 것인가. 대를 위해 소를 희생하는 것이 능사란 말인가.

잠시 미간을 찌푸리며 생각에 잠겨 있던 그는 고민 끝에 한 가지 결심을 했다.

잠시 후, 각성제를 마신 대원들은 복면인들의 장담대로 거의 다 정신을 차렸다. 그러나 진소천과 또 한 명의 대원만은 정신을 차리지 못하고 인사불성이었다.

최운은 인상을 쓰며 복면인들에게 물었다.

"이들은 왜 깨어나지 않는 거지?"

"이 둘은 중기로 들어섰나 보오. 각성제를 여섯 시진 후에 한 번 더 먹이시오. 그럼 깨어날 거요."

제정신을 차린 대원들은 혹독한 고생을 한 다음이라 몸이 완전치 않은 상태였다. 그러나 워낙 정예 무사들이기에 뛰고 달릴 정도의 체력은 남아 있어 탈출에 크게 지장은 없을 듯 보였다.

"좋아, 이제 탈출하도록 한다."

맹정우는 복면인들을 닦달하여 가장 쉽게 빠져나갈 수 있는 진로를 알아냈다.

"모두 각별히 조심하여 소리없이 밖으로 전진한다. 다만 적에게 발각될 시, 몸이 성치 않은 대원은 적을 저지함에 온 힘을 쏟고 몸이 성한 대원은 그 틈을 타 탈출을 감행하라. 단 한 명의 대원이라도 이곳을 탈출하게 된다면 그 대원은 어떻게든 무림맹에 우리가 알아낸 사실을 알려야 한다."

모처럼 추적대주다운 맹정우의 당부에 대원들 모두는 굳은 얼굴로 고개를 끄덕였다.

대원들은 복면인들이 가르쳐 준 행로를 따라 조심스레 한 줄로 전진 하기 시작했다. 혜공이 선두, 진소천과 다른 대원을 업은 혜승과 혜량 이 그 뒤를 따르고, 나머지 대원들이 뒤를 이었다.

맨 후미로 따라가던 최운은 한 사람이 따라오지 않음을 알고 고개를 돌렸다.

"대주… 정우야?"

그 한 사람, 맹정우는 우뚝 선 채 나가는 대원들을 가만히 보고 있었 다.

최운과 눈이 마주친 맹정우는 웃으며 어서 나가라는 듯 손짓했다.

"무슨 짓을! 너 혼자 뇌옥이라도 가려는 거야?"

최운이 다급히 다가와 부르짖었다.

맹정우는 고개를 끄덕였다.

"어서 대원들 따라가라. 여긴 나 혼자 맡으마."

맹정우가 무슨 생각을 하는지 알아차린 최운은 강하게 고개를 저었 다.

"안 돼. 차라리 내가 남을 테니 네가 대원들을 인솔해라."

"이것 봐, 최 대원. 지금 하는 말은 대주로서의 명령이야. 당장 대원 들을 따라 나가!"

명령이라고 했음에도 최운이 미적미적하자 맹정우는 웃으며 주먹으 로 그의 어깨를 툭 쳤다.

"짜식! 걱정 마라! 이 맹정우가 언제 승산없는 싸움에 나서는 것 봤냐? 이무기를 아작 낼 때 무공이 한 단계 올라섰다. 날 믿고 나가라. 성치 않은 대원들이 함께 있어봐야 방해만 되니 이렇게 단독 행동을 하려는 거다."

잠시 멍하니 서 있던 최운은 장탄식을 하더니 그의 멱살을 꽉 잡았다.

"약속해라. 반드시 살아 돌아온다고. 너를 믿는 모든 사람들을 실망시키지 않는다고."

"자식, 분위기 잡긴. 이 천하를 호령하는 일검탈명께서 이때껏 나를 기다리는 대중을 실망시킨 적이 있더냐?"

그 능청스런 말에 딱딱하게 굳은 표정이던 최운도 피식 웃고 말았다.

"어서 가봐! 시간이 없다!"

최운은 등 떠미는 맹정우를 몇 번이나 돌아보며 대원들을 쫓아갔다.

"좋아. 이제 드디어 이 몸이 실력 발휘할 때로군."

맹정우는 목을 우두둑 소리나게 돌리고 손가락을 딱딱 꺾은 후 뇌옥으로 가는 어두운 복도를 질주하기 시작했다.

"대주님은요?"

탈출하는 대원들의 후미에 서 있던 이비향은 최운 혼자 나오자 놀란 표정으로 물었다.

"남아서 남은 대원들을 구하겠다고 하오."

"왜 그런 무리한 짓을… 말리지 않구요."

"그를 한 번 믿어봅시다. 이때껏 그 녀석이 나서서 잘 풀리지 않은 일은 없었으니까."

이비향은 맹정우가 있을 저 멀리를 물끄러미 바라보았다. 그녀의 얼굴에도 일말의 기대감이 떠올랐다. 그녀 역시 다른 누구도 아닌 맹정우가 사매들을 구하러 갔다 하니 어려운 상황임을 알면서도 작은 희망이 생기는 것이었다.

'대주님, 그 아이들을 부탁해요. 허풍도 세고 행동도 가볍다고 생각했건만, 사실 누구보다도 대원들을 아끼는 분이셨군요!'

맹정우는 뇌옥을 향해 질주해 갔다. 그는 이비향의 생각처럼 그 누구보다도 대원을 아끼는 지도자였다. 다만 전체 대원들보다는 단 한 대원만을 지나치게 편애하는 것이 조금 문제가 있었지만.

"한 소저! 기다려요! 이 맹정우가 구하러 갑니다!"

제5장

영웅은 단 한 명의 동료를

소홀히 여기지 않는다

영웅은 단 한 명의 동료를
소홀히 여기지 않는다

맹정우는 뇌옥으로 가는 길을 일보장천을 사용하여 신속하게 내달렸다. 괴물과 싸우면서 한 단계 진보한 내공은 그가 경신술을 극상으로 구사하면서도 발자국 소리조차 나지 않을 정도로 만들어주고 있었다.

뇌옥 근처에 다다른 그는 속도를 죽이며 숨도 함께 죽였다.

어슴푸레한 불빛이 저 멀리서 비치고 있었다. 뇌옥의 입구에 밝혀놓은 불이었다.

맹정우는 벽으로 바싹 붙었다. 입구를 곁눈질하니 세 명의 보초가 서 있는 것이 보였다.

'보초를 최단시간 안에 소리없이 처리해야 한다!'

행동을 결정한 그는 천신도를 조용히 칼집에서 빼냈다. 그리고 내공을 주입하기 시작했다.

일곱 번째 보석의 검법을 익힌 후 내공이 증가한 때문인지는 몰라도 칼의 사념을 불러일으키는 시간이 훨씬 단축된 상태였다. 은빛의 도기가 금방 생성되었고, 사념이 머리 속을 파고들며 속삭이기 시작하자 맹정우는 발로 땅을 차며 전진했다.

"웬 놈이냐!"

입구에 서 있던 보초들이 당황하며 칼을 뽑았다. 그러나 단지보를 시전하는 맹정우의 속도는 그들이 칼을 뽑는 속도보다 더 빨랐다.

첫 번째 보초는 칼을 잡기도 전에 닥쳐온 천신도에 목이 날아갔고, 두 번째 보초는 검집에서 검을 빼기 전에 천신도에 명치를 찔렸다. 세 번째 보초는 간신히 칼을 빼냈지만 칼을 잡은 손목이 몸통과 분리되는 바람에 휘두를 기회를 잡지 못했다.

순식간에 세 명을 처리한 맹정우는 보초의 시체를 뒤져 열쇠를 꺼내어 문을 열었다.

어두컴컴한 복도가 저 끝까지 펼쳐져 있었고, 복도 양 옆으로 뇌옥이 설치되어 있었다.

'입구 보초 말고도 돌아다니는 보초들이 있다고 했겠다?'

맹정우는 시체들을 뇌옥 안쪽으로 끌고 들어왔다. 통로를 배회하는 보초들의 눈에 띄게 하지 않기 위해서였다.

그러자 갑자기 뇌옥이 시끌벅적해지기 시작했다. 보초들의 시체에서 배어 나오는 피 냄새를 죄수들이 맡았기 때문이다.

"이봐! 날 좀 풀어다오!"

"어이, 이쪽이다! 날 풀어줘!"

뇌옥 여기저기서 구원을 바라는 손이 뻗쳐 나왔다.

맹정우는 인상을 찌푸렸다. 이놈들이 계속 떠들면 동료들을 찾기 어려울뿐더러 근처에 있을 보초들을 불러들일 수가 있다.

"조용히 해! 조용히 하면 모두 풀어준다!"

맹정우의 날카로운 한마디에 뇌옥 안은 순식간에 침묵에 잠겼다.

"지금부터 내 허락 없이 입을 벌리는 놈은 절대 풀어주지 않는다. 좋아, 그렇게 하면 된다. 이제 내가 부르는 사람만 대답하라. 이 중에 무정혈 사람이 있나?"

그러자 뇌옥 맨 끝에서 대답이 들려왔다.

"여기 있소!"

맹정우는 다급히 그쪽으로 다가갔다.

"대주님!"

거기에는 반가운 대원들의 얼굴이 보였다. 일곱 명의 청룡당 무인, 그리고 무척 초췌한 얼굴의 현진과 현선이 있었다.

"모두 잘 있었소?"

맹정우는 열쇠를 따고 안으로 들어갔다. 아홉 명은 다른 죄수들과 달리 벽에 두 팔이 묶여 있었다. 두 팔이 묶인 채로 며칠 넘도록 갇혀 있다 보니 꼴이 말이 아니었다. 용변을 전부 바지에 지린 듯 냄새가 코를 찔렀고, 현진과 현선은 맹정우를 보자 얼굴을 들지 못했다.

"생각보다 다들 꼴이 괜찮은데 그래."

맹정우는 농을 하며 천신도로 한 명 한 명의 결박을 풀었다.

"괜찮다고요? 어휴, 대주님이 한번 묶여보십쇼. 묶인 채로 바지에 똥을 싸봐야 이 고통을 알 수 있습니다."

투덜대면서도 대원들의 얼굴은 환하게 밝아져 있었다. 한 사람의 구원자로 인해 자유를 되찾고 탈출할 희망이 생겼기 때문이었다.

그러나 그 구원자는 대원들과는 달리 크게 기쁘지는 않은 듯, 주변을 두리번거렸다.

"이상하네. 아까 그 복면 놈들이 분명 여자 대원들은 한 명도 죽이지 않았다고 했는데……."

"누구 찾으시는 분이라도……."

"한영영 소저 어디 갔는지 아나?"

대답은 현진과 현선이 했다.

"한 소저는 다른 곳으로 갔어요. 일월문 소속의 대원들은 모두 따로 잡아가던걸요."

"뭣이라?"

최운 일행은 뜻밖의 장소에서 뜻밖의 상황에 마주쳤다.

복면인들이 가르쳐 준 길을 잘못 든 것인지, 아니면 놈들이 거짓말을 한 것인지 엉뚱한 통로로 들어선 일행은 그만 보초를 서고 있는 철혈방도들과 맞닥뜨리고 말았다.

다행히도 최운과 혜공 등의 빠른 대처로 보초들은 소리없이 처리되었다.

"네 명씩이나 지키고 서 있는 것으로 보아 이곳에도 뭐가 있는 모양인데……."

바쁜 와중이었지만 쓰러진 보초들을 숨길 공간도 마땅치 않았기에 일행은 잠긴 빗장을 풀고 문안으로 들어섰다.

그런데 문 안에는 뜻밖의 인물이 있었다.

"아니, 한 소저 아닙니까?"

"어머, 여러분이 여길 어떻게…… 저희를 구하러 오셨군요?"

넓은 방 안 한구석에 앉아 있던 한영영은 반색을 하며 추적대를 맞았다.

"왜 한 소저만 이렇게 따로 갇혀 있던 거죠?"

이비향이 의아해하며 묻자 한영영은 어깨를 으쓱했다.

"글쎄요, 제가 일월문주의 딸이라 했더니 저를 이곳으로 끌고 오더군요. 그 다음에는 계속 이 방에 갇혀 있었어요."

최운은 알겠다는 듯 고개를 끄덕였다.

"흠, 아마도 한 소저를 같은 칠패 소속인 일월문에 대비한 인질로 쓰려 했던 모양이군요. 어쨌든 잘되었습니다. 저희와 같이 탈출하시죠."

최운 일행은 한영영이 합류한 채로 다시 출구를 찾아나가기 시작했다.

맹정우는 옥문을 열고 대원들을 이끌고 나왔다. 그런데 뇌옥 복도로 나오니 다시 죄인들이 풀어달라고 아우성치기 시작했다.

"조용히 안 하면 안 풀어준다고 했다."

맹정우는 으름장을 한바탕 놓은 후 대원들에게 물었다.

"이자들은 뭐 하는 자들이라던가?"

"저희가 포박되어 있었던지라 길게 얘기한 적은 없습니다만 철혈방에 거역하던 자들, 특히 그들에게 굴복한 귀령곡의 강성분자들이 많은 듯합니다."

"그래?"

맹정우의 잔머리가 재빠르게 돌아갔다.

'대원들을 데리고 이 복잡 미묘한 공간을 들키지 않고 빠져나간다는 것은 상당히 어렵다. 만일 이놈들을 풀어준다면 소동이 한바탕 일어날 테니 그사이에 빠져나갈 틈을 엿볼 수 있지 않을까?'

그가 고민하는 사이 그의 뒤쪽 뇌옥에서 목소리가 들려왔다.

"나를 풀어다오. 그러면 너희가 원하는 것을 들어주겠다."

그러자 그 맞은편 뇌옥에서 날카로운 반응이 튀어나왔다.

"닥쳐라, 이 변절자! 넌 여기서 풀려나기만 하면 내 손에 먼저 죽을 것이다."

"일혼, 난 이렇게 갇힌 지금도 당시의 내 선택에 대해 후회하지 않는다. 그 당시에 놈들에게 무릎 꿇지 않았다면 지금 귀령곡인 중에 생존하고 있는 자가 단 한 명도 없었을 것이다."

"흥! 그래서 무릎 꿇은 결과가 이렇게 나랑 같이 뇌옥에 처박혀 있는 것이냐? 네가 그토록 위하는 다른 문도들도 결국 너와 내 꼴이 될 것은 시간문제이다."

날카로운 대화가 오고 가자 맹정우가 끼어들어 말을 끊었다.

"아아, 조용히 해라! 내가 언제 말해도 된다고 했나!"

그는 처음 목소리가 나왔던 뇌옥으로 갔다.

거기에는 칼처럼 날카로운 인상의 사내가 갇혀 있었다.

"넌 뭐 하는 놈이냐?"

사내는 매서운 눈으로 맹정우를 쳐다보았다.

"그전에 내가 먼저 한 가지만 묻자. 너희의 정체는 뭐냐? 단순한 살수 집단이 아니고 무림맹의 인물들 같은데?"

정체를 정확히 밝혀야 상대도 협조해 줄 거라 판단한 맹정우는 그의 질문에 순순히 대답했다.

"제대로 보았다. 나는 맹정우고, 이들은 무림맹의 추적대원들이다."

"맹정우? 설마 네가 일검탈명이란 말이냐?"

"그렇다. 그러니 네가 처음에 한 말의 의미가 뭔지 정확히 말해다오."

사내는 메마른 웃음을 흘렸다.

"귀가 따가울 정도로 무용담을 듣던 일검탈명이 구해주겠다고 하니 나에게도 아직 반전의 기회는 남은 셈인가? 난 선대 귀령곡주의 아들이고 며칠 전까지 귀령곡 부곡주로 있던 자다. 이름은 말해 봐야 모를 테니 굳이 말하지 않겠다."

"호오, 그래? 부곡주씩이나 되는 자가 어째서 여기에 갇혀 있나?"

"대계일이 가까워 오니 놈들이 문제를 일으킬 소지가 있는 모든 자를 삭초제근하더군. 그간 꽤나 순종한답시고 했는데, 나도 결국 거기에 걸리더라고."

"그건 그렇다 치고, 널 풀어주면 우릴 어떻게 도와준다는 거지?"

"이 마령지는 중원 천하에서 가장 요기가 성한 곳이다. 그 이유는 이곳이 바로 백 년 전의 마교 총단이 있던 자리이기 때문이다. 당시 온 갖 기관으로 무장하고 있던 총단은 정파연합의 맹공을 받으며 지하로 무너져 내렸는데, 그 기관 중에 아직 남아 있는 것들이 조금 있지. 철혈방은 그 남은 기관진식을 이용하여 이 마령지 자체의 요기를 최대한 끌어올릴 수 있도록 이 건물과 지하 공간을 재구축한 것이다. 증폭시킨 요기를 이용하여 엄청난 위력의 강시들을 제조하기 위함이었지. 그 계획은 성공하여 지금 세상을 뒤집을 만한 위력의 혈강시들이 차곡차곡 만들어져 가고 있다."

그 말에 맹정우를 제외한 다른 대원들의 낯빛이 심각해졌다. 가뜩이나 강대한 철혈방의 세력에 경천동지할 능력의 강시들까지 포함된다면 강호에 유래없이 심각한 위기가 들이닥칠 수 있는 상황이었다.

부곡주는 말을 이었다.

"나 같은 경우 귀령곡의 부곡주로 이곳의 요기를 이용한 강시 제조에 참여했었기 때문에 이 공간의 기관진식에 대해 제법 자세히 파악하고 있다. 내가 너희들에게 가르쳐 주려 하는 것은 마령지의 요기를 증폭하는 장소의 위치와 그곳을 파훼할 수 있는 기관 조종법이다. 그곳에 가서 제대로만 기관을 조종하면 증폭되던 요기를 현저히 감소시켜 제조 중이던 많은 혈강시를 못 쓰게 만들 수가 있을 것이다. 그리고 기관조종을 잘하기만 하면 놈들을 피하여 무사히 탈출할 수도 있을 것이다."

뜻밖의 제안이었지만 맹정우들에게는 지극히 구미가 당기는 제안이기도 했다.

"꽤 그럴듯한 제안이군. 너를 풀어주기만 하면 그걸 가르쳐 주겠다는 건가?"

맹정우의 말에 부곡주는 고개를 저었다.

"아니, 그 정도로는 내가 너무 손해지. 우선 나와 이곳의 동료들을 모두 풀어다오. 우리는 탈출에 힘을 쏟겠지만 기관을 이용하여 놈들을 혼란시킬 테니 너희에게도 결코 손해는 아닐 것이다. 그리고 한 가지 더! 이것이 가장 중요한데, 네가 탈출에 성공하면 무림맹에 가서 본 곡의 누명을 벗겨다오. 우리가 청부 살수업을 주로 하긴 하나 마교 잔당에다가 무림공적으로 찍힌 것은 분명 잘못된 것이다. 그것이 철혈방에서 뒤집어씌운 계략이라는 것을 만천하에 알려주고, 향후 십 년간 무림맹에서 우리를 괴롭히지 말기를 바란다."

"그 정도야 어려운 일이 아니지. 어차피 철혈방의 음흉한 흉계는 천하에 공포해야 할 일이니까. 다만 십 년간 괴롭힘을 당하지 않으려면 살수질은 하지 않는 게 좋을 거다."

맹정우의 말에 부곡주는 피식 웃으며 대꾸했다.

"알겠다. 노력해 보지. 여기서 무사히 탈출하고서야 노력이고 자시고 가능한 일이겠지만."

맹정우는 대원들과 함께 부곡주와 그의 동료들을 모두 풀어주었다.

풀려난 귀령곡인들 중에서는 아까 부곡주를 죽이겠다고 한 자도 있었으나 부곡주와 맹정우의 협정을 들었는지 별다른 반항을 하지 않았다. 갈등은 있을지언정 귀령곡의 멸문을 막는 것에는 서로 묵시적으로 동의하는 모양이었다.

맹정우는 부곡주에게서 요기를 조종하는 장소와 기관진식 등에 대한 자세한 설명을 들었다.

사실 맹정우는 요기 파훼고 뭐고 한시라도 빨리 여기서 탈출하고 싶었다. 그러나 그를 제외한 다른 대원들은 강호를 겁난에서 구하겠다는 사명감으로 활활 불타고 있으니 그가 어찌 달아나자고 종용할 수 있겠는가.

맹정우는 대원들과 함께 뇌옥을 나서면서 암중에 긴 한숨을 내쉬었다.

'휴우— 영웅 노릇 한 번 더 해야겠군. 그나저나 한 소저를 구해야 달아나든 말든 할 텐데, 이걸 어쩐다?'

강호도 구하고 여자도 구해야 하는 청년영웅의 앞길은 아직 멀고도 험했다.

제6장
영웅은 등 뒤를 찌르는 칼도 능히 피할 수 있다

영웅은 등 뒤를 찌르는 칼도
능히 피할 수 있다

쿠구구구궁!

"와아아악!"

"우아악!"

벽이 갈라지고 무너지는 소리와 함께 곳곳에서 비명이 메아리쳐 들려오고 있었다.

"대체 어떻게 된 일이냐!"

마령지의 책임자이며 철혈도제 위지관천의 왼팔, 그리고 임시로 귀령곡주까지 맡고 있는 철혈방의 무상 안량은 매섭게 호통을 쳤다.

그의 앞에 부복하고 있는 수하는 다급히 머리를 조아리며 대꾸했다.

"뇌옥의 수감자들이 모두 탈옥했다고 합니다. 기관을 만지는 것은 아무래도 부곡주 놈인 듯합니다."

"놈들이 어떻게 탈옥을 한 게야! 분면 무공을 전폐시켜 놓지 않았느냐!"

"그게 아마도… 다른 침입자가 있는 듯합니다."

"아마도? 그걸 말이라고 하는 거냐!"

안량은 팔자수염을 파르르 떨며 말을 내뱉었다.

"하필 철검대가 빠져나간 틈을 타서 이런 일이 생기다니! 내 휘하의 혈도대만 있었어도……."

그러자 안량의 뒤 공간, 아무도 없는 듯한 빈 공간에서 말소리가 들려왔다.

"지금 없는 자들을 아쉬워할 때가 아닙니다. 이곳의 기관은 백 년 전의 잔해를 재구성한 것이라 불안정합니다. 놈이 계속 기관을 가지고 장난을 하면 자칫 마령지 자체가 와해될 수 있습니다."

"으음……."

심복 부하인 암중혼의 말에 안량은 냉정을 찾은 듯 서서히 눈빛이 차가워졌다. 평소에는 화급한 성격이지만 어려운 상황일수록 냉정해지는 그 특유의 성정이 위기 상황을 맞아 발동한 것이다.

"놈이 장난치는 곳이 어디인 것 같으냐?"

안량의 질문에 부복한 수하 가 대답했다.

"기관 장치를 조종할 수 있는 곳은 여섯 군데쯤 됩니다. 그러나 놈의 목적이 단순한 탈출이라면 굳이 그곳 하나하나를 쫓아갈 필요 없이, 기관을 이용하여 탈출할 만한 두 곳만 지키고 서 있으면 됩니다."

"탈출하지 않고 계속 저렇게 말썽을 부린다면?"

"그렇게 되면 정말 문제가 커지지만 그럴 가능성은 없습니다. 이 안에는 귀령곡인들도 많은데 그들을 죽일 위험성이 있는 장난은 치지 않을 것입니다. 조만간 탈출을 모색할 테니 퇴로를 지키고 있는 것이 가장 현명할 듯합니다. 가뜩이나 지금 마령지의 인원이 최소 상태이기 때문에……."

"아니, 그렇게 해서는 안 돼요. 지금 기관을 움직이는 놈들의 목적은 단순히 탈출하는 것만이 아닙니다."

갑자기 들려온 말에 놀란 안량은 소리가 난 곳으로 시선을 돌렸다.

거기에는 뜻밖의 인물이 서 있었다.

안량은 그 인물을 보고는 골치 아픈 표정을 지었다. 그는 암중흔이 있는 쪽으로 고개를 돌려 작은 목소리로 말했다.

"일신교(日神敎)의 잘난 신녀께서 출몰하셨군. 마령지를 들쑤시고 다니는 것도 모자라 이 바쁜 시간에 또 무슨 귀찮은 요구를 하려고 저러는 거지?"

"어리긴 해도 제법 똑똑한 여자입니다. 다급한 여기 분위기를 감지했을 텐데도 저러는 것을 보면 무슨 생각이 있겠지요. 한 번 말이나 들어보시죠."

암중흔의 충고를 들은 안량은 최대한 표정을 부드럽게 하며 그녀에게로 다가갔다.

"신녀께서 이런 누추한 곳에 행차하시다니 황공하기 짝이 없습니다. 무슨 하명할 말씀이라도?"

"말투가 마음에 안 드는군요. 제가 귀찮기라도 한 건가요?"

안량은 말도 안 된다는 듯 손을 휘휘 저었다.

"그럴 리가요! 다만 지금 워낙 중차대한 상황인지라… 하명할 말씀이 있거든 빨리하시지요."

"하명할 말은 여기 들어오자마자 했어요. 단순히 퇴로를 지키고 앉아서 탈옥자들이 나오기만을 기다린다면 큰코다칠 거라고."

"어째서 그렇게 생각하시는지요?"

"마령지의 비밀을 알고 있는 부곡주를 비롯한 탈옥자들도 잡아야겠지만, 그들과 결탁하여 기관을 만지고 마령지 내부를 어지럽히고 있는 자들도 신경을 써야 해요."

"그야 당연한 것 아니겠소? 어떻게든 일망타진을 해야겠지."

"그 침입자들이 부곡주들과 계속 함께 행동하리라고 생각하는 것은 큰 오산이에요. 그들은 무상의 예상처럼 귀령곡의 친세력이 아니라, 무림맹의 추적대예요."

"추적대? 그자들이 여길 어떻게 알고 찾아온단 말이오?"

"찾아온 과정까지야 제가 알 수 없지요. 다만 그들이 무림맹의 최정예이고 여기의 중요 시설을 파괴할 능력을 갖추고 있다는 게 문제일 뿐."

"신녀께서는 대체 그런 것을 어떻게 아셨는지요? 태양신께서 점지라도 해주신 게요?"

"저는 아직 그 정도의 능력은 되지 않아요. 그저 그들과 직접 접촉해서 알아낸 것일 뿐이에요."

"직접 접촉했다라?"

안량의 눈매가 날카롭게 번득였다. 이 일신교의 신녀는 여기 오기 전 무림맹의 추적대 중 하나에 몸담고 있었다. 그녀가 속해 있던 추적대는 그 역시도 너무나도 잘 알고 있었고, 게다가 문상의 전갈에 의하면 추적대의 대장 놈이 이곳을 찾아올 가능성이 있다고 했다.

"설마 맹정우가 이곳에 와 있단 말인가?"

"맞아요."

"신녀는 그럼 그놈과 이 안에서 접촉했다가 다시 빠져나온 것이오?"

"그와 직접 만난 것은 아니에요. 그 휘하의 동료들과 우연히 마주치는 바람에 잠시 일행 역할을 하다가 빠져나왔지요. 그들은 지금 함정에 빠져 있으니 크게 신경 쓸 것 없어요. 문제는 맹정우예요. 그자가 지금 뇌옥의 죄수들을 탈출시키고 부곡주와 결탁하여 기관을 만지고 있는 겁니다. 만일 그를 이대로 방치한다면 지하 광장 밑의 요기 증폭 시설까지 파괴하지 않으리라 장담할 수 없어요."

"요기 증폭 시설은 그리 걱정할 장소는 아니오. 마령지 내에서 적의 침입에 대한 방비가 가장 잘 되어 있는 곳이니까."

안량은 암중혼에게 지시를 내렸다.

"그래도 혹시 모르니 아이들을 데리고 그쪽으로 가봐라. 만일 부곡주와 맹정우가 갈라진다면 맹정우란 놈은 그쪽으로 올지도 모르니까."

명을 받고 나서려는 암중혼을 신녀가 제지했다.

"잠깐만요. 부곡주 일행을 잡기도 바쁘실 텐데 굳이 나서실 필요 없어요. 그쪽은 제가 맡지요."

안량은 눈을 크게 떴다.

"신녀가? 그럴 수 있겠소?"

"걱정 마세요. 그는 아직도 내가 자기편인 줄 알고 있으니까."

"그래도 암중혼을 데려가지 그러오. 그는 맹정우의 약점을 알고 있는데."

암중혼은 흑월회주로 분하고 맹정우와 싸웠던 경험을 가지고 있었다. 그는 맹정우의 검은 칼에 어떤 무인의 혼이 빙의되어 있어서 맹정우가 그 혼의 사념을 이용하여 싸운다는 것을 알고 있었다. 그는 빙의된 사람을 조종하는 마교의 주술을 쓸 줄 알았기 때문에 맹정우와 다시 맞붙는다 해도 처음 싸웠을 때처럼 그를 궁지로 몰아넣을 자신이 있었다.

그러나 신녀는 고개를 저었다.

"그럴 필요 없어요. 저도 그 약점을 잘 알고 있으니까."

암중혼의 의아한 목소리가 들려왔다.

"신녀께서도 놈의 칼에 어떤 무인의 혼이 빙의된 것을 알고 계셨습니까?"

"그래요. 예전에 한 번 만져 보고 눈치를 챘었죠. 사실 제가 그가 나타날 만한 장소에 가서 기다리겠다는 이유는 그 칼 때문이기도 해요. 아무래도 그 칼이 전대 교주님의 애병인 명왕신도인 듯해요."

"전대 교주라면 백 년 전 정사대전에서 죽임을 당한 초관웅 교주를 말하는 것이오?"

"그래요. 그 칼에 빙의되어 있는 혼은 바로 그분의 혼백인 것 같아요. 그렇기에 전 꼭 그 칼을 얻고 싶어요. 당시 최강의 무인이었던 초 교주님의 혼백이 들린 칼을 섭혼강시의 손에 쥐어줄 수만 있다면 그 위력은 상상을 초월할 거예요."

뇌옥을 탈출한 대원들은 맹정우의 진두지휘 아래 요기를 증폭시킨다는 장소를 찾아 미로를 헤쳐 나가고 있었다. 갑자기 천장이 내려오고 바닥이 꺼지는 등 기관들이 요동을 치는 바람에 애를 먹긴 했지만 부곡주가 가르쳐 준 대로 행하며 일행은 근근이 전진해 갔다.

불행 중 다행인 것은 뇌옥에 갇혔던 대원들의 무공에 큰 손상이 없었다는 것이다. 놈들은 대원들을 산 채로 강시를 만들려 했기에 단전을 파괴하는 등의 수법을 쓰지 않고 온전한 몸 그대로 결박만 시켜놨었다. 그 덕택에 대원들은 뇌옥에서 풀려난 이후 시간이 지날수록 정상적인 몸 상태로 회복하고 있었다.

"저곳이로군!"

맹정우는 마침내 부곡주가 가르쳐 준 장소를 찾아냈다.

그곳은 마령지에 처음 진입했을 때 들어섰던 지하 광장의 삼 분지 일 가까운 크기의 원형 공간이었다. 공간은 지하 광장과 같은 형태의 반원형 천장을 갖추고 있었는데, 공간의 중앙에는 천장까지 뾰족하게 솟은 원뿔 모양의 방이 있었다.

벽면 곳곳에 활활 타오르는 횃불이 밝혀져 있었지만 사람의 흔적은 보이지 않았다.

귀령곡의 부곡주가 이곳 마령지에서 가장 중요한 장소라고 했음에도 불구하고 지키는 자가 없다는 것은 기이한 일이었다. 그러나 한시라도 빨리 이곳을 탈출하고픈 맹정우와 대원들은 그저 인기척이 없음에 반가워하며 성큼 내부로 들어섰다.

사단은 모든 대원이 반원형 공간 안으로 들어섰을 때 일어났다.

쿠웅!

문이 없었던 입구의 위쪽에서 육중한 돌문이 갑자기 떨어져 내렸다.

돌문이 바닥에 단단히 박히면서 드드득, 드드득 하는 기관 돌아가는 소리가 들리기 시작했다.

"무슨 일이지?"

맹정우와 대원들은 당황해하며 서로 등을 맞대고 주변 상황에 대비했다.

드드드드드드드ㅡ

원형의 바닥이 서서히 회전하기 시작했다. 회전의 속도가 빠르지 않기에 대원들은 모두 제자리를 유지하며 상황 변화에 주의를 기울였다.

바닥이 절반쯤 돌아갔을까, 바닥의 여기저기에서 길쭉한 장방형의 구멍이 나타났다.

잠시 후, 커다란 장방형의 구멍 속에서 검은 사람의 형체가 천천히 모습을 드러냈다.

"강시다!"

한 대원이 부르짖었다.

맹정우는 눈썹을 곤두세웠다. 여기저기에서 몸을 일으키고 있는 강시들은 형산에서 마주쳤던 놈들과 비슷한 느낌을 주고 있었다.

'혈강시라 했던가?'

딴딴하긴 했지만 움직임이 둔한 탓에 그다지 위험한 놈들은 아니었다. 게다가 천신도에 수수깡처럼 팔다리가 잘려 나가기도 했지 않던가.

맹정우는 별로 고민하지도 않고 천신도를 빼 들고 앞으로 튀어나갔다. 별것도 아닌 놈들한테 신경 쓰며 허비할 만한 시간이 없다는 생각이었다.

첫 번째 놈이 눈앞으로 닥쳐왔다. 맹정우는 두 팔을 앞으로 뻗는 놈의 목을 향해 가벼운 동작으로 천신도를 휘둘렀다. 그런데 그의 칼이 막 강시의 목에 닿으려는 순간, 앞으로 뻗은 강시의 양쪽 손가락에서 붉은 선이 튀어나왔다.

푹!

"어?"

맹정우는 놈의 손가락에서 나온 붉은 선이 자신의 가슴에 박히는 것을 느꼈다. 워낙 거리가 가까웠고 뜻밖의 빠른 속도였기에 피하겠다는 의식조차 일어나기 전에 일격을 허용하고 말았다.

맹정우는 가슴에 구멍이 나는 느낌이 들었다.

그는 두 발이 땅에서 떨어진 채 붕 떠서 뒤로 날아갔다.

쿠당탕!

맹정우는 대원들을 지나쳐 반원형의 벽에까지 날아가 처박혔다.

"대주님!"

대원들은 당황해하면서도 저마다 병장기를 빼 들고 다가오는 혈강시에게 맞서갔다.

벽에 부딪쳐 쓰러진 맹정우는 뒷골에 큰 충격을 받았다. 정신이 아득해졌지만 정신을 잃지 않으려 애쓰며 간신히 고개를 들었다.

붉은 선에 맞은 상의의 가슴 쪽은 넝마가 되어 있었고, 내장이 뒤집힌 듯 속이 아려왔다. 챙겨 입고 있던 폭풍번이 보호해 주지 않았다면 강시가 쏘아낸 붉은 선은 그의 가슴을 뚫고 등으로 빠져나왔을 것이다.

"위, 위험하다. 모두 도망쳐야 해……."

혈강시가 뜻밖에 강력한 무기를 가지고 있음을 알아챈 맹정우는 안타깝게 소리쳤지만 충격으로 인해 제 목소리가 나질 않았다. 그러는 사이 혈강시들을 공격해 간 대원들은 끔찍한 꼴을 당하기 시작했다.

강시들은 열 손가락을 쭉 뻗은 채 다가오는 대원들을 향해 붉은 선을 무차별로 난사했다.

붉은 선은 빠르고 강했다. 무림맹의 최정에 무인으로 구성된 대원들이었지만 누구 하나 그 선을 막을 수도, 피할 수도 없었다.

칼로 막으면 칼이 동강이 났고, 공중으로 피하면 따라와 신체를 동강 내버렸다.

강시들이 쏟아내는 붉은 선이 공간을 종횡으로 교차했고, 그 교차하는 선들에 걸린 대원들은 모두 사지가 뎅겅뎅겅 잘려 나갔다.

반원형의 공간은 삽시간에 피바다가 되어버렸다.

"안 돼… 안 돼!"

간신히 정신을 차리고 뒤늦게 몸을 일으킨 맹정우는 다급히 대원들을 보호하려 나섰지만 이미 때는 늦은 상태였다.

대원들은 공포에 질린 채 후퇴하고 있었지만 여지없이 쫓아오는 붉은 선이 도망치는 한 명 한 명을 따라붙었고, 따라붙은 붉은 선은 대원의 몸 한가운데에 커다란 구멍을 내며 관통해 버렸다. 붉은 선이 관통한 대원은 피분수를 내뿜으며 쓰러져 갔다.

맹정우는 그를 향해 달려오는 마지막 한 명, 현선을 구하려 몸을 날렸다. 그러나 그가 막 현선을 붙잡는 순간, 그와 다시 접촉하여 안심하는 빛이 가득하던 현선의 양미간 사이로 붉은 선이 튀어나와 맹정우의 왼뺨을 스치고 지나갔다.

"혀, 현선!"

현선은 맹정우의 품 안에서 무너져 내렸다. 미간에 커다란 붉은 구멍이 뚫린 채로.

맹정우는 무너지는 현선을 꼭 껴안으며 주저앉았다.

쿵! 쿵! 쿵! 쿵!

혈강시들이 두 손을 내밀고 경중경중 뛰며 그가 있는 곳으로 다가오고 있었다.

여기저기서 쪽쪽거리는 소리가 들려왔다. 놈들은 달려오다가 바닥에 널린 대원들의 시체를 들어 올려 흘러나오는 피를 쪽쪽 빨고 있었다.

현선을 안은 채 주저앉아서 그 광경을 보던 맹정우의 두 눈이 불타올랐다.

"이놈들, 용서하지 않겠다."

맹정우의 입에서 그에게 어울리지 않는 한기 서린 목소리가 흘러나왔다.

움켜쥐고 있던 천신도에서 은빛 도기가 넘칠 듯 흘러나오기 시작했다.

'딱 한 방으로 모든 것을 끝내주마.'

그의 뇌리에 검광만암천의 심결이 흐르고, 단전에서 뽑아 올린 우렁찬 기운은 정해진 흐름에 따라 신체 구석구석을 돌며 모든 정기를 천신도를 잡고 있는 오른팔로 집중시켰다.

맹정우는 현선의 시체를 편히 눕히고 서서히 몸을 일으켰다. 다가오던 혈강시는 움직이는 그를 발견한 듯 일제히 뻗은 두 팔을 그를 향해 가리켰다.

"대주님… 살려주세요……."

한바탕 드잡이질을 하려는 순간, 미약한 목소리가 맹정우의 귀에 파고들었다.

맹정우는 다가오는 혈강시들을 주시하는 가운데에서도 눈을 살짝 돌려 목소리가 들려온 쪽을 곁눈질했다.

피칠갑이 된 채 쓰러져 있는 대원들의 시체 사이에서 꿈틀거리는 인영 하나가 있었다.

'현진!'

얼굴이 피범벅이 되어 있었지만 분명 현진이었다. 붉은 선에 맞고 쓰러지긴 했으되 죽음에 이를 정도의 치명상은 아니었던 모양이다.

'검광만암천을 이 한정된 공간에서 작렬시키면 현진까지 죽을 수 있다!'

잠시 고민하는 사이, 그를 향해 팔을 뻗은 혈강시들의 두 손에서 혈선이 쏟아져 나왔다.

"치잇!"

맹정우는 별수없이 검광만암천의 운용을 풀고 공중으로 뛰어올랐다.

빗나간 혈선들이 일제히 그를 따라 쫓아왔지만 그의 경신술은 여타 대원들에게 비할 바가 아니었다. 게다가 공력을 운용한 순간부터 그의 머리 속으로 파고들기 시작한 천신도의 사념이 그를 가장 효율적인 움직임으로 이끌고 있었다.

맹정우는 사념이 이끄는 방향으로 몸을 하강시켰다. 강시들이 쏘아낸 혈선이 종횡으로 교차하며 그를 뒤따랐지만 맹정우의 몸은 절묘하게 그것들을 피하며 강시들이 몰려 있는 근처로 착지했다.

바닥에 착지한 맹정우는 단지보를 갈지자로 시전하며 강시들에게로 접근했다. 혈강시들의 위력이 더할 나위 없이 강해졌지만 뻣뻣한 몸만은 고쳐지지 않은 듯, 동에 번쩍 서에 번쩍 하는 맹정우의 신형을 따라잡지 못하고 우왕좌왕했다. 그러는 사이 거리를 바싹 좁힌 맹정우는 마침내 가장 가까운 놈을 향해 일도를 날렸다.

맹정우와 맞닥뜨린 놈은 혈선을 내뿜으며 두 팔을 빙 돌렸지만 맹정우는 자세를 낮춰 날아오는 혈선들을 머리 위로 흘려보냈다.

"타앗!"

맹정우의 일도가 강시의 목을 향해 날아들었다. 휘두르는 두 팔을 피해 회전 반경을 절묘하게 목으로 맞춘 천신도가 파고들자, 강시의 잘린 목은 공중으로 치솟고 말았다.

목이 잘린 강시는 제자리에 우뚝 선 채 정지해 버렸다.

그런데 그 순간, 기이한 현상이 발생했다. 천신도에 의해 잘린 강시의 머리가 공중으로 치솟자 근처의 혈강시들이 일제히 떠오른 머리를 향해 혈선을 내뿜은 것이다.

펑!

응집된 혈선에 관통당한 강시의 머리는 수박처럼 공중에서 터져 나갔다.

맹정우는 뜻밖의 상황에 의아해하면서도 강시들이 엉뚱한 목표를 향해 혈선을 남발하는 틈을 놓치지 않았다.

그는 다시 단지보를 시전, 가장 가까이에 있는 또 다른 강시의 뒤를 덮쳤고, 은빛을 발하는 천신도가 다시 한 번 빛을 번득이자 강시의 머리 하나가 또다시 공중으로 치솟았다.

그러자 좀 전과 같은 상황이 다시 한 번 발생했다. 혈강시들은 또다시 날아가는 강시의 머리를 향해 혈선을 쏘아 공격했다.

'가만… 혹시?'

뭔가 낌새를 눈치챈 맹정우는 머리가 잘린 채 우뚝 서 있는 혈강시를 번쩍 들었다. 그리고는 공중의 머리를 터뜨린 후 다시 맹정우 쪽으로 몸을 돌리는 혈강시들을 향해 머리 잘린 혈강시를 던져 버렸다.

그런데 머리 때와는 달리, 강시들은 날아오는 시체에 눈길 한번 주지 않았다.

쿵!

목 없는 시체는 맥없이 바닥으로 떨어졌고, 그사이 맹정우의 움직임을 감지한 듯 강시들이 그를 향해 혈선을 날렸다.

"이크!"

뭔가를 고민하고 있던 맹정우는 다급히 몸을 날려 혈선을 피했다. 그가 몸을 날린 곳은 그에게 목이 잘린 또 다른 한 놈이 서 있는 곳이었다.

"역시!"

목이 잘린 놈의 뒤까지 몸을 굴린 맹정우는 알겠다는 표정을 지었다. 과연 그의 생각대로였다. 도망치는 그를 바싹 쫓아오던 혈선들은 그가 강시의 뒤로 숨어버리자 거짓말같이 뚝 끊어져 버렸다.

'이놈들은 지금 누구에게 조종되고 있는 것이 아니다. 아마도 그저 이 공간을 지키라는 명령, 움직이는 것을 무조건 공격하라는 명령만이 주입되었을 것이다. 다만 움직이는 동료까지 공격하면 안 되니까 각자의 옷이나 몸속에 공격을 하지 못하게 하는 부적이나 주술을 걸어놨겠지.'

공중에 떠오른 머리는 일제히 공격을 하는데 공중에 떠오른 몸을 공격하지 않을 때부터 떠올랐던 가정이었다. 이제 머리 잘린 놈의 뒤에 숨어 움직이질 않으니 혈강시들은 전혀 그를 공격할 생각을 하지 않았다. 그의 가정이 정확히 들어맞은 것이다.

맹정우는 바닥에서 꿈틀거리고 있는 현진에게 외쳤다.

"현진! 이놈들은 움직이지 않으면 절대 공격하지 않아요! 그러니 조금만 참고 있어요!"

현진은 쓰러진 채로 알았다는 듯 눈을 깜빡였다.

맹정우는 목 잘린 채 멈춰 서 있는 강시의 등에 찰싹 달라붙었다. 그리고는 두 손으로 강시의 쭉 뻗은 두 팔을 잡고 두 발은 땅을 디디고 있는 강시의 두 발꿈치 뒤에 대었다. 그리고는 강시를 살짝 안아 들고 조금씩 움직이기 시작했다. 두 발은 공중에 뜬 강시의 발을 밀며 보조를 맞추었다.

그는 들고 있는 강시와 움직임을 맞추면서 주변의 강시들에게 다가갔다. 주변의 강시들은 그가 다가오자 조금씩 움찔거렸지만 공격하겠다는 판단은 들지 않는 듯 다른 곳을 보고 있었다.

혈강시 한 놈의 등 뒤로 다가간 맹정우는 들고 있던 강시를 살짝 내려놓은 다음 허리에 찼던 천신도를 다시 빼냈다. 그리고는 단지보를 시전, 번개같이 혈강시의 뒤로 다가가 일도를 내려쳤다.

푸욱!

또다시 혈강시의 머리 하나가 공중으로 치솟았고, 혈선들이 여기저기서 날아왔다. 맹정우는 재빨리 뒤로 도망쳐 내려놨던 강시의 뒤에 숨었다. 강시의 몸은 여간 단단한 것이 아니어서 빗나간 혈선이 스치고 지나가도 구멍이 나거나 하진 않았다.

맹정우는 이런 식으로 멈춰 버린 혈강시를 이용하여 나머지 혈강시를 한 구 한 구 처치해 나갔다. 열댓 구 정도 되던 혈강시는 순식간에 다섯 구로 줄어버렸다.

그런데 맹정우가 남은 다섯 놈 중 하나에게 접근할 때 문제가 일어났다. 시체를 들어 피를 빨아먹던 혈강시 중 한 놈이 현진이 있는 쪽으로 접근하고 있었던 것이다.

현진은 옴짝달싹할 수 없는 상태에서 소리도 못 지르고 불안한 눈으로 그저 맹정우를 바라보고 있었다.

맹정우는 난감한 표정을 지었다. 하필 그가 있는 쪽은 현진과 가장 거리가 먼 쪽이었고, 그와 현진 사이에는 네 구의 강시가 일정한 간격으로 군데군데 서 있었다.

맹정우는 목 잘린 강시를 안고 조심스레 움직이고 있었다. 만일 그가 현진을 구하려고 그녀가 있는 장소로 달려가려 한다면 강시의 움직임을 벗어나는 동작을 취할 것이고, 그렇게 되면 그 사이에 있는 네 구의 강시가 그의 동작을 감지하고 움직이는 그를 공격하게 될 것이다.

맹정우는 강시를 안은 채 조금씩 빠르게 움직여 현진에게로 다가갔다. 그러자 가까이 있던 강시가 움찔거리는 빈도가 심해졌다. 그러더니 서서히 뻗은 두 팔을 그를 향해 움직였다.

맹정우는 강시의 움직임이 신경 쓰이면서도 현진에게 다가가는 강시가 더 신경 쓰였기에 조급한 움직임을 멈추지 않았다.

그러나 결국 가까이에 있던 강시가 그를 감지한 듯, 뻗어낸 열 손가락에서 혈선이 맹정우에게로 튀어나왔다.

"제길!"

맹정우는 안고 있던 강시를 쏘아져 오는 혈선을 향해 밀어붙이고는 몸을 빼내어 그 다음 강시에게로 돌진했다.

그가 급작스러운 동작을 취하자 강시들의 시선이 일제히 그에게로 향했다. 그리고 두 팔 역시 그를 향해 돌려졌다.

피숫! 피숫! 피숫!

혈선들이 움직이는 맹정우를 향해 짓쳐 들었다. 맹정우는 자세를 급격히 낮추며 가장 가까이 있는 강시가 몸을 뒤트는 동선을 따라 신형을 움직였다. 그러자 그 강시 뒤쪽의 강시들이 쏘아낸 혈선은 그 강시의 등 뒤에 이르러 뚝 그쳐져 버렸다.

혈선의 수가 현저히 줄어든 틈을 타 맹정우는 노리는 강시를 향해 달려들었고, 강시의 목은 다시 떨어져 나갔다.

피슈우— 펑!

떨어져 나간 강시의 목은 다시 날아온 혈선에 터져 버렸다. 맹정우는 그 틈을 타 다른 강시에게 접근하려 하였으나 수없이 날아오는 혈선은 날아오른 강시의 머리뿐 아니라 그에게도 무수히 쏘아져 오고 있었다. 맹정우는 다급히 몸을 날려 방금 머리가 잘린 강시의 몸통 뒤로 몸을 숨겼다.

"까아악!"

맹정우가 후퇴하는 사이 결국 사단이 벌어지고 말았다. 현진과 가장 가까이 있던 강시가 피가 모자란 듯 그녀 쪽으로 다가가더니 현진을 들어 올린 것이다.

"안 돼!"

맹정우는 발작적으로 다시 뛰쳐나왔다. 남은 두 구의 강시가 일제히 혈선을 그에게로 쏘아냈다. 맹정우는 경신법 삼식 중 최종 절초인 우중건신(雨中乾身)을 극성으로 시전, 네 개의 손에서 뿜어져 나오는 스무 개의 혈선을 모두 피하며 한 놈의 모가지를 베어내는 데 성공했다.

승룡회운으로 기쾌하게 몸을 반전시키며 남은 한 놈을 스치듯 지나치며 목을 떨궈냈을 때, 그의 눈에 강시에게 붙들린 채 공포에 잔뜩 전 현진의 얼굴이 들어왔다.

공포에 질린 현진의 두 눈과 마주치자 맹정우는 아까 전 미간이 뚫린 채 죽어가던 현선의 눈이 떠올랐다. 또다시 정들었던 여인, 아니, 정들었던 동료가 죽어가는 것을 보기는 정말 싫었다.

"안 돼!"

맹정우는 온몸의 공력을 실어 일보장천으로 땅을 박찼지만 강시의 날카로운 송곳니는 이미 현진의 목으로 파고들어 가고 있었고, 그와 강시와의 거리는 아직 십 장이나 남아 있었다.

강시가 현진의 목덜미에 이빨을 박아 넣으려는 순간, 놈의 등 뒤에서 섬광이 번쩍였다.

쿠쿵!

"쿠오오오!"

강시는 섬광에 떠밀려 현진을 놓치며 괴성과 함께 오 장을 날아 땅에 박혀 버렸다. 맹정우는 쓰러진 강시가 일어나는 틈을 놓치지 않고 쫓아가 목을 베어버렸다. 마침내 모든 혈강시를 처치해 버린 것이다.

"대주님, 괜찮으세요?"

맹정우의 귀에 들려온 것은 너무나도 반가운 목소리였다.

"한 소저, 진 소협! 여기는 어떻게?"

맹정우는 반가움과 놀라움이 뒤섞인 목소리로 외쳤다. 놀랍게도 검기를 날려 강시를 쓰러뜨린 것은 진소천이었고, 쓰러진 현진을 부축하며 그의 안부를 물은 것은 바로 한영영이었다.

맹정우는 뇌옥까지 찾아가고도 발견하지 못한 그녀가 이렇게 극적으로 나타나자 놀라움을 금치 못했다. 게다가 진소천은 최운 일행에게 업혀갈 때만 해도 광혼 제련 단계의 후유증으로 정신을 잃고 있었는데 어느 결에 그녀와 합류하여 현진을 구해낼 수 있었을까?

"저는 다른 대원들과 따로 갇혀 있었어요. 놈들은 저의 소지품을 뒤져 보고는 제가 일월문주의 딸인 것을 알아차린 기색이더군요. 그 후 저는 작은 방에 계속 감금되어 있었는데, 반 시진 전쯤 최 향주님 일행이 우연히 제가 있는 방 근처를 지나가다가 저를 감시하고 있던 보초들과 마주쳤었지요. 다행히 놈들을 소리없이 처리할 수 있었고, 그 후

저는 대원들과 합류하여 행동하게 된 것이었지요. 진 공자는 제가 합류할 무렵 제정신을 찾았었구요."

한영영의 설명을 듣고 맹정우는 어느 정도 상황을 파악할 수 있었다.

"그런데, 이곳은 어떻게 알고 오신 겁니까? 그리고 최운이나 다른 대원들은 다 어딜 간 거죠?"

"저희는 대주님 명령에 따라 이곳을 탈출하려고 했지요. 그런데 갑자기 이 지역 전체가 소란스러워지면서 미로같이 엮인 통로들이 제멋대로 뒤섞여지더군요. 뒤죽박죽된 통로들을 헤매다가 철혈방의 적도들과 마주쳤고, 싸우던 중에 결국 우리는 뿔뿔이 흩어지고 말았어요. 진 공자와 저도 대원들과 외따로 떨어졌는데, 이곳의 기운이 심상치 않음을 제가 읽고 여기로 온 것이지요."

한영영은 탕평촌에서 이무기 퇴치할 때 영기를 잘 읽어내는 능력을 발휘했었으니 요기를 증폭시키는 이곳의 기운을 읽어내고 여기까지 접근한 모양이었다.

"어쨌거나 여기를 얼른 부수고 빠져나가야겠군. 그래서 운이랑 다른 대원들과 한시라도 빨리 합류해야겠어요."

맹정우는 우선 현진의 상세를 살폈다. 현진은 상세가 결코 가볍지 않았지만 급한 대로 지혈을 하고 금창약을 바르니 치명적인 상처로 도질 것 같지는 않았다. 다만 친자매 같던 현선과 다른 동료들이 죽은 것에 심적인 타격이 큰 듯, 현진은 아무 말 없이 계속 눈물을 흘리고 있었다.

맹정우는 그녀를 한영영에게 맡기고는 씁쓸한 표정으로 일어섰다.

"진 소협, 나랑 같이 저것을 부숩시다."

맹정우는 진소천을 대동하고 원뿔 방으로 다가갔다. 진소천은 아무

말 없이 그를 뒤따랐다.

맹정우는 문득 조금 이상하다는 생각이 들었다. 진소천은 한영영과 함께 이곳에 출현한 뒤 지금껏 한마디도 말이 없었다. 원래 수다스러운 편은 아니었으나 지금처럼 입을 꾹 다물고 다니지도 않았었기에 왠지 태도가 미심쩍었다.

"진 소협, 괜찮소? 어디 아프오?"

맹정우가 뒤돌아보며 물어보았지만 진소천은 묵묵부답이었다.

맹정우는 그의 반응이 수상해 뭐라 더 말하려 했지만 갑자기 발밑이 움직이는 바람에 더 이상 말할 수가 없었다.

드드드드드드드—

"이런, 또야?"

맹정우는 짜증 섞인 외침과 함께 돌아가고 있는 발밑을 노려보았다.

좀 전과 똑같은 현상이 반복되었다.

바닥이 반 바퀴쯤 돌아가자, 또다시 곳곳에서 장방형의 구멍이 드러나고 그 구멍에서 지긋지긋한 혈강시들이 몸을 일으키기 시작했다.

맹정우는 놈들이 몸을 완전히 일으키기 전에 몽땅 제압하기로 마음을 먹었다. 그는 천신도를 빼 들고 가까운 구멍을 향해 달려갔다.

"타앗!"

호쾌한 천신도의 일격에 막 일어서던 혈강시의 목이 뎅겅 잘려 버렸다.

맹정우는 일보장천과 승룡회운을 신속하게 구사하며 혈강시들이 장방형의 구멍에서 일어서는 족족 목을 따버렸다.

그러나 이번 구멍은 아까의 구멍보다 개수가 더 많았다.

"한 소저! 우선 현진 스님을 데리고 도망쳐요!"

맹정우의 다급한 외침을 들은 한영영은 흐느적대는 현진을 부축하며 자신이 들어왔던 입구로 다가갔다.

맹정우가 들어왔을 때 굳게 닫혔던 입구는 어느 결에 열렸는지 훤히 바깥이 내다보이고 있었다. 한영영과 현진이 입구 밖으로 나갈 무렵, 맹정우의 손이 닿지 않은 혈강시들이 모두 구멍에서 몸을 일으키고 두 팔을 들어 올리기 시작했다. 이제 두 손을 활짝 펼치기만 하면 열 개의 손가락에서 공포의 혈선이 쏟아져 나올 것이 뻔한 상황이었다.

"진 소협, 내 뒤로!"

맹정우는 머뭇거리는 진소천을 잡아끌어 자신의 뒤로 숨겼다. 그리고는 아까 쓰려다 못 쓴 검광만암천을 준비하기 시작했다.

심결이 빠르게 머리에서 흘러가고 단전의 공력이 일 주천하여 그의 칼을 잡은 팔에 몰려들었다.

일어난 혈강시들은 일제히 몸을 돌려 활짝 펼친 열 개의 손가락을 맹정우와 진소천에게로 향했다.

그 순간 맹정우의 검결지가 태극을 그렸고, 오른팔의 천신도가 횡으로 힘차게 그어졌다.

검광만암천!

빛나는 은빛 검광이 반원형의 공간을 뒤덮었다. 막 쏟아져 나오던 혈강시의 혈선들은 맞은편에서 닥쳐 드는 광채에 모두 소멸되었고, 곧이어 구멍 밖으로 튀어나오던 혈강시들 모두도 그 광채에 휩쓸렸다. 검광에 휩쓸린 강시들의 강철 같은 육체는 종잇장처럼 산산이 찢어져 나갔다.

쿠우우우우―

은빛 광채는 강시들을 찢어발기는 것도 모자라 반원형 공간의 내벽에 거인이 커다란 손톱으로 긁어낸 듯한 상처까지 내어버렸다. 그런데 기이하게도 공간 한가운데 있는 원뿔의 방의 외벽은 분명 광채가 휩쓸고 지나갔는데도 불구하고 흠집 하나 나질 않았다.

쨍그렁!

맹정우는 천신도를 떨어뜨리고 바닥에 주저앉았다.

머리가 터질 지경이었다. 천신도의 사념이 파고들 때부터 늘 그렇듯이 시작된 두통이었지만 검광만암천을 시전하자 거의 걷잡을 수 없는 통증이 그의 머리로 닥쳐왔다. 하마터면 탕평촌과 중경 남부에서처럼 기절할 뻔했지만 두 번의 경험이 있었기에 간신히 정신을 놓지 않을 수 있었다.

"진… 소협, 머리가 너무 아파서 그러니 나 대신 저 원뿔 방을 파괴해 주시오. 여기서 시간을 지체하다가는 또 무슨 일이 생길지 모르니 빨리… 그 부곡주가 말하길 방 내부로 들어가서 거기 있는 검을 뽑으면 파괴할 수 있다 했소."

맹정우는 바닥에 두 팔을 짚고 무릎을 꿇은 채로 힘겹게 말을 내뱉었다. 당장이라도 저 원뿔 방을 부수고 이 방을 나가고 싶었지만 말한 대로 머리가 너무 아파서 꼼짝도 할 수가 없었다.

진소천은 그의 말을 들은 듯 뒤에서 한 발 앞으로 다가오더니 땅에 떨어져 있는 천신도를 주웠다.

"아니, 그건 가져갈 필요 없고……."

맹정우는 진소천에게 천신도를 놔두라고 말하려 안 들리는 고개를 억지로 쳐들었다. 그런데 그 순간, 그의 머리 위로 천신도가 내리찍어

오는 것이 보였다.

"무, 무슨 짓이냐!"

맹정우는 화들짝 놀라며 몸을 움직였다. 너무 가까운 위치에서 칼이 날아오고 있었기 때문에 좌우로 구를 시간도 없었다. 그는 재빨리 고개를 숙이며 무릎걸음으로 한 발 앞으로 나갔다. 머리로 찍어 들어오는 칼을 폭풍번이 감긴 등으로 받아내기 위해서였다.

픽!

등에 무지막지한 충격이 전해져 왔다. 맹정우는 패대기쳐진 개구리처럼 사지를 쭉 뻗고 배를 바닥에 처박았다. 비릿한 피가 목구멍 위로 솟구쳐 올랐다.

엎드려 있으니 머리 위의 상황이 어떤지 알 수가 없었지만 보나마나 진소천이란 놈은 다시 칼을 들어 올려 내리찍어 오고 있을 것이 틀림없었다. 맹정우는 머리와 등이 아파 정신을 차릴 수가 없었으나 오로지 살겠다는 일념 하나로 몸을 옆으로 굴렸다.

콰앙!

다행히 그의 예측은 정확히 들어맞았다. 진소천이 내리찍은 천신도는 맹정우가 방금 전까지 엎드려 있던 자리를 부숴뜨리며 박혀 버렸다.

맹정우에게 불행 중 다행이었던 것은 천신도가 지나치게 잘 드는 칼이라는 것이었다. 진소천의 무지막지한 공력이 실린 터라 천신도는 칼자루까지 땅속으로 박혀 버리고 말았고, 진소천이 박힌 칼을 빼내느라 시간을 약간 지체하는 사이 맹정우는 데굴데굴 땅을 굴러 그의 사정권 밖으로 벗어날 수 있었다.

"이… 미친 새끼! 네놈이 배신할 줄은 애저녁부터 알고 있었다! 나랑 한 소저가 같이 있을 때마다 노려보는 눈빛이 기분 나쁘다 했더니… 이렇게 중차대한 상황에서 배신을 때리는군!"

전열을 재정비한 맹정우는 분노하며 진소천에게 달려들었다. 머리는 깨질 듯하고 속은 다 뒤집혀 있었지만 워낙 열이 받은 터라 그러한 모든 통증을 망각하고 있었다.

진소천은 천신도에 기를 응축시켰다. 성명절기인 광풍검을 쓰려는 듯했으나, 역시 속도에서는 맹정우가 빨랐다. 맹정우는 단지보를 시전하여 순식간에 거리를 좁히고서는 두 팔을 구부렸다 쭉 뻗었다.

퇴산장의 부드럽지만 강한 장력이 막 칼을 휘두르려는 진소천을 공중으로 붕 띄웠다.

진소천은 왠지 몸이 뻣뻣했다. 공중으로 떠올랐음에도 불구하고 자세를 바로잡으려 하지 않고 그저 칼을 움직이는 데 신경을 쓰는 듯 보였다.

맹정우는 진소천을 띄울 때부터 다음 행동을 준비하고 있었다. 그는 단지보를 시전하여 날아가는 진소천을 바람같이 쫓아갔다. 진소천이 땅으로 떨어지는 순간, 이미 그 자리에는 맹정우가 대기하고 있었다.

"죽어라, 자식아!"

맹정우는 뒤로 떨어지는 진소천의 등짝을 이단 차올리기로 보기 좋게 찍어버렸다. 등을 걸어 채인 진소천은 비스듬히 바닥으로 떨어져 굴렀다.

맹정우는 진소천을 걸어찬 발이 지나치게 얼얼하다는 느낌이 들었지만 크게 신경 쓰지 않고 쓰러진 진소천에게 마지막 일격을 가하기 위해 달려갔다. 그런데 그가 접근했을 때, 등을 보인 채 쓰러져 있던 진소천이 벌떡 일어나 그를 향해 몸을 돌렸다.

"헉!"

맹정우는 헛바람을 토해냈다. 몸을 돌리는 진소천의 두 팔은 여전히 천신도를 꾹 움켜잡은 자세 그대로였고, 천신도를 타고 흐르는 투명한 도기도 공중에 떠오르기 전 응축되어 있던 그대로였다.

'어떻게 저럴 수가? 놈은 처박히고 걷어 채인 충격을 전혀 받지 않았단 말인가?'

맹정우가 놀라 달려들던 동작을 멈추는 순간 진소천의 두 팔이 위맹하게 휘둘러졌고, 광풍검법으로 발현된 천신도의 강력한 도기가 그에게로 빛살과 같이 닥쳐 들었다.

"치잇!"

맹정우는 단지보를 시전하여 간신히 날아오는 도기를 피했다.

콰앙!

날아든 도기는 굉음과 함께 그가 있던 자리를 움푹 패이게 만들었다.

그런데 한번으로 끝이 아니었다. 진소천은 연달아 칼을 휘둘러 달아나는 맹정우를 향해 응축된 도기를 날렸다.

쾅! 쾅! 콰쾅!

맹정우는 날아오는 도기를 요리조리 피해 다녔지만 진소천은 지치지도 않는 듯 끊임없이 도기를 날려댔다.

맹정우의 속도는 점차 느려졌다. 공력의 소모가 극심한 검광만암천을 쓴 데다가 진소천의 공격을 피하느라 남발하고 있는 단지보도 공력 소모가 많은 보법이었다. 게다가 그는 지금 두통과 내상으로 인해 정상적인 몸이 아니었다.

반면 그의 상대는 안 보이는 사이 무슨 천고의 영약이라도 먹은 듯 공력이 마르지 않는 샘과 같았다. 진소천은 공력의 소모가 많아 보이는 광풍검법을 끊임없이 시전하며 맹정우를 공격했다.

시간이 흐르면서 공력이 이어지지 않는 맹정우의 발은 점점 느려졌고, 수없이 날아오는 진소천의 도기는 점차 그를 향해 다가들었다.

콰앙!

"욱!"

마침내 도기 하나가 몸을 뒤틀며 피하던 맹정우의 옆구리를 스치고 지나갔다. 폭풍번이 막아주고는 있었으나 이번 것은 물리적 공격이 아닌 도기의 공격이었기에 폭풍번은 별 효용이 없었다.

맹정우는 다시 입으로 차 올라오는 비릿한 피를 억지로 삼키며 몸을 날렸다. 이제 놈의 공격을 피할 곳은 한곳뿐이었다.

'검광만암천의 검격에도 끄덕하지 않았던 저곳!'

맹정우는 반원형 공간의 중앙에 우뚝 서 있는 원뿔의 방을 향해 몸을 던졌다. 진소천의 도기가 여지없이 날아왔지만 간발의 차로 피하며 간신히 방 안으로 들어갈 수 있었다.

방 안으로 들어가 문을 닫자마자 쿵! 쿵! 하는 소리가 방 밖에서 들려왔다. 아마도 닥쳐 들던 도기가 방의 외벽을 때리는 듯했는데, 기이하게도 그저 소리만 들릴 뿐, 방의 벽이 전혀 흔들리지 않았다. 단단한 돌 바닥을 부숴 버리는 위력의 도기가 닥쳐 들고 있는 데도 불구하고 부서지거나 흠집이 나는 것은 고사하고 흔들리지도 않는다니, 정말 기이한 방임에는 틀림이 없었다.

놈의 도기가 침투하지 못한다는 확신이 들자, 맹정우는 조금 여유를 갖고 방 안을 살폈다.

바닥의 지름이 일 장 반쯤 되는 방 안에는 부적에 쓰이는 듯한 글씨들로 가득 차 있었다.

방 중앙에는 태극 문양이 그려진 탁자가 있고, 탁자 한가운데 원뿔의 방과 원형 공간 전체의 중심점을 공유하고 있는 그곳에는 한 자루의 검이 검첨을 원뿔 꼭대기로 향한 채로 꽂혀 있었다.

맹정우는 그 검을 보자마자 숨이 멎을 듯 놀라고 말았다.

"이게 뭐야! 얘가 대체 왜 여기 있는 거지?"

탁자 위에 꽂혀 있는 검은 그가 형산에서 잃어버린 뒤 그토록 찾기를 갈구하던 아버지의 유품, 팔성검이었다.

그는 얼른 팔성검을 탁자에서 빼내어 감회 어린 눈으로 검신을 쓰다듬었다. 그간 내색은 하지 않았지만 죽은 아버지와의 유일한 연결 고리인 이 검이 없어진 후 항상 마음이 편치 않았던 그였다.

"이제 한시름 놓았군."

마음에 부담이 덜어짐과 함께 천군만마를 얻은 듯한 용기가 들었다. 천신도를 빼앗겼으니 검광만암천을 구사할 재주가 없던 차인데 이제 애검인 팔성검이 다시 손아귀에 들어왔으니 못할 게 뭐가 있으랴. 게다가 이 검은 천신도처럼 두통이니 사념이니 하는 부작용도 없으니 더더욱 검법을 쓰기 알맞은 병기였다.

쾅!

맹정우가 다시 찾은 팔성검을 잡고 희희낙락하고 있을 때, 갑자기 굉음과 함께 원뿔 방이 크게 흔들렸다. 진소천의 도기와 충돌한 듯, 방벽의 한 부분이 우수수 무너져 내렸다.

"어떻게 된 거지? 계속 괜찮다가 왜 갑자기……."

맹정우가 의아해하는 사이 진소천의 공격은 계속되었다.

쾅! 콰쾅! 쾅!

연속된 도기의 공격으로 인해 원뿔 방벽은 금이 가기 시작했고, 무너질 듯 흔들거렸다.

'혹시?'

맹정우는 불현듯 떠오른 생각에 뽑아낸 팔성검을 원래 자리에 꽂아 넣었다.

그러자 갑자기 쾅쾅거리는 굉음이 현저하게 줄어들고 무너질 듯 흔들리던 벽의 진동이 뚝하고 멈춰 버렸다. 밖에서는 여전히 쿵쿵거리는 소리가 들렸지만 처음 들어왔을 때와 같이 뭔가에 가로막힌 듯 소리가 매우 작아졌고 방의 흔들림도 없어졌다.

"흐흠, 이제야 알겠군······."

상황을 보아하니 팔성검은 이 원뿔 방에 지대한 역할을 하는 것이 틀림없었다. 이것을 있던 자리에서 빼면 방의 방어적 효능이 뚝 떨어지는 듯했다.

"이 방을 부수려면 이걸 빼내면 된단 말이지!"

뜻하지 않게 방을 부수는 방법까지 알게 된 맹정우는 득의만만한 표정으로 다시 팔성검을 뽑았다.

그러자 다시 쾅쾅거리는 소리와 함께 방이 무너질 듯 흔들거렸다. 밖의 진소천은 지치지도 않는지 여전히 방벽을 때리고 있었다. 무슨 일인지 몰라도 놈은 방 안으로 들어올 생각은 하지 않는 듯했다.

맹정우는 고민할 것 없다는 듯 문밖으로 뛰쳐나갔다. 몸 상태가 좋지 않았지만 진소천 정도를 쓰러뜨릴 자신은 언제나 가지고 있었다. 게다가 팔성검까지 갖추고 있는데 더 이상 뭐가 두려우랴.

"각오해라, 이놈. 배신자의 말로가 뭔지 보여주지!"

용기백배하여 방 밖으로 튀어나오는 맹정우를 향해 진소천이 기다렸다는 듯 도기를 날렸다.

맹정우는 달려나오는 속도를 더욱 가속하여 도기를 피한 후, 진소천의 배후로 돌며 접근했다.

"검광만암천으로 시체조차 온전하지 못하게 해주마!"

맹정우는 왼손의 검결지로 태극을 그려내기 시작했다. 단전에서 힘차게 뽑아 올린 기운이 몸 전체를 돌아 오른팔로 집결했다. 아니, 집결하려 했다. 그러나 도무지 기운이 모아지질 않았다.

'어! 이거 왜 이러지?'

맹정우는 다시 한 번 구결을 떠올리며 내공을 돌렸지만 공력은 모아지지 않았다. 검광만암천을 두 번 연속으로 시전하기에는 그의 공력이 아직 모자랐던 것이다.

'빌어먹을… 연달아 쓰기는 무리인가?'

그러는 사이 진소천의 도기가 닥쳐 들었다. 맹정우는 승룡회운을 시전하며 도기를 피해 다시 진소천의 배후로 돌았다.

맹정우는 동작이 크고 왠지 모르게 뻣뻣한 진소천의 약점을 철저히 노리기로 했다. 검광만암천을 못 쓰는 이상 근접하여 팔성검을 직접 놈의 목에 꽂아 넣는 수밖에 없었다.

진소천은 맹정우가 회전하는 쪽으로 따라 돌며 도기를 한 번 더 날렸다. 맹정우는 그것까지 옆으로 돌며 피한 다음 단지보를 극성으로 시전하여 진소천의 배후로 접근할 수 있었다.

"죽어라!"

맹정우의 팔성검이 기쾌한 호선을 그리며 진소천의 목으로 날아들었다.

깡!

놀랍게도 진소천은 날아온 팔성검에 목을 맞고도 멀쩡했다. 아니, 멀쩡한 데다가 검을 튕겨내기까지 했다.

'깡?'

맹정우는 되튕겨 나오는 검을 추스르며 이해할 수 없다는 표정을 지었다. 어째서 사람의 살을 쳤는데 금속성의 소리가 난단 말인가? 혹시 이놈이 강시라도 된 건가?

의아함을 떨쳐 내기도 전에 진소천의 도기가 다시 날아왔다.

맹정우는 다급히 승룡회운을 시전하여 도기를 피하며 진소천의 배후로 돌았다.

진소천은 기이하게도 큰 동작을 필요로 하는 광풍검법만을 고집하고 있었기에 방향 전환이 민첩하지 못했다.

맹정우는 막 몸을 돌리고 있는 진소천의 등을 향해 팔성검을 깊숙이 찔러 넣었다.

깡!

'또냐!'

맹정우는 승룡회운의 회전 반경을 최대한 짧게 하며 진소천이 움직이는 궤적을 따라 움직이며 계속 그의 후위에 검격을 가했다.

깡깡깡깡깡!

팔성검으로 아무리 후려쳐도 진소천의 옷만 너덜너덜해질 뿐, 그의 피부는 철벽같이 맹정우의 공격을 튕겨냈다.

지속적인 공격에도 불구하고 상대가 전혀 피해가 없자 기력이 달린 맹정우의 동작이 점차 느려졌다.

부우웅!

맹정우가 주춤하는 사이 진소천의 천신도가 매섭게 짓쳐 들었다.

맹정우는 날아오는 도기를 피해 공중으로 몸을 날렸다.

쾅!

도기의 섬광이 맹정우가 있던 자리를 때렸고, 돌 바닥이 깨지며 파편이 흩날렸다.

도기의 위력에 질린 맹정우는 다시 뒷걸음질을 쳤고, 진소천은 연이어 도기를 종횡으로 날렸다.

쾅! 쾅! 콰콰콰쾅!

맹정우는 정신없이 경신법을 전개하여 상하좌우로 날아오는 도기들을 피해냈고, 그를 비껴 나간 도기가 바닥과 벽을 때리며 귀를 찢는 굉음과 무수한 파편을 발생시켰다.

계속 날아오는 도기에 쫓기던 맹정우는 결국 원뿔 방으로 다시 몸을 던졌다.

그가 방문을 열고 들어가는 순간, 쫓아온 진소천이 다시 도기를 날렸다.

콰직!

날아온 도기는 방문을 반으로 쪼개며 날려 버렸고, 맹정우는 그 여파로 날아가 방 중앙의 원탁에 부딪쳤다.

"아구구구구구……."

죽는소리를 내며 몸을 일으키는 맹정우의 눈에 부서진 문밖의 광경이 걸려들었다. 진소천이 매서운 속도로 원뿔 방을 향해 달려오고 있었다.

'이런 젠장! 문이 부서져서 들어올 수 있는 거냐?'

맹정우는 다급히 팔성검을 들어 원탁의 검이 꽂혀 있던 부분에 박아 넣었다.

쿠르르릉!

"어어어?"

맹정우는 총망 중에도 놀라지 않을 수 없었다. 검을 박아 넣자마자 갑자기 방이 가라앉기 시작했기 때문이다.

놀랍게도 원뿔 방은 지하로 서서히 내려가고 있었다. 달려오던 진소천이 문 안쪽을 향해 도기를 날렸지만 이미 원뿔 방의 문은 지하로 자취를 감췄고, 원뿔의 끝부분이 서서히 땅 밑으로 들어가고 있었다.

제7장

방황하는 동료들은

영웅이 돌아오기를 갈망한다

방황하는 동료들은
영웅이 돌아오기를 갈망한다

퍽!

분광검의 절초가 꽂힌 머리는 수박처럼 으깨져 버렸고, 머리가 깨진 상대는 짚단처럼 푹 쓰러져 버렸다.

최운은 지친 표정으로 검을 허리에 꽂았다. 이제 덤비던 적은 모두 쓰러졌지만 그의 얼굴에는 승리한 기쁨의 감정은 한 점도 찾아볼 수 없었다. 그도 그럴 것이, 그가 방금 죽인 적은 얼마 전까지만 해도, 아니, 바로 조금 전까지도 함께 동고동락하던 동료들이었기 때문이다.

딸랑! 딸랑! 딸랑! 딸랑!

다시 지긋지긋한 방울 소리가 울리기 시작했다.

"또 있나! 더 이상 죽일 동료가 또 있단 말이냐!"

최운은 핏발 선 눈으로 허공을 향해 외쳤다.

"진정해요! 어디서 어떤 적이 튀어나올지 모르는 상황에서 흥분은 불필요해요.”

최운은 옆에 있는 이비향을 매섭게 노려보았다.

“말은 참 쉽게 하는군. 당신의 사매들을 당신 손으로 죽이고도 그런 말을 할 수 있을까?”

이비향은 안타까운 표정으로 최운을 보았지만 아무 대꾸도 하지 못했다. 그도 그럴 것이, 지금 처리한 대다수의 적은 추적대에 참여했던 최운의 청룡당 동료들이었기 때문이다.

수년을 함께한 동료들을 직접 죽이는 기분을 당사자가 아니고서야 그 누가 이해할 수 있을까.

이비향 역시 같이 활동하던 추적대원을 죽인 것이 안타깝긴 했으나 청룡당원들과 손발을 맞춘 지는 얼마 안 되었기에 최운이 느끼는 상실감과 자신의 그것을 동일하다 할 수 없었고, 또 최운이 지금 느끼는 분노를 함부로 뭐라 할 수는 없었다.

이비향은 주변을 둘러보았다. 함께 탈출을 감행하던 대원들 가운데 아직 생존하고 있는 사람은 이곳에 함께 들어왔던 소림삼승과 최운, 이비향 자신뿐이었다.

‘혹시 한 소저는 살아 있을지도…….’

뒤늦게 합류했던 한영영은 난리통에 어디로 사라졌는지 알 수가 없었다.

다섯 사람이 지금 있는 곳은 밀폐된 장방형의 공간이었다.

탈출에 박차를 가하던 일행에게 사단이 발생한 것은 우연히 맞닥뜨린 보초를 처리하고 한영영을 구해낸 직후였다.

일행은 두 귀령곡인이 가르쳐 준 좁은 통로를 지나치고 있었는데, 갑자기 기관이 작동하면서 통로의 앞뒤가 막히더니 엉뚱한 곳에 출로가 나타났다. 앞뒤가 꽉 막혀 버린 일행은 별수없이 그 출로를 선택해 들어갔는데, 그 출로와 이어져서 다다른 곳이 바로 이 장방형의 공간이었다. 이 공간에 들어서자마자 어디선가 방울 소리가 들려오기 시작했고, 그때부터 사단이 벌어졌다.

방울 소리에 가장 먼저 반응한 것은 기절한 채 업혀 있던 진소천과 또 한 명이었다. 둘은 방울 소리가 귀에 들려오자 갑자기 자지러질 듯 몸을 뒤틀어댔다. 하도 발광을 하여 도저히 업고 있을 수가 없게 되자 바닥에 뉘어놓았는데, 방울 소리가 지속적으로 울려오자 광혼 제련 단계에 있었던 모든 대원이 머리를 감싸 쥐고 그와 같은 반응을 보이기 시작했다.

그때 장방형 공간의 좌우 벽이 열리며 철혈방 무사들이 닥쳐 들었다.

최운 등 다섯 명은 고군분투하며 적들을 베어 넘겼다. 다섯 명의 무공이 워낙 고강하여 큰 부상 없이 상대를 거의 다 쓰러뜨렸는데, 승세를 굳혀갈 즈음 방울 소리가 요란해지면서 바닥에 쓰러져 몸을 뒤틀던 대원들이 일어서기 시작했다.

일어난 대원들은 적이 아닌 최운 일행에게 덤벼들었다. 일행은 뜻밖의 상황에 경악하면서도 덤벼드는 대원들과 싸울 수밖에 없었다.

대원들은 강시처럼 피부가 딱딱해져서 칼이 잘 들지 않는 대신 움직임이 굼떴다.

일행은 어떻게 해서든 대원들을 피하고 싶었지만 어느 결에 철혈방 무인들은 모두 사라져 버렸고 공간은 출로가 막힌 채 밀폐되어 버렸다. 생존하기 위해서는 덤벼드는 대원들을 쓰러뜨리는 길뿐이었다.

선택의 여지가 없던 다섯 명은 반강시화된 대원들을 하나하나 처치했다. 팔다리를 끊어도 덤벼드니 머리를 부수는 수밖에 없었고, 목숨을 걸고 구출한 대원들은 결국 구해낸 최운들에 의해 한 명 한 명 머리가 날아간 시체로 변해갔다.

마지막까지 최운들을 힘겹게 한 것은 진소천과 함께 기절해 있던 대원이었다. 다른 대원들은 몸이 뻣뻣하고 동작이 굼떴지만 이 대원만큼은 평상시의 실력 이상의 능력을 발휘하여 처치하는 데 큰 애를 먹었다.

기이하게도 진소천은 사라져 버렸다. 게다가 뒤늦게 합류했던 한영영도 사라진 상태였다. 철혈방도들이 물러날 적에 같이 끼어간 것인지, 아니면 소동 중에 기관의 다른 통로로 도망친 것인지 도무지 알 수가 없었다.

'그 복면인들의 말은 거짓이었구나. 각성제는 일시적인 각성 작용만 있을 뿐, 대원들을 완전히 구해낼 수 없는 약이었어. 조종하는 방울 소리가 들려오면 대원들은 이미 그 소리에 응할 정도로 강시화가 되었었던 거야.'

딸랑! 딸랑! 딸랑!

이비향의 상념을 깨우는 듯 방울 소리가 더욱 요란하게 울렸다.

구구구구궁—

철혈방도들이 빠져나간 뒤 닫혔던 좌우 벽이 다시 열리기 시작했다. 드러난 구멍으로 나온 것은 또 다른 강시들이었다.

"저것은 혈강시!"

혜공이 낮게 외쳤다. 형산의 강시 제조처에서 맹정우와 함께 혈강시들과 싸운 적이 있었기에 그는 벽의 구멍에서 튀어나오는 강시들의 정체를 알아볼 수 있었다.

"피부는 단단하나 처리하기 곤란한 놈들은 아닙니다. 모두 아까처럼 머리를 노리고 집중 공격하면 처치할 수 있을 것입니다."

구멍을 통해 나온 혈강시는 단 두 구뿐이었다.

혜공의 말을 들은 일행은 조금 가벼운 마음으로 혈강시를 향해 덤벼들었다.

구멍을 통해 나온 두 구의 혈강시는 덤벼드는 일행을 향해 두 팔을 내밀고 열 손가락을 활짝 폈다.

그 순간, 달려가는 일행의 등 뒤에서 한줄기 외침이 들려왔다.

"멍청이들, 모두 엎드려! 위험하다!"

피슈슈슈슈슛!

스무 개의 손가락에서 일제히 혈선이 튀어나왔다.

"읏!"

"아악!"

등 뒤의 외침을 듣고 직감적으로 위험함을 감지한 일행은 일제히 자세를 낮추었지만 날아드는 수십 줄기의 혈선을 모두 피할 수는 없었다.

혜량의 한쪽 허벅지에 주먹만한 구멍이 뚫려 버렸고, 혜공과 이비향도 어깨와 다리에 큰 상처를 입었다.

"모두 이쪽으로!"

일행은 뒤에서 누가 외치는지 확인할 겨를도 없이 멀쩡한 사람이 부상자를 짊어지고 뒤로 돌아 질주했다.

피슈슈슈슛!

다시 혈선이 날아들었지만 이미 일행은 뒤쪽에 열려 있는 구멍을 통해 모두 밖으로 빠져나가고 있었다.

일행이 빠져나간 후 뒷면에 나타났던 구멍은 사라져 버렸고, 목표를 잃은 혈강시들은 우두커니 서 있었다.

일행을 위기에서 구한 자는 일전에 제압했던 두 귀령곡인과 비슷한 복장을 하고 있었다.

"혈강시에 겁도 없이 맞서다니, 간이 배 밖으로 나온 자들이로군."

최운들은 구해준 데 대한 감사 인사도 제대로 못하고 부상자들의 치료에 몰두하고 있었다. 혜량은 걷는 것은 고사하고 운신도 제대로 못할 정도의 큰 부상이었다. 피가 샘물처럼 솟구치던 허벅지는 간신히 틀어막아 지혈을 했지만 속히 의원에게 치료를 받지 못하면 불구자가 될지도 몰랐다.

혜공과 이비향의 상처도 만만치 않았다. 혜공은 오른 어깨를 못 쓰게 되어 거의 전투 불능이 된 상태였고, 이비향은 혜량이나 혜공만큼은 아니지만 발목의 상처가 심해서 절뚝이고 있었다.

혈도를 짚고 금창약을 바르고 상처를 싸매고 나자 간신히 틈이 생긴 최운은 자신들을 구해준 사내에게 정중하게 포권지례를 취했다.

귀령곡 복장의 사내는 손을 저어 최운의 인사를 물리쳤다.

"필요가 있어서 구해준 것이니 그렇게 정중할 필요 없소."

"저희는 무림맹의 추적대입니다만, 귀하는 차림새를 보아하니 귀령곡인 같은데……."

"옳게 봤소. 난 귀령곡의 부곡주요."

놀라는 최운들에게 부곡주는 자신의 상황을 간략히 설명했다.

맹정우와 만났던 일, 그리고 갇혀 있던 귀령곡인을 규합하여 마령지를 혼란하게 만들고 탈출을 감행하던 일까지.

"우리는 탈출을 목전에 두었으나 기관이 아닌 물리적인 힘으로 뚫고 나가야 할 장애물에 부딪쳤지. 그런데 나나 다른 동료들이나 뇌옥에 갇힐 때 무공이 거의 전폐된지라 힘을 쓰기가 어려운 상태요. 그래서 힘을 빌려줄 인물들을 찾던 중이었지. 난 그 맹정우와 다시 만나길 기대했는데 당신들이 우연히 눈에 띈 거요."

부곡주는 일행에게 자신의 동료들이 숨어 있는 곳으로 가자며 앞장을 섰다.

일행은 그를 따라 움직일 채비를 했다.

큰 부상을 입은 혜량은 혜승이 업었고, 이비향은 승려인 혜공이 부축할 수는 없는 노릇이니 별수없이 최운이 담당해야 했다.

최운은 난감한 표정으로 말했다.

"걷기 어려울 듯한데, 업히겠습니까?"

"됐어요. 그냥 걸을 수 있어요!"

이비향은 날카롭게 쏘아붙였고, 최운은 머쓱한 표정으로 물러서야 했다.

부곡주는 이곳 마령지의 기관에 정통한 듯 막다른 곳곳에서 출로를 만들어가며 일행을 안내했다.

최운은 자신의 앞에서 절뚝거리며 걷는 이비향을 안쓰럽게 바라보았다. 아까 장방형의 공간에서 심하게 응대한 것도 있고 하여 더욱 마음에 걸렸다.

최운은 걸음을 빨리하여 이비향의 옆으로 다가갔다.

"이 소저, 그러지 말고 한 팔을 내 어깨에 올리세요."

"됐어요. 잘난 최 향주님 도움 받고 싶지 않아요."

"그러지 말고 기대세요. 본의 아니게 서로 반목한 적은 있지만 지금은 비상시국이고 우리는 동료 아닙니까? 나중을 생각해서라도 고집 피

우지 말고 기댑시다."

최운은 그러면서 이비향의 한 팔을 붙잡더니 자신의 어깨에 올렸다.

"무슨 짓이에요, 망측하게! 걸을 수 있다니까요!"

이비향은 팔을 뿌리치려 했지만 최운은 잡은 팔을 꼭 잡은 채 한 팔로는 되레 이비향의 허리를 둘렀다.

이비향은 얼굴이 빨개져서는 바둥거렸다.

"이거 안 놔요?"

목소리가 커지자 앞서 가던 사람들이 조용히 하라는 눈빛으로 뒤를 돌아보았다.

이비향은 어떻게든 최운을 뿌리치려 했지만 최운은 결코 물러서지 않았다.

"부축받기 싫으면 업을까요?"

이비향은 어처구니없다는 듯 최운을 바라보았다. 최운의 눈빛이 보기 드물게 고집스러워 보였다. 원래 최운같이 평상시에 유한 사람이 한번 고집을 피우면 꺾기가 어려운 법, 이비향은 별수없다는 듯 고개를 저었다.

"맘대로 해요! 엉큼하긴……."

이비향은 툴툴거렸지만 마냥 불편한 얼굴은 아니었다. 최운이 부축하고 나서부터는 시큰거리는 발목을 더 이상 힘주어 디디지 않아도 되었기 때문에 실상 걷기는 훨씬 편했다.

둘은 그렇게 한참을 붙어 걸었는데, 최운은 처음에는 의식하지 않았으나 시간이 지날수록 긴장이 되어 땀이 나기 시작했다. 그도 그럴 것이 이렇게 여자와 찰싹 달라붙어 걸어본 적은 한 번도 없었기 때문이다. 절뚝거리는 것을 보고 있자니 마음이 불편하여 부축한 것이지만 이렇게 껴안다시피 하여 걷는 것도 마음이 불편하기는 매한가지였다.

그는 땀이 나고 긴장되는 것을 억제하고자 이비향에게 말을 걸었다.

"그런데 이 소저, 대관절 언제까지 정체를 숨길 참이오?"

"무슨 소리예요?"

"이 소저가 아니라 일전에 한 번 봤던 연설연 소저라는 것을 잘 알고 있소. 내 그동안 소저가 명문정파인 보타암 출신인지라 모른 척하긴 했지만 추적대 활동을 계속할 생각이라면 마냥 정체를 숨기고 있는 것을 그냥 보고 있을 수만은 없소."

이비향—으로 분장하고 있는 연설연—역시 남자랑 이렇게 가까이 붙어 있는 것은 생전 처음이었기에 몹시 긴장하고 있던 참인지라 최운이 말을 거니 반갑기까지 한 심경이었다. 그런데 기껏 묻는 것이 지극히 사무적인 데다가 그녀가 쉽게 대답하기 곤란한 질문이어서 다시 신경질이 나기 시작했다.

"이봐요. 그 질문에 대답하기 전에 날 좀 봐봐요."

최운은 무심코 고개를 돌리다가 연설연과 눈이 마주쳤다. 둘은 껴안다시피 하고 있어서 눈과 눈이 마주친 거리는 지극히 가까웠다.

최운은 당황하여 시선을 돌리며 말했다.

"뭐… 뭘 보라는 겁니까?"

"피하지 말고 다시 잘 좀 봐봐요. 내가 분장하고 있는 것을 어떻게 알았던 거죠?"

"어떻게 알긴요. 우선 눈빛이 똑같고, 풍기는 기품이 같았기 때문에 알아본 것이죠."

"기품?"

최운은 시선을 다시 연설연에게로 돌렸다.

"그래요. 소저와 산서성의 강가에서 처음 마주쳤을 때 다른 여인에게서 좀처럼 느낄 수 없는 기품이 느껴지더군요. 그게 상당히 인상적이었고 소저의 맑은 눈빛도 기억에 남았습니다. 나중에 추적대에서 마주쳤을 때도 그 눈빛과 기품 때문에 한눈에 소저인 줄 알아보았습니다."

최운이 눈을 쳐다보며 또렷이 말하자 이번에는 연설연이 당황하여 얼굴을 붉히며 시선을 돌렸다.

"별 시답잖은 소릴 다 듣겠네."

퉁명스레 대꾸했지만 연설연의 가슴은 매사에 침착한 그녀답지 않게 심하게 뛰었다.

최운의 방금 발언은 상당히 의미심장하게 들렸다. 눈빛과 기품을 기억하여 한참 뒤에 다른 모습으로 마주쳤을 때도 자신을 알아보았다는 것은 그가 자신을 특별히 생각하고 가슴에 담아두었었다는 뜻이 아닌가?

그녀는 가슴이 뛰어 더 이상 아무 말도 할 수가 없었다.

반면 최운은 이상하다는 표정으로 연설연을 바라보고 있었다.

설명을 해줬으니 이제 신분을 숨기고 추적대에 숨어든 이유가 뭐냐는 자신의 질문에도 대답을 해줘야 하지 않는가. 연설연은 대꾸하기는커녕 그를 외면한 채 입을 꾹 다물고 걷기만 하고 있었다.

'내가 또 말을 잘못했나?'

그는 고개를 갸웃거렸다. 아무리 생각해도 기분 나쁠 말은 하지 않았다.

그가 연설연을 금방 알아본 것은 그녀의 기도가 특이해서였다. 보타암의 천의무극신공이 워낙 개성이 강한 무공인지라 그는 그녀를 처음

보았을 때부터 부드러우면서도 단단함을 간직한 기도를 쉬이 느낄 수 있었다. 기도를 쉽게 읽었다고 하면 지닌 무공을 폄하하는 듯하여 기분 나빠할까 봐 방금 전 표현할 때는 듣기 좋게 '기품'이란 단어를 선택했었다. 게다가 영악하게 반짝거리는 것이 인상적이었던 눈빛도 맑아서 인상적이었다고 좋게 돌려서 얘기까지 했는데, 뭐가 그렇게 기분 나빠서 저렇게 고개를 외로 꼬고 이쪽은 쳐다보지도 않는지 이유를 알 수가 없었다.

그는 다시금 질문을 할까 생각했지만 자꾸 채근하면 그녀가 또 퉁명스레 나올까 두려웠다. 그래서 입을 꾹 다문 채 그녀가 마음을 고쳐먹고 질문에 대답해 주기만을 바라고 있었다.

그런데 갑자기 앞에서 들려온 대화로 인해 그녀의 답변 같은 것은 별로 중요하지 않은 문제가 되어버렸다.

둘의 앞에서 걷고 있던 혜공은 앞서 가고 있는 부곡주에게 혈강시에 대해 묻고 있었다.

"형산에서 맞닥뜨렸을 때만 해도 놈들은 별다른 무기가 없었는데, 어떻게 저렇게 강해진 것입니까?"

부곡주는 코웃음을 치며 말했다.

"형산에서는 피부 제련 과정만 끝낸 것으로, 혈강시라 할 수도 없는 것들이었소. 지금 이곳 마령지에서 요기를 흠뻑 받고 나서야 완전한 혈강시로 거듭난 것이지. 일단 손가락에서 광혈시가 쏟아져 나오기만 하면 혈강시 한 구로 웬만한 문파 하나쯤은 순식간에 쑥대밭으로 만들 수 있소. 무림맹도 섬서성에서 이미 그 위력을 보았을 텐데?"

"그게 무슨 소립니까?"

뒤에서 그 얘기를 듣고 있던 최운이 놀라서 외쳤다.

"아직 몰랐소? 섬서성의 무림맹 추적대가 전멸한 것이 혈강시 열 구가 벌인 일이었다는 것을."

일행은 놀라움을 금치 못했다. 맹에서는 아직 사백 명의 추적대를 몰살시킨 범인을 찾지 못하고 있었다. 그런데 그게 고작 열 구의 혈강시였다니!

"그게 정말입니까? 단지 열 구만으로 사백 명을?"

"정말이다마다. 완성된 혈강시 한 구만 있으면 웬만한 중소방파 하나쯤은 쑥대밭으로 만들 수 있지. 저 위의 광장에 누워 있는 백 구가 관에서 기어나와 강호로 나가는 날에는 그야말로 난리도 아닐걸?"

부곡주는 턱짓으로 위쪽을 가리켰다. 혜공과 최운은 그가 가리키는 장소가 어디인지 알아차렸다. 처음 두 귀령곡인을 쫓아올 적에 지나친 원형 광장. 그리고 그 광장에 널려 있던 백여 개의 관! 그 안에 있던 것이 전부 혈강시라는 말이었다.

"그 백 구의 혈강시가 언제 관에서 나온다는 말입니까?"

"글쎄, 내가 알기로는 거의 다 완성된 것으로 아는데… 아마 늦어도 이삼 일 안에는 완성되어 벌떡 일어나게 될 거요."

최운과 혜공의 눈이 마주쳤다. 부곡주의 말이 사실이라면 이대로 탈출할 수는 없었다. 어떻게든 저 끔찍한 위력의 혈강시가 강호로 나가는 것만은 막아야 한다. 그렇지 못한다면 조만간 강호를 피로 뒤덮을 최악의 참사가 일어날지도 몰랐다.

"하나만 더 묻겠습니다. 저 위에 누워 있는 강시들이 완성되는 것을 막을 수는 없습니까?"

"막자 하면 못 막을 것도 없지. 안 그래도 벌써 당신네 대주인 맹정우가 광장 아래의 요기 증폭하는 장소를 부수러 갔소. 그걸 부수면 더 이상 혈강시를 제조하지는 못할 거요. 다만… 지금 누워 있는 백 구의 혈강시까지는 어쩔 수 없지. 그놈들은 이미 거의 다 완성된 상황이니까."

"아직 미완성 상태라면서요?"

"미완성이긴 하나 강철 같은 신체와 광혈시를 쏘아내는 능력은 벌써 다 갖추었소. 지금 진행 중인 공정은 요기와 시체 속에 남아 있는 혼백을 완벽히 조화하여 조종자의 신호를 좀 더 명확히 알아듣게 하는 단계요. 지금 증폭 장치를 파괴하면 말귀는 좀 더디게 알아듣겠지만 지닌 바 위력은 완성된 놈들과 별다를 게 없을 거요."

"그럼 그 백 구를 저지할 방법은 전혀 없는 겁니까?"

부곡주는 오만상을 찡그리면서 대답했다.

"하나만 더 묻겠다면서 질문이 지나치게 많군. 저지할 방법도 있긴 하지. 지금 바로 광장까지 올라가서 관을 열고 한 놈 한 놈 머리를 부숴 버리면 되오. 그러나 워낙 단단하기 때문에 한 놈 부수는 데 시간이 오래 걸릴 것이고, 시간이 걸리게 되면 상황을 알아챈 철혈방 놈들이 나타나겠지. 놈들이 방울 한번 울리면 당신들은 바로 상황 종료가 될 것이고."

부곡주는 지극히 부정적인 견해를 밝혔지만 듣는 사람들은 그 말을 전적으로 수용하지 않았다.

최운과 혜공의 눈이 다시 한 번 마주쳤다. 어차피 구하려던 대원들도 모두 죽임을 당한 상황이다. 이대로 도망가기보다는 강호 전체를 위험에 빠뜨릴 요소들을 제거하러 가는 것이 추적대원으로서 타당한 선택이었다.

둘은 혜승, 혜량과 연설연을 바라보았다. 세 사람 역시 동의하는 눈빛이었다.

"차라리 잘되었어요. 대주님이 무사하게 뇌옥의 동료들을 구했다고 하니 광장까지 가서 싸우다 보면 다시 만날 수도 있지 않겠어요?"

연설연의 말에 모두 고개를 끄덕였다. 대원들을 비참하게 반강시로 만들어 죽게 한 놈들에게 뜨거운 맛을 보여주고 싶은 것이 모두의 심정이었다.

부곡주는 어이가 없다는 듯 고개를 저었다.

"다들 미쳤군. 광장으로 나갔다가 금방 적에게 발각돼 죽임을 당할 수도 있다는 생각은 전혀 하질 않나 보지?"

최운은 그를 보며 말했다.

"부탁하오. 우리가 그쪽을 도와 퇴로를 뚫고 난 다음 광장으로 갈 수 있게 해주시오."

부곡주는 포기했다는 듯 두 손을 들었다.

"당신네 정파 무인들의 사고방식은 내 머리로는 전혀 이해할 수가 없군. 알았소, 우리가 도망칠 퇴로만 제대로 뚫어주면 해달라는 대로 해주지."

부곡주가 일행을 이끌고 도착한 곳에는 뇌옥에서 탈출한 귀령곡인들이 모여 있었다.

모여 있는 통로의 앞쪽은 길이 끊겨 있었고, 끊긴 아래쪽 바닥에는 날카로운 창날들이 빽빽이 하늘을 향해 꽂혀 있었다. 맞은편 통로까지는 대략 십 장 정도 떨어진 거리였다.

"기관을 마구잡이로 작동시키며 전진했더니 이 통로의 함정이 예상치 못하게 작동했소. 그 덕분에 두 명이 떨어져 죽었지."

부곡주의 말처럼 창날이 솟아 있는 밑바닥에는 두 명의 사내가 창에

꿰인 채 죽어 있었다.

"산 반대편의 출구로 나가려면 반드시 이곳을 지나쳐야 하오. 바닥의 창날도 창날이지만 창날을 넘어 무사히 저쪽에 착지한다 해도 기다리고 있는 함정이 몇 개 더 있소. 그 함정을 지나치면 드러난 함정을 다시 숨기는 조종 장치가 있을 거요. 아까 말했듯이 우리는 무공이 전폐된 상황이라 이 끊어진 공간을 뛰어넘고 함정을 피해 조종 장치까지 갈 능력이 없소. 그쪽 중에 한 명이 이 일을 해주어야 하오."

다섯 명 중에 누가 나갈 것인지는 선택의 여지가 없었다. 몸이 가장 멀쩡하고 경신술이 뛰어난 최운이 무조건 나서야 했다.

최운은 떨어져 있는 거리를 계산했다. 경신술이 뛰어난 그였지만 십 장을 한꺼번에 뛰는 것은 무리가 있었다.

"밑바닥의 시체를 이용해야겠습니다."

최운은 갑자기 밑바닥을 향해 뛰어내렸다. 사람들은 크게 놀라며 통로의 끝으로 다가가 최운이 떨어진 곳을 내려다보았다.

창에 꽂혀 있는 두 시체 중 하나의 위에 착지한 최운은 바로 옆에 있는 시체를 창에서 뽑아내어 번쩍 들어서는 앞으로 힘차게 던져 버렸다.

푹!

사 장을 날아가다 떨어진 시체는 솟구쳐 있는 창날들에 다시금 꽂혀 버렸다.

최운은 밟고 있는 시체를 박차고 통로 위로 솟구쳐 올랐다.

"모두 물러나 주십시오."

모인 사람들은 그가 도움닫기를 할 수 있도록 길을 터주었다.

최운은 뒤로 물러섰다가 벼락같이 달려서 창날 바닥 위로 몸을 날렸다.

힘차게 날아간 그는 사 장 앞의 바닥에 꽂혀 있는 시체를 밟고 한 번 더 도약하여, 다시 육 장을 날아간 후 건너편 통로에 무사히 착지했다.

피피핑!

통로에 착지하자마자 좌우에서 강전이 날아들었다.

최운은 몸을 굴리며 그것들을 피했다. 강전을 피해 몇 바퀴 구르니 통로가 다시 끊어져서 양쪽으로 벌어지기 시작했다. 최운은 급히 달려가 거리가 뛰어넘지 못할 만큼 벌어지기 전에 공중으로 도약하여 맞은 편에 착지했다.

비슷한 함정이 몇 차례 연속으로 더 나왔지만 최운은 무사히 그것들을 피해내고 부곡주가 가리킨 지점에 도착했다.

그곳의 벽에는 벽돌 몇 개가 튀어나와 있고 몇 개가 들어가 있었다.

최운은 부곡주가 시킨 대로 몇 곳의 튀어나온 벽돌을 집어넣었다. 그러자 벌어졌던 통로가 다시 합쳐졌고 측벽의 강전 구멍도 모두 사라져 버렸다.

"좋아, 이제 나가는 일만 남았어!"

최운이 있는 곳에 도착한 부곡주는 회회낙락하며 몇 개의 벽돌을 집어넣고 빼내었다.

그러자 막혀 있던 벽이 벌어지며 입구 하나가 나타났다.

"우리는 이쪽으로 나갈 거요. 그대들은 정말 광장으로 다시 갈 거요?"

최운 일행은 일제히 그렇다고 대답했다.

"정말 못 말릴 사람들이로군. 좋소. 우리가 나간 후에 내가 시킨 대로 기관을 만지면 좌측에 새로운 통로가 열릴 거요. 그리로 가다가 갈 래길이 나오면 무조건 오르막을 선택하시오. 막다른 골목이 나오면 처음 조작했던 것과 같은 방식으로 기관 조작을 하면 새로운 통로가 생길 거요. 군데군데 헷갈릴 수 있겠지만 계속 통로를 열면서 오르막길을 선택하면 광장 근처까지 올라갈 수 있을 거요. 올라가는 길은 모두 그 광장으로 통하니까."

귀령곡인들은 열려진 통로로 나갔다.

부곡주는 나가면서 뜻밖의 격려를 건넸다.

"당신들이 하려는 행동이 무모하다고는 했지만 한번 시도해 볼 만한 상황이긴 하오. 지하 광장은 이쪽 방향에 있는 출구와는 정반대 쪽이오. 지금 마령지의 내부에는 철검대가 엊그제 빠져나간 탓에 철혈방의 전력이 크게 부족한 상태요. 놈들은 우리와 당신들 대주를 잡느라고 대다수가 이쪽 출구 방향으로 투입되어 있을 거요. 내가 알려준 통로를 따라 들키지 않고 지하 광장까지만 갈 수 있다면 의외로 다수의 혈강시를 처치할 수도 있을 거요. 그러다가 뒤늦게라도 철혈방도들이 나타나면 만용 부릴 생각 하지 말고 즉시 통로의 반대 방향으로 뛰어가시오. 그쪽으로 계속 가다 보면 건물 밖으로 통하는 석교가 있을 거요. 운이 좋아서 석교가 내려진 상태라면 탈출할 수도 있을 거외다. 어렵겠지만 부디 혈강시를 처치하고 그 배덕한 철혈방 놈들에게 뜨거운 맛을 보여주길 바라오."

귀령곡인들이 나간 후, 최운 일행은 부곡주가 가르쳐 준 대로 숨어 있는 통로를 열고는 그 길로 들어섰다.

어두운 통로와 통로를 헤치며 전진하던 일행이 하나의 막다른 골목에 이르렀을 때였다. 이전처럼 최운이 기관을 만지자 스르륵 하고 전면에 통로가 열렸다. 그런데 통로의 앞에는 뜻밖에도 사람이 서 있었다.

일행은 놀라면서도 신속히 전투 태세를 갖추었다. 낯선 길을 가다가 철혈방도와 맞닥뜨릴 상황이 발생할 수도 있었기에 미리 대비하고 있었던 것이다.

선두에 있던 혜공이 나타난 자를 향해 돌진했다. 상대에게 근접하여 멀쩡한 왼팔로 한 대 갈기려는 찰나, 나타난 자가 한 명이 아니며 다른 한 명을 부축하고 있다는 것을 알아차리고는 다급히 휘두르던 주먹을 멈추었다.

혜공은 상대의 정체를 알아차리고는 깜짝 놀랐다. 낯익은 얼굴이었기 때문이다.

"한 소저?"

"혜공 대사님인가요?"

뜻밖에 아는 목소리가 들려오자 긴장하고 있던 일행은 놀라며 다가왔다.

통로에서 나타난 사람은 놀랍게도 한영영과 현진이었다. 한영영이 현진을 부축하고 있었던 것이다.

"현진아!"

연설연이 피에 절어 있는 현진을 한영영에게서 넘겨받았다. 현진은 눈을 꼭 감은 채 반쯤 정신이 나간 듯이 보였다.

"의식을 거의 잃은 상태예요. 여기까지도 간신히 부축해 온 것인데……."

한영영은 안도함과 피로가 섞인 얼굴로 말했다.

"대체 어떻게 된 것입니까? 아까 저희와 함께 있다가 어디로 가셨던 것이고, 현진 스님과는 어떻게 만나셨는지요?"

최운이 의아한 표정으로 말했다. 밀폐된 장방형의 공간에서 철혈방도와 혈강시의 습격을 받는 와중에 사라진 그녀였으니 그 후의 행방이 궁금한 것은 당연했다.

"저는 퇴각하던 철혈방도에게 붙잡혀 끌려갔어요. 저를 잡은 자는 제가 누군지 알아본 듯한 표정이었죠. 일월문주의 딸이니 함부로 죽일 수 없다고 생각하여 다시 잡아가려 했었나 봐요."

"그런데 어떻게 또 빠져나오신 것인지……."

"잡혀가는 도중에 대주님 일행을 만났어요. 그래서 다시 구원받은 거죠."

"그랬군요. 그런데 정우와 다른 일행은 어쩌고 두 분만 따로……."

한영영은 마치 질문을 기다리고 있는 듯 상대가 다 묻기도 전에 척척 대답했다.

"도망치던 와중에 다시 철혈방도들과 마주친 거죠. 그때 마주친 자들은 정말 강적이었어요. 뇌옥에서 탈출한 많은 대원들이 죽고… 대주님이 홀로 고군분투하시며 저희보고 도망치라 하셨어요. 그래서 여기까지 도망 온 거랍니다."

"그런 일이… 그렇다면 싸우는 장소로 당장 가봐야겠군요! 거기가 어딥니까?"

최운이 다급하게 다그치자 한영영은 당황한 표정으로 대답했다.

"워낙 복잡한 갈래길을 거쳐 와서… 다시 가라고 해도 못 갈 것 같아요. 전투가 일어난 지도 한참 지난 시각이니 대주님이 살아 나오시길 기다리는 게 나을 것 같은데요."

최운들은 난감한 표정을 지었다. 맹정우 쪽까지 최악의 상황이 닥쳤던 것 같았다.

"휴— 이제 선택의 여지가 없군요. 한시라도 빨리 광장으로 나가서 혈강시를 처치할 수밖에 없겠습니다. 우리는 우리가 할 일을 하며 정우… 아니, 대주님의 능력을 다시 한 번 믿어보는 수밖에 없겠지요."

최운은 긴 한숨과 함께 말을 내뱉었다.

일행은 무거운 발걸음을 광장을 향해 옮겼다.

제8장

상황은 항상 영웅에게

불리한 쪽으로 돌아간다

두두두두두두두두두……

드넓은 초원을 수백 기의 준마가 질주하고 있었다. 질주하는 말 위에는 청색과 백색, 자색과 적색의 네 가지 복색을 갖춘 정예 무인들이 빠른 속도로 달리고 있음에도 불구하고 한 점 흐트러짐없이 말을 몰아가고 있었다.

지평선 저 멀리 펼쳐진 산과 강, 그리고 그 앞에 드문드문 솟은 건물군이 눈에 들어왔다. 기마대의 선두에 선 기골이 장대한 반백의 무인은 말 탄 무사들을 독려하며 달리는 속도를 더욱 높였다.

질주하던 군마는 산을 조금 못미처 달리던 걸음을 멈췄다.

양쪽에 야트막한 언덕이 솟아나 있어 길이 조금 좁아지는 지점에서 한 무리의 사내들이 칼을 뽑아 들고 뛰쳐나와 그들의 앞을 막았기 때문이다.

"멈추시오! 여긴 개인의 영지요! 더 이상 들어올 수 없소!"

선두에 선 반백의 노무사는 손을 한 번 휘둘렀다. 그러자 칼을 뽑아 들고 있던 사내들 중에 앞에 선 다섯 명의 손에서 칼이 빠져나와 노무사에게로 날아갔다. 날아간 칼들은 노무사의 말 발밑에 가지런히 꽂혀 버렸다.

"허공섭물!"

사내들이 놀람을 거두기도 전에 노무사 옆의 중년 무사가 명패 하나를 내밀며 호통을 쳤다.

"무기를 모두 거두어라! 무림맹 우호법 이세천 대협이시다!"

사내들은 그 말에 모두 움찔했다. 강호에 몸담고 있는 모든 자는 무림맹의 권위 앞에 일단 무기를 거두어야 하는 것이 지난 백이십 년간의 불문율이었다.

그러나 선두에 선 사내들의 수장은 긴장한 듯한 표정이면서도 꿋꿋이 버텼다.

"무림맹의 권위야 강호의 사람들에게나 읊으시오. 여기는 엄연한 민간 영지고 당신들은 우리에게 이래라 저래라 할 권한이 없소!"

중년 무사가 가소롭다는 듯 받아쳤다.

"개인 영지? 언제부터 철혈방이 강호의 방파가 아닌 민간인들이 되었단 말인가!"

수장은 질린 표정이 되었다. 이자들은 이미 자신들의 정체를 속속들이 알고 찾아온 것이다.

"좋소. 일단 예의는 갖추겠소. 무기를 모두 내려라!"

수장의 명에 따라 철혈방의 무사들은 모두 칼을 허리에 꽂아 넣었다.

"철혈방 중경 분타의 부분타주인 문권병이라 하오. 소개가 늦은 것을 용서하시오."

무림맹 측의 중년 무인은 날카로운 눈매를 번득이며 대꾸했다.

"용서하기가 어렵군. 그대들은 무림맹의 권위를 무시했을 뿐만 아니라 거짓 발언까지 시도했다. 그냥 간과할 수 있는 문제가 아니다."

계속 무림맹 쪽이 시비조로 나오자 다소 기가 눌리는 듯하던 철혈방 측의 문권병도 날카롭게 응대했다.

"듣자 하니 조금 기분이 나쁘구려. 우리가 신분을 속인 것은 미안하나 나름대로 비밀리에 추진하는 사업이 있어서이기 때문이오."

"그게 뭔가?"

"그것까지 보고할 의무는 없소. 본 방은 무림맹을 존중하나 어디까지나 강호의 수호자에 대한 예의를 차리는 정도이지 그 이상은 아니오. 본 방이 무림맹에 소속되어 있는 것도 아닌데 계속 이런 식으로 강압적인 접근을 하겠다면 우리도 예의를 끝까지 지키기 어렵소."

그 말에 가만히 듣고 있던 이세천이 나섰다.

"호오, 그래? 신분을 속이고 무기를 빼 든 채 맹의 권위를 무시하는 것이 예의를 차리는 거였나? 이놈들을 제압해! 내 나중에 철혈도제에게 직접 이놈들의 예의에 대해 묻겠다!"

그 말을 기다렸다는 듯 무림맹 무사들이 튀어나왔다. 무기를 거두고 있었던 철혈방도들은 이세천이 이런 격한 반응을 보일 줄은 생각도 못했던 터라 어어 하다가 모두 포박당하고 말았다.

"무림맹에서 무슨 권한으로 이런 행패를 부리는가! 본 방이 이런 행위를 용납하리라고 보느냐!"

문권병이 포박당하며 고래고래 소리를 쳤지만 이미 그들을 포박하는 인원 외의 나머지 기마들은 그들을 지나쳐 산 앞의 건물군을 향해 가고 있었다.

속전속결로 방해자들을 물리친 무림맹의 무사들은 말에 박차를 가했다.

무림맹의 이번 작전은 맹정우의 추적대에서 보낸 급전으로부터 비롯되었다. 그들의 보고에 의하면 대주 맹정우와 몇 명을 제외한 대다수의 추적대가 한 괴집단에게 생포되어 어딘가로 끌려갔고, 그 괴집단의 정체는 철혈방이며 지금 추적대는 철혈방이 추적대원들을 끌고 갔음직한 비처를 찾아가고 있는 중이라고 했다.

정보의 진위가 완벽하지는 않았지만 무림맹에서는 맹정우가 예상한 그 비처를 찾아 진격하기로 결정했다. 비처에 대해서는 확신할 수 없었으나 철혈방이 추적대를 잡아간 것까지는 확실한 정보였고, 최근 일 년간의 철혈방의 움직임이 지극히 수상쩍은 것을 감지하고 있었기에 일검탈명 맹정우를 믿고 그가 가리킨 장소를 치는 과감한 작전을 감행한 것이다.

우호법 이세천과 백호당의 주력이 참여했고, 피해가 큰 청룡당의 잔여 인원과 당가에서 온 함토리 등 몇 명의 추적대원이 합류했다. 청룡당과 추적대의 인원들은 이번 작전에서 특수한 임무를 담당하기로 결정되었다.

지금 실행하고 있는 작전은 맹의 입장에서 볼 때 상당히 부담스러운 일이었다. 자칫 비처로 알고 습격한 곳에서 어떤 증거도 찾을 수 없다면 새외의 움직임이 뒤숭숭한 이때 철혈방이란 막강한 적을 또다시 만들 수 있기 때문이다. 그러나 급전을 받은 직후 무림맹주는 철혈방이 어떤 흉계를 꾸미고 있는 것이 틀림없다고 심중을 굳혔고, 그의 명에 따라 이곳에 온 맹의 무사들은 비처를 향해 속전속결로 쳐들어 가 대원들을 구하고 철혈방의 흉계를 파헤친다는 계획을 실행하고 있었다.

경비를 서고 있던 철혈방도들이 건물군에 접근하는 사이 곳곳에서 튀어나왔지만 기마대는 많지 않은 수의 그들을 가볍게 제압하며 산 앞의 건물군에 접근했다.

기마대가 건물군의 앞에 있던 보초들까지 제압한 다음 말에서 내려 막 건물들로 진입하려는 찰나였다.

무림맹원들이 쳐들어온 방향의 반대편 둔덕에서 먼지가 치솟더니 다수의 기마들이 출현했다.

말을 타고 있는 자들은 검은색 일색의 복장을 하고 있는 검을 찬 무인들이었다. 기마는 신속하게 전진하여 건물군 앞에 모여 있는 무림맹원들에게로 접근했다.

'하필 이런 때 놈들의 원군이라니!'

이세천은 씁쓸한 표정을 지었지만 이런 상황을 전혀 예상치 못한 것은 아니었다. 무림맹원들은 이세천의 지휘에 따라 다가오는 기마에 대응하여 일렬 횡대로 늘어섰다.

맹원들이 전열을 정비하는 사이 뒤에 있는 건물의 정문이 살짝 열렸다가 전열이 모두 갖춰진 후 닫혔다. 정문이 열렸다가 닫히는 짧은 순간 전열의 후미에 있던 한 무리가 건물 안으로 들어갔다. 혼전이 벌어질 때를 대비하여 건물에 잠입하기로 한 별동대가 행동을 개시한 것이었다. 워낙 동작이 신속하게 이루어졌고 맹원들이 절도있게 움직이며 별동대의 움직임을 가렸기에 다가오는 철혈방의 원군은 그 상황을 알아채지 못한 듯했다.

철혈방의 원군이 다가와 양쪽 진영이 대치하게 되자 철혈방 쪽에서 한 명이 말을 몰아 나왔다. 무인들로 가득 차 있는 현 상황과는 전혀 어울리지 않는 문사 차림의 사내, 철혈방의 문상 귀영수사(鬼影秀士) 제소운이었다.

제소운은 이세천을 보더니 반가운 표정으로 말했다.

"이거 참 오랜만입니다, 이 호법! 본 방의 영지에는 어인 일로 이렇게 행차를 하셨는지?"

이세천은 고소를 지었다. 까다로워도 보통 까다로운 상대를 만난 것이 아니었다. 귀신도 부린다는 책사로 소문난 자를 어떻게 언변으로 이길 수 있을까.

"맹에 급보가 전해졌소. 본 맹의 소속원들을 잡아간 자들이 있다고. 그런데 장소가 이곳이라기에 방문한 거요."

"저런! 누가 감히 천하의 무림맹 소속원들을 잡아다 가두었단 말입니까? 어떤 놈들인지 몰라도 보통 간이 큰 놈들이 아니로군요."

소속원들을 이곳으로 잡아갔다는 말을 듣고 왔다고 하는데도 제소운은 딴청만 피웠다.

시간을 끌수록 곤란해지는 이세천은 헛기침을 크게 한 번 하고는 본론으로 들어갔다.

"어쨌거나 그 제보가 믿을 만한 정보이기에 이렇게 여기까지 오게 되었소. 그러니 이 뒤의 건물군들의 내부를 한 번 조사해 보고 싶소만, 문상께서 협조해 주시길 바라오."

이세천의 단도직입적인 발언을 들은 제소운은 고개를 갸웃거리며 대꾸했다.

"오호, 그러니까 저 안에 저희가 무림맹 소속원들을 잡아가뒀을 거라, 그렇게 생각하시는 거로군요?"

"그렇다고는 말하지 않았소. 나 이세천은 직접 눈으로 확인하기 전까지는 어떤 가정도 사실로 받아들이지 않소. 다만 제보가 있었기에 한번 확인해 보고자 함이오."

"그렇다면 증거를 가지고 오셔서 벌이는 조사가 아니라 그저 저희에게 협조를 구하시겠다, 이런 말씀이신가요?"

"그런 셈이오."

이세천의 대답을 들은 제소운의 눈이 반짝였다.

"협조를 구하시는 셈이라… 그렇다면 조금 마음에 걸리는 게 있군요. 우선 저희가 범인이라는 증거가 없고, 증거가 없으니 강호의 집법자라는 권한을 내세울 수도 없는 형편이신데, 어쩌자고 저희 방도들에게 손을 대신 겁니까?"

속전속결로 건물군을 향해 쳐들어오느라 중간중간에 덤비는 철혈방도들을 처리한 것을 지적하는 말이었다.

이세천은 곤혹스러운 표정으로 대꾸했다.

"화급을 요하는 상황인지라 다소 손이 과했음을 인정하오. 우선 조사를 벌여 귀 방에 아무 혐의가 없다면 무리한 일 처리에 대해서는 맹의 이름으로 백배 사죄하겠소이다."

그의 말을 들은 제소운은 어이가 없다는 듯 피식거렸다.

"이 호법님은 그렇게 안 봤는데 참 편하게 세상을 사시는군요."

"뭐, 뭐라고?"

"이보시오, 이 호법. 귀 맹이 역사와 전통을 자랑하는 강호의 대표 집단이긴 하나 이런 식의 행패는 절대 용납할 수 없소. 그쪽의 상황만 급하면 상대편의 상황은 아무래도 좋단 말인가? 당신들은 본 방의 방도들이 누군지 몰랐다면 모를까, 분명 철혈방의 방도라고 신분을 드러냈음에도 불구하고 폭력으로 그들을 제압했다. 그렇다면 이미 그 시점에서 당신들은 본 방을 무시한 것이다. 그래 놓고는 당장 사죄하지는 못할망정 혐의가 없다면 나중에 사과하겠다? 그것이 힘을 가진 자의 예의인가?"

이세천은 제소운의 날카로운 지적에 말문이 막혔다. 그러자 옆에 있던 백호당주 왕주륜이 나서서 제소운에게 호통을 쳤다.

"건방진! 이 호법께서 강호를 주유하실 적에 엄마 젖도 안 뗐을 애송이가 어디서 감히 망발이냐!"

성미가 화급한 그는 사십이 채 안 되어 보이는 제소운이 산전수전 다 겪은 노장 이세천에게 말을 놓는 것에 발끈한 것인데, 현 상황에서 별로 도움이 안 되는 발언이었다.

제소운은 조소를 흘리며 말했다.

"클클클, 이제 강호의 법도로 따져도 안 되니 시정잡배처럼 나이순으로 도리를 따지자는 건가? 무림맹도 참 많이 유치해졌군. 이 호법, 더 이상 논쟁하기도 지겹소이다. 그대가 정녕 강호의 정의를 수호하는 무림맹의 호법이라면 불의한 방식으로 본 방도들에게 손을 댄 것을 당장 사과하고 이 자리에서 썩 물러나시오!"

이세천은 암중에 긴 한숨을 내쉬었다. 제소운의 언변에는 당해낼 수가 없으니 더 이상 명분으로 따지는 것은 무리였다. 그러나 기호지세인 상황, 이대로 물러날 수 없는 이상 힘으로 밀어붙일 수밖에 없었다.

그는 제소운의 말에 아무런 대꾸 없이 왕주륜에게 살짝 눈짓을 했다.

이세천의 신호를 알아차린 왕주륜은 기다렸다는 듯 큰 칼을 빼 들었다.

"건방진 애송이 놈! 먹물로 가득한 잔머리로 변방의 시답잖은 방파의 높은 자리 하나 꿰어 차더니 눈에 보이는 게 없는 게로구나! 오늘 일의 시시비비를 가리기에 앞서 네놈의 주둥이부터 반듯하게 만들어놔야 할 것 같다!"

그는 위협적인 몸짓으로 한 발 앞으로 나서며 제소운을 향해 칼을 내밀었다. 고대 전쟁에서 일기토 하는 식으로 단둘이서 한 판 붙어보자는 몸짓이었다.

제소운은 어처구니가 없다는 듯 피식거렸다. 그는 시비로 상대를 격발시켜 전면전을 치르려 하는 이세천의 의도를 이미 알아차린 눈치였다.

"이리 나와라, 애송아! 무인의 싸움에서 입씨름이 너무 길었다. 이제 칼로 말할 시간이다."

왕주륜이 그를 격발시켜 보려 애썼으나 제소운은 아랑곳하지 않았다.

"잠시만 기다려 주시겠소? 나 역시 그대의 칼이 그대의 입만큼 험악한지 알아보고 싶으나, 내가 나서려면 허락을 받아야 해서 말이오."

"허락? 너보다 높은 놈이 여기 있나?"

왕주륜은 의아한 표정으로 물었다. 그가 알기로 철혈방은 철혈도제 다음 서열이 문상과 무상으로 알고 있었다. 그런데 문상인 그가 허락을 받아야 한다니, 이 자리에 무상이라도 있단 말인가? 문상과 무상은 같은 서열이라고 들었는데?

'설마……!'

이세천은 가슴이 덜컥하는 것을 느꼈다. 그의 귀에 다수의 말발굽

소리가 들려오고 있었다. 그 소리는 제소운의 철검대가 거쳐 온 둔덕 뒤쪽에서 나오고 있었다.

잠시 후, 그의 불길한 예감에 응답이라도 하듯 핏빛 복장에 한혈마를 탄 무인들이 둔덕 위로 모습을 드러냈다.

둔덕 위로 올라선 백여 기의 붉은 기마는 철혈방 측을 향해 내려오기 시작했다.

붉은 기마가 초록색 둔덕을 뒤덮으며 내려오는 모습은 보는 이로 하여금 불길한 생각을 떠올리게 하기에 충분했지만 이세천은 그럴 감정마저 느낄 여유가 없었다. 붉은 기마대의 선두에서 달려오는 검은 말, 너무나도 눈에 잘 띄는 대흑마의 위에 올라탄 사람의 얼굴을 알아보았기 때문이다.

"철혈도제!"

철검대와 쌍벽을 이루는 철혈방의 최정예 집단, 혈도대를 이끌고 온 사람은 다름 아닌 철혈도제 위지관천이었다. 철혈방의 주인이며 천하오성의 일인, 그리고 현 강호의 최강자 중 한 사람!

이세천의 얼굴은 딱딱하게 굳어졌고, 왕주륜의 낯빛은 새파래졌다.

위지관천과 혈도대는 금세 철검대와 제소운에게로 다다랐다.

"방주, 이자들이 본 방에 시비를 걸고 있습니다."

제소운은 도착한 위지관천에게 현 상황을 간략하게 설명했다.

위지관천은 이미 상황을 거의 파악한 듯, 그의 보고를 한 귀로 흘려들으며 한 발 앞으로 나섰다.

"오랜만이로군, 이 호법. 오 년 전 남궁가주의 고희연에서 본 후 처음인가?"

먼저 아는 체를 하는 위지관천을 향해 이세천은 정중하게 포권을 취했다.

"그렇습니다. 방주께서는 오 년 만에 뵈어도 여전히 신수가 훤하시군요."

"허허, 안 보던 새에 아부가 늘었군. 그런데 무슨 문제가 있다고?"

이세천은 대답을 망설였다. 아니, 어떻게 대답해야 할지 감이 서질 않았다. 문제가 있다고 대꾸한다면 결국 철혈방과 전면전을 벌여야 하는데, 좀 전까지만 해도 수적으로나마 앞서던 전력은 혈도대의 가세로 인해 철혈방 쪽이 되레 높아졌다.

가세한 혈도대가 백여 기 정도였기에 수적으로만 따지자면 큰 차이는 아니었다. 그러나 이쪽이 정예 무사라고 한다면 저쪽의 철검대와 혈도대는 철혈방의 정예 중에서도 최정예라 일컬어질 만한 고수 집단이었다. 양으로나 질로나 한발 뒤처지는데다가 무엇보다도 저쪽에는 절대고수인 위지관천이 가세하고 있다. 강호의 싸움에서 절대고수 한 명의 존재 가치는 엄청난 것이다. 그 한 명의 가세로 인해 이쪽의 승산은 전혀 없어지고 만 것이나 다름이 없었다. 이런 상황에서 싸움을 선택하는 것은 자살 행위였다.

'그렇다면 뭔가 착오가 있었다고 하며 사죄하고 물러나야 하나.'

저 건물군 안에 갇혀 구원의 손길을 기다리는 동료들, 그리고 나중에 들어간 별동대를 생각한다면 있을 수 없는 선택이다. 그러나 이대로 전투를 고집하면 결과는 개죽음뿐이었다.

그런데 그의 고민이 끝나기도 전에 위지관천이 결론을 지어버렸다.

"아까 오면서 보니 무력으로 시시비비를 결정하려고 하는 것 같던데, 내가 잘못 본 건가?"

그러자 옆에 있던 제소운이 잽싸게 대답했다.

"잘 보셨습니다. 저기 저자가 나서서 무인의 대결에서 입씨름은 필요없다고 하더군요."

그의 지적을 받은 왕주륜은 흥분하여 얼굴이 붉으락푸르락했지만 스스로 내뱉은 말이었기에 뭐라 반박할 수가 없었다.

위지관천은 재미있다는 듯 엷은 미소를 띠며 무림맹 쪽을 향해 말했다.

"그간 마주치지 않던 새에 무림맹의 방식도 많이 변했군. 뭐, 별 상관 없다. 본 방은 힘으로 맞붙자는 상대를 거절한 적이 없다. 무력이 자신있다면 얼마든지 덤벼라, 상대해 주마. 그대 말대로 무인의 대결에서 입씨름은 딱히 필요가 없는 것이다."

이세천은 가슴이 덜컹 내려앉았다. 그가 아는 위지관천은 절대로 즉흥적인 행동을 하는 자가 아니었다. 겉으로는 호쾌한 척하면서도 속으로는 이미 모든 손익 계산을 끝내고 철저히 그 계산에 맞춰 행동하는 자였다. 그런 자가 싸움을 바라는 식의 발언을 한다는 것은 이세천과 무림맹원들을 이 초원의 땅 밑에 묻어버리겠다는 구상을 이미 끝마쳤다는 말이나 다름 아니었다.

아니나 다를까, 어느새 혈도대와 철검대의 일부가 주변으로 퍼지며 부채꼴로 무림맹원들을 감싸기 시작했다. 삼면을 포위하여 전멸시키겠다는 의도인 게 틀림없었다.

'최악의 상황이다. 전력이 너무 차이가 나······.'

이세천은 쓴 입맛을 다셨다. 전멸시킬 자신이 없다면 이런 무모한 행동을 위지관천이 할 리가 없었다. 전력이 어느 정도 비슷하다면 일방적으로 밀린다 해도 최소한 전멸하지는 않을 것이다. 그렇게 되면 철혈방이 무림맹을 공격했다는 것이 세상에 알려질 테고 철혈방은 당연히 큰 공분을 사게 될 터인데, 전력이 워낙 기울어지다 보니 그런 상황조차 장담하기 어려웠다.

이세천과 왕주륜 이하 무림맹원들은 모두 비장한 표정으로 칼을 잡았다. 상대가 저렇게 나오니 이제는 죽기를 각오하고 싸우는 수밖에 없었다. 필사즉생이라고 하지만 지금은 제아무리 죽을 각오로 싸운다 해도 다름 아닌 철혈도제 위지관천이 목숨을 노리고 있는 이상 살아날 가망성이 없어 보였다.

그때, 한 가닥의 전음이 이세천에게로 파고들었다. 이세천은 믿을 수 없다는 표정으로 눈을 크게 뜨고 뒤를 돌아보았다. 이 자리에 있으리라고는 상상도 하지 못한 사람의 목소리였기 때문이다.

잠시 후 전음을 날린 사람이 뒤에서 걸어나왔다.

이세천은 눈으로 그의 모습을 직접 확인하고는 놀라움과 동시에 안도감이 밀려왔다.

이세천은 걸어오는 그에게 냉큼 다가갔다.

"언제부터 여기 계셨던 것입니까?"

"처음부터 쭉 같이 왔네."

"혹시 조금 전 안쪽으로 들어간 별동대들과 같이 계셨던 것입니까?"

"그랬네. 자네들이 저놈들의 시야를 막아주는 사이 나도 그들을 따라 안으로 들어가려 했네만, 가만히 보니 위지관천이 저 무리 안에 껴 있지 뭔가. 그래서 할 수 없이 남게 된 것일세."

철혈방의 대군이 구릉을 막 넘어올 적에 건물 안으로 침투해 들어간 별동대는 맹정우의 잔여 추적대 위주로 구성되어 있었다.

이세천은 고개를 갸웃거렸다. 여기 오기 직전에 별동대의 구성원들을 눈여겨보았지만 이 사람이 그 안에 속해 있으리라고는 상상도 못했었다. 대체 어떻게 된 일일까.

"같이 오실 것이었으면 저에게 미리 언질이라도 주시지 그랬습니까."

"그럴 만한 사정이 있었네. 호법께서 양해하시게."

"양해하다마다요. 맹주님께서 저희 쪽에 있다는 것을 알면 우리를 쳐서 입막음을 하려는 저들의 의도도 수정될 수밖에 없을 것입니다."

한편 위지관천은 먹잇감을 붙잡아둔 맹수 같은 흡족한 표정으로 철혈방도들에게 포위된 무림맹원들을 바라보고 있었다. 이제 그가 손가락 하나만 까딱하면 무림맹원들은 이 자리에서 전멸당하고, 마령지의 정체는 여전히 드러나지 않은 채로 대계일까지 시간을 벌게 될 것이다.

그의 손이 정말 까딱하려는 순간, 뜻밖의 상황이 벌어졌다.

무림맹원들이 모인 곳이 갑자기 웅성웅성 하더니 이세천이 한 사람을 대동하고서 무리의 앞으로 나왔다. 위지관천은 그의 얼굴을 보고는 까딱거리려던 손가락을 멈출 수밖에 없었다.

그자는 엷은 미소를 지으며 위지관천에게 말했다.

"오랜만이구려, 위지 방주."

위지관천은 낯빛이 조금 어두워졌지만 곧 신색을 회복하고 포권지례를 취하며 대꾸했다.

"강호의 정의를 수호하시는 정도무림맹의 맹주께서 이런 누추한 영지까지 친히 왕림하시다니, 이 위지모의 큰 영광이외다."

무림맹주이자 천하제일검으로 칭송받고 있는 청천 진인은 깍듯한 듯하면서도 가시가 돋친 위지관천의 인사를 엷은 미소로 응대했다.

"빈도야말로 위지 방주와 철혈방의 정영들을 뵙게 되어 영광이오."

"오시면 오신다고 전갈이라도 하시지 그러셨습니까. 그랬다면 이 위지모가 성대한 환영을 했을 텐데. 아니, 하다못해 그 안에 숨어 계시지만 않았어도 진작에 맹주 행차를 알아차리고 깍듯이 모셨을 텐데 심히 유감이군요."

왜 계속 숨어 있다가 이제야 모습을 드러냈느냐는 지적이었다.

청천 진인은 별로 할 말이 없는 듯 그 지적에는 아무런 대꾸도 하지 않았다.

그 대신 무림맹에서 제압하고 있던 철혈방의 보초들을 풀어주라고 신호한 후, 위지관천에게 깍듯이 포권지례를 취했다.

"다소간에 마찰이 있었나 본데 혹 본 맹의 맹원들이 무슨 과실이 있었다면 너그러이 용서해 주시길 바라오."

위지관천은 지극한 상대의 예의에 잠시 머뭇거리다가 마주 포권했다.

"별말씀을. 혹여 부딪침이 있었다면 강호 정의를 수호하는 무림맹에 적극적으로 협조하지 못한 제 수하들을 꾸짖어야 할 일이지요."

청천 진인의 뒤에 있던 이세천은 위지관천의 말을 듣고 안도의 한숨을 내쉬었다. 상황이 어찌 돌변할지는 모르지만 그가 의례적으로나마 한발 빼는 것을 보면 전면전으로 치달을 가능성은 조금 줄어든 것 같았다.

무림맹원들을 빙 둘러싸던 포위망도 정지한 상태였다. 이쪽에 청천 진인이 가세하니 아무래도 전멸시키는 것은 무리라는 판단이 든 모양이었다.

청천 진인과 위지관천은 의례적인 얘기와 본론을 섞어서 몇 마디 더 나누었다. 조금 길게 이어진 둘의 대화도 결국 무림맹에 전해진 급보의 진위 문제로 귀결되었다.

"무슨 사업을 벌이시는지 모르겠지만 본 맹의 대원들이 저곳에 없다는 것만 확인하면 무조건 철수하고 향후 철혈방의 각종 사업에 무림맹이 관여하지 않겠다고 약속하겠소. 부디 약간 명의 조사대가 저 안을 조사하는 것을 허락해 주시오."

"그것은 곤란합니다. 이곳은 엄연히 본 방의 사업지이고, 긴밀히 작업을 추진하는 곳인지라 외부에 함부로 공개할 수가……."

난색을 표하던 위지관천이 갑자기 말꼬리를 흐린 것은 옆에서 제소운이 입을 달싹인 후였다.

그는 눈빛을 번득이며 다시 말했다.

"가만히 생각해 보니 다른 분도 아니고 맹주께서 친히 행차하셨는데 마냥 거절하는 것도 예의가 아닌 듯하군요. 좋습니다. 안에서 본 것을 대외 비밀로 해주시겠다는 확약만 해주신다면 약간 명의 인원이 조사하러 들어가는 것 정도는 허락해 드리지요."

돌연 위지관천의 태도가 돌변하자 청천 진인은 어리둥절한 표정을 지었지만 어쨌든 안으로 들어가게 해준다니 거절할 이유가 없었다.

"물론이오. 안에서 하는 사업이 불법적인 일이 아니라면 당연히 비밀을 보장하겠소."

"그럼 됐습니다. 한 다섯 분만 저희와 함께 안으로 들어가시지요. 물론 맹주께서도 들어가셔야지요?"

위지관천의 말에 청천 진인은 고민스러운 표정을 지었다. 안에 들어간 별동대가 어떻게 하고 있을지 모르는데 단지 다섯 명만 들어가서 괜찮을지 걱정이 되었다. 그러나 약간 명의 인원만 들어가겠다는 발언을 이미 했기에 더 많은 사람이 들어가기를 요구할 입장이 못 되었다.

"그렇게 하십시다. 이 호법은 여기 남아 맹원들을 인솔하고, 왕 당주와 정 당주가 부관 한 명씩을 대동하도록 하지."

백호당주 왕주륜과 죽음을 당한 청룡당주 함학 대신 당주 대행을 맡고 있는 정표가 한 발 앞으로 나섰다. 둘은 무공이 고강한 두 명의 수하를 대동하고 맹주의 뒤를 따랐다.

위지관천과 제소운은 무림맹 진영의 두 번째 고수인 이세천이 이곳에 남게 되자 득의만만한 미소를 지었다.

위지관천은 제소운을 포함한 수하 열 명을 대동한 채 맹주 일행을 안내하여 안으로 들어갔다.

최운 일행은 혈강시들을 파괴하기 위하여 지하 광장으로 향해가고 있었다.

광장은 의외로 가까웠다. 한영영과 만난 지점에서 통로를 한 번 더 거치니 금세 지하 광장 측면으로 나올 수가 있었다.

일행은 어둠에 감싸여 있는 지하 광장의 중앙으로 달려갔다.

"부곡주의 말대로라면 놈들이 우리의 작업을 알아차리고 전력을 투입하기까지는 꽤 시간이 남아 있을 것입니다. 놈들이 닥쳐 들기 전에 최대한 많은 혈강시를 파괴시켜야 합니다."

최운과 혜승, 혜공, 연설연 네 명은 제각기 관 하나씩을 맡아 관 뚜껑을 열어젖혔다. 과연 안에는 파르스름한 안색의 혈강시가 한 구씩 누워 있었다.

혜공의 강력한 일권이 혈강시의 이마에 작렬했다. 그러나 피부 제련 단계를 끝낸 혈강시는 쉽게 부서지지 않았다.

퍽퍽퍽퍽 퍼억!

혜공은 오 권을 연속으로 날리고서야 간신히 한 놈의 머리를 으깨놓을 수 있었다. 워낙 단단한 데다가 가뜩이나 오른 어깨의 부상 때문에 왼손으로만 권을 쓸 수 있어 강시를 파괴하기가 몹시 어려웠다.

발목을 다친 연설연 역시 속도가 빠르지 않았고, 그나마 철각을 자랑하는 혜승과 일행 중 가장 몸 상태가 좋은 최운이 그들보다는 빠르게 강시를 파괴했다.

넷이 합쳐 열 구 정도 파괴했을 즈음이었다.

"어억!"

갑자기 들려온 비명 소리에 넷은 일제히 소리가 난 쪽으로 고개를 돌렸다.

"혜량!"

혜공과 혜승이 다급한 고함을 토해냈다. 몸이 성치 않았기에 한영영, 현진과 함께 한구석에 있던 혜량이 피를 철철 흘리며 바닥에 쓰러져 있었기 때문이다. 정신을 잃고 있는 현진이 그 옆에 누워 있었고, 한영영의 모습이 갑자기 보이지 않았다.

"무슨 일이지?"

일행이 쓰러진 혜량에게로 다가가자 갑자기 기관이 돌아가는 소리가 우렁차게 울리면서 광장이 대낮처럼 환해졌다. 반원형의 광장 천장에 수백 개의 야명주가 밝혀지고 있었다.

광장의 측벽에는 이제껏 보이지 않던 통로들이 다수 모습을 드러냈다. 일행이 우왕좌왕하고 있는 사이, 저 멀리에서 달려오는 발소리가 들려오기 시작했다. 새로 생긴 통로 쪽에서 다수의 사람들이 달려오는 듯했는데, 모두 발걸음 소리가 가벼워 상승의 무인임에 틀림이 없었다.

"이런! 아직 열 구밖에 처리하지 못했는데!"

최운이 안타까운 탄식성을 내었지만 더 이상 강시에 매달릴 수는 없었다. 다수의 적이 오고 있는 이상 여기서 더 버티는 것은 무의미했다. 부곡주가 말하길 탈출로가 있다고 했으니 이제라도 탈출에 힘을 쏟는 것이 올바른 선택이었다.

　일행은 쓰러져 있는 혜량과 현진을 부축하여 통로의 반대 방향으로 내달렸다.

　광장에서 벗어나자 동굴 같은 커다란 공간이 이어졌다.

　여기부터는 일행이 두 복면인을 따라왔던 길이었기에 나가는 방향을 잘 알고 있었다.

　반 각쯤 내달리자 석교가 있는 절벽까지 도달할 수 있었다. 사위는 빛 한 점 없이 어두웠지만 다행히 석교는 내려진 그대로였다.

　뒤쪽에서 들려오는 발소리는 여전히 일행을 쫓아오고 있었다. 일행은 부리나케 석교로 진입했다.

　그런데 석교 건너편에도 인기척이 느껴졌다. 그것도 한두 명이 아닌 다수의.

　"적인가……."

　혜승이 절망적인 목소리로 뇌까렸다. 다가오는 자들이 적의 지원군이라면 일행은 석교 한가운데서 완전히 포위되는 꼴이었다. 그렇게 되면 모든 것이 끝이었다.

　최운은 어두운 가운데서도 가일층 속도를 가하여 석교 위를 달렸다. 맞은편의 인기척도 점차 가까워져 왔다. 최운은 다가오는 기척이 석교 앞에 다가오는 순간 땅을 박차고 뛰었다.

　그의 신형은 육 장을 날아서 석교 끝까지 이르렀다.

　최운이 착지하니 코앞에 상대의 기척이 느껴졌다. 그는 망설임없이 칼을 빼 들어 상대에게 내질렀다.

창! 차차차창!

위급한 상황인지라 절초를 구사했건만 상대는 손쉽게 그의 공세를 받아냈다.

"최 향주?"

들려온 목소리에 최운은 자신의 귀를 의심했다.

"함 감찰… 아니, 함 노사님입니까?"

"그래. 날세, 함토리."

상대의 뒤쪽에서 누군가가 화섭자를 당겼다. 주변이 환해지자 최운은 자신의 검을 막고 있는 함토리의 얼굴을 확인할 수 있었다. 함토리의 뒤로 반가운 얼굴들이 속속 등장했다. 방구병, 당지연, 그리고 청룡당원들…….

"어떻게 된 겁니까? 맹에서 여기를 친 것입니까?"

함토리는 침중한 표정으로 대꾸했다.

"그렇다고 할 수 있지. 우리는 당가에 도착한 선학에게 자초지종을 듣고 그 즉시 이곳으로 출발했네. 다행히도 맹에서 이세천 호법 이하 삼백 명의 정예가 맹 대주의 급전을 받고 이쪽으로 오고 있는 상태였네. 우리는 그들과 합류하여 여기까지 온 것일세. 그런데 이곳으로 통하는 건물에 막 들어섰을 때 철혈방 놈들이 들이닥쳤네. 이 호법 이하 다른 맹원들이 그들과 대치하며 시간을 끄는 사이 우리는 별동대를 긴급히 조직하여 이곳으로 몰래 들어온 걸세. 상황은 좋지 않아. 밖에 들이닥친 놈들은 철혈방의 최정예인 철검대와 혈도대일세. 게다가 철혈도제까지 있는 모양이야. 전면전이 벌어진다면 우리가 크게 불리하네. 그전에 여기 일을 마무리 지어야 해."

최운은 함토리 뒤에 서 있는 대원들을 훑어보았다. 삼십 명의 무림맹 정예가 추적대와 함께 와 있었다.

"지금 당장 처리해야 할 일이 있습니다. 놈들이 제조한 강력한 강시들이 저 안에 있는데, 완성되기 전에 파괴해야 합니다. 안에서 놈들이 우리를 쫓아 나오고 있습니다만 지금 있는 인원으로 그놈들을 쓰러뜨리고 강시를 파괴해야 합니다."

"강시를 파괴하자고? 지금 꼭 해야만 하는 일인가?"

"그렇습니다. 섬서성에서 전멸한 사백 명의 무림맹 추적대는 혈강시 열 구에 당한 것입니다. 지금 저 안에는 백여 구의 강시가 잠재되어 있습니다."

최운의 말에 함토리 등은 소스라치게 놀랐다.

"그렇다면 정말 비상시국이로군. 인원이 다소 부족하지만 싸울 수밖에 없겠어!"

함토리의 명령으로 별동대와 최운 일행은 가던 방향을 돌려 석교를 다시 건넜다.

그런데 그들이 석교 위에 있는 사이 안에서 나오던 철혈방도들이 석교 근처로 접근해 왔다.

별동대가 석교 중앙을 모두 넘어섰을 즈음, 석교가 끊어지기 시작했다. 철혈방도들이 기관을 조작하여 두 개의 석교를 분리한 것이었다.

두두두두두두—

두 개로 갈라진 석교는 점점 그 사이가 벌어져 공간을 끊어놓았고, 그에 맞추어 수백 개의 야명주가 좌우 측벽에서 모습을 드러내며 공간을 환히 밝혔다.

다행히도 석교가 갈라지기 전에 석교의 중앙을 지나친 별동대는 줄어들고 있는 석교 위를 뛰어서 모두 건널 수 있었다.

"침입한 놈들이 다리를 건넜다! 모두 해치워라!"

안쪽에서 나온 오십 명 남짓한 철혈방도들이 석교를 건너온 별동대와 충돌했다.

수적으로 별동대 쪽이 불리했지만 싸움 시작부터 뜻밖의 상황이 발생했다.

당가에서 참여한 당지연이 별동대의 선두로 달려가더니 두 소매를 앞으로 쫙 펼쳐 냈다. 펼쳐진 그녀의 소매 안에서는 흰색의 연기가 뿜어져 나와 맞은편에서 달려들던 철혈방도들을 덮쳤다.

"우욱!"

"캐캐캑!"

연기를 들이마신 철혈방도들은 일제히 비명을 지르며 쓰러져 바닥에서 몸을 뒹굴었다.

당지연의 뒤에서 쫓아가던 별동대는 크게 놀라고 말았다. 지하 공간이 크긴 했지만 엄밀히 말해 밀폐된 공간이기에 일단 퍼진 독은 빠져나가기가 어려웠다. 그런데 전면에 독이 살포되었으니 별동대도 그 독을 마실 우려가 있기에 함부로 전진할 수가 없었다.

"당 소저, 이런 짓을 하면 우리가 나아갈 수가 없는데……."

함토리의 말에 당지연이 걱정 말라는 듯 대꾸했다.

"저건 독이라기보다 미혼약과 비슷한 거예요. 중독성이 없고 정신을 못 차리게만 하는 것이니 숨을 멈추고 연기가 독한 곳만 지나가면 별해가 없어요. 모두 숨을 멈추고 쓰러진 놈들을 처리하세요!"

그 말을 들은 별동대원들은 반신반의하면서도 숨을 멈추고 전진했다.

과연 당지연의 설명대로 숨만 참고 있으니 연기는 큰 해가 되지 않았다. 대원들은 뒹굴고 있는 놈들을 처리하며 전진했다. 연기가 옅어지는 뒤쪽에 있는 놈들은 제정신을 차리고 전투 태세를 갖추었지만 이미 당지연의 연기를 들이마시고 쓰러진 적이 많았기에 그 수는 크게 줄어들어 있었다.

쓰러진 자들과 서 있는 적들까지 손쉽게 처리한 별동대는 다시 안으로 달려들어 갔다.

한참을 달려 지하 광장에 이르자, 거기에도 적이 기다리고 있었다. 좀 전보다는 적은 삼십 명 정도가 있었는데, 마령지를 관리하던 최정예가 모인 듯 뿜어내는 기도가 좀 전의 적과는 사뭇 달랐다.

"겁을 상실한 놈들이로군. 쫓아가려 나가던 참인데 제 발로 들어오다니."

중앙에 널린 관들 중 한 관 위에 걸터앉아 말하고 있는 무인을 본 함토리의 눈이 커졌다.

"무상 안량!"

"호오, 나를 알아보는 자가 있다니. 그렇다면 내 실력도 알 것이고, 실력을 안다면 용기있게 다시 들어온 것이 참 잘못된 일이란 것까지 깨달았겠지?"

안량은 관에서 천천히 일어섰다. 그가 일어섬과 동시에 그의 뒤에 서 있던 철혈방도들이 일제히 무기를 들어 별동대를 향해 겨누었다.

별동대 역시 긴장한 표정으로 전투 태세를 갖추었다.

무력으로만 따지자면 철혈방의 이인자이며 강북칠웅, 강남오걸을 훌쩍 뛰어넘어 천하오성에 가장 근접해 있다는 절대고수 안량이 모습을 드러냈으니 호락호락한 싸움이 되지 않을 것은 분명했다.

긴장감이 휘몰아치던 팽팽한 대치는 안량의 뜻밖의 행동으로 인해 깨어져 버렸다.

안량은 칼을 뽑아 덤벼들지 않고 뒤로 훌쩍 물러섰다. 그의 뒤에 있던 철혈방도들도 그의 움직임에 맞추어 일제히 뒤로 물러섰다.

철혈방의 뜻밖의 행동에 별동대가 어리둥절해하는 사이, 어디선가 딸랑딸랑 하는 방울 소리가 들리기 시작했다. 그러자 물러선 철혈방도들을 지나치며 열 명가량이 앞으로 달려나왔다. 그런데 그들은 달리는 자세가 남들과 달랐다. 두 발을 모으고 양팔을 앞으로 벌린 채 경중경중 뛰고 있었던 것이다.

"혈강시……!"

최운 일행이 신음성을 내질렀다. 놈들은 별동대가 여기 도착하기 이전에 광장에 있는 혈강시 중 일부를 일으켜 세운 모양이었다.

"크흐흐흐, 웬만하면 이곳 마령지에서는 쓰지 않으려 했건만. 강시 제조를 방해한 죄로 네놈들은 여기서 뼈를 묻어야겠다. 운이 좋으면 이 녀석들의 동료로 재탄생할 수도 있겠지."

안량의 괴소 뒤로 딸랑이는 소리가 따라붙자, 앞으로 튀어나온 혈강시들은 일제히 두 손의 열 손가락을 쫙 폈다.

"물러서!"

함토리의 호통과 함께 별동대는 일제히 좌우로 몸을 날렸다.

푸슈슈슈슛!

백 가닥의 혈선이 별동대에게로 뻗어왔다. 별동대는 사력을 다해 몸을 피했지만 미처 달아나지 못한 대여섯 명의 대원이 광혈시를 피하지 못하고 벌집이 되어 쓰러졌다.

"후퇴하라!"

단 한 번의 격돌로 혈강시와는 도저히 대적할 수 없다는 것을 깨달은 별동대는 재빨리 몸을 돌렸다. 석교 있는 쪽으로 달아나려는 행동이었다.

딸랑! 딸랑! 딸랑! 딸랑!

방울 소리가 다시 힘차게 울렸다.

그러자 몸을 돌린 별동대의 정면에서 대여섯 개의 검은 인영이 솟아나왔다. 그들 역시 몸을 꼿꼿이 세운 채 두 팔을 앞으로 내밀고 있었다. 공포스러운 혈강시가 퇴로에까지 매복하고 있었던 것이다.

"이, 이럴 수가……."

별동대는 얼어붙은 듯 걸음을 멈췄다. 양쪽으로 혈강시에 포위된 최악의 상황이 되고 말았다.

"아하하하하! 관에서 당장 조종할 수 있는 혈강시를 일으키고 있는 참에 네놈들이 되돌아온다는 것을 알아차렸지. 그래서 간단한 매복을 해놓은 것인데 너무 손쉽게 걸려드는구나. 어젯밤부터 밤새 본좌를 골치 아프게 하더니 끝이 너무 허망한걸?"

뒤에서 안량의 우렁찬 비웃음 소리가 들려왔다.

대원들이 어쩔 줄 몰라 하고 있는 사이 함토리가 나섰다. 그는 안량을 향해 외쳤다.

"이봐, 안량! 네놈이 성정은 난폭해도 무인다운 사내라 들었다. 이런 매복 작전은 너답지 않은 비겁한 수라 생각지 않나? 당당한 무인이라면 노부와 일 대 일로 대결을 해보는 것이 어떠냐? 노부가 진다면 이 자리에서 우리 전부의 목을 내놓도록 하지!"

안량은 코웃음을 쳤다. 궁지에 몰린 쥐새끼들이 외치는 마지막 발악이다. 허튼수작이라는 것을 알기에 귀담아듣지 않으려 했지만 비겁한 매복 대신 당당히 겨루자는 말이 그 특유의 승부욕을 건드렸다.

"거기 영감, 이름이 뭐냐?"

"반가반가 함토리님이시다!"

안량은 다시 한 번 코웃음을 쳤다.

"이제 보니 참견쟁이 영감이로군. 영감이 낄 때, 안 낄 때 안 가리고 강호의 온갖 일을 참견하고 다닌다는 얘기는 많이 들었지. 그러나 아무개 고수를 비무로 꺾었다거나 대단한 무위를 뽐냈다는 소문은 이제 껏 들어본 일이 없군. 그런데도 감히 이 몸과 비무할 자격이 있다고 생각하나?"

"그거야 당연한 일이 아니냐. 노부의 최전성기는 네놈이 걸음마를 떼기 이전이니 그런 소문을 듣지 못했을 수밖에. 네놈 아비에게 물어보면 아마 잘 가르쳐 줄 것이다."

대놓고 하는 격장지계였지만 승부욕이 타올라 흥분하고 있던 안량은 쉽게 넘어왔다. 그의 두 눈이 불을 뿜었다.

"건방진 영감쟁이! 간이 배 밖으로 나왔구나. 오냐, 네놈의 목을 따고 나머지 놈들까지 이 몸이 친히 처치해 주마."

안량이 지나치게 흥분하자 그의 바로 뒤에 있던 검은 옷의 사내가 나섰다. 평상시에는 모습을 드러내지 않는 그의 직속 수하 암중혼이었다.

"같잖은 격장지계에 응하실 때가 아닙니다. 아무래도 밖에 무슨 일이 생긴 것 같습니다. 탈출하려던 저놈들뿐이 아닌 것 같습니다. 지원군이 섞여 있는 듯하오니 빨리 처리하고 밖의 동태를 살피는 것이 우선입니다."

평상시 같으면 암중혼의 말을 들었을 안량이었지만 이미 부아가 잔뜩 치민 상태인지라 그럴 여유가 없었다.

"걱정 마! 딱 삼 초면 저 늙은이는 끝나! 혈강시로 쏘아 죽이는 것보다 더 빨리 몽땅 죽여 버릴 테니 보고만 있어!"

안량은 암중혼이 말릴 새도 없이 휘휘 앞으로 걸어갔다.

암중혼은 고개를 절레절레 저으며 뒤에서 강시를 조종하는 부하를 불러 말했다.

"강시를 옆으로 물려라. 뒤로 물리지 말고 무상 근처에 서 있다가 언제라도 손을 쓸 수 있도록 해봐."

부하는 방울을 흔들어 그가 시키는 대로 강시를 이동시켰다.

혈강시들이 옆으로 물러나며 열어준 길로 안량이 걸어나왔고, 별동대에서는 함토리가 앞으로 나섰다.

별동대 쪽도 암중혼 못지않게 속을 끓이고 있었다. 대원들 모두 함토리가 안량과 싸워 이길 거라고는 생각하지 않고 있었다. 그도 그럴 것이, 그들도 안량처럼 함토리가 누구와 싸워 이겼다는 말을 이제껏 들어본 적이 없었던 것이다.

혜공이 걱정스레 옆에 있는 최운에게 말했다.

"함 노사가 무슨 생각으로 저러시는 걸까요? 안량과 싸우다 위험에 빠지실 것 같으면 우리가 즉시 달려들 준비를 하는 게 어떻겠습니까?"

최운도 그 생각을 하고 있었다. 그는 함토리가 맹의 비밀 감찰이란 것을 알고 있었지만 무공이 고강하다는 말은 들어본 적이 없었다. 같이 몇 번 전투를 함께한 바로는 생각 외로 고수라는 것을 알 수 있었지만 결코 안량 같은 초고수와 맞서 싸울 정도는 아니라 생각하고 있었다.

"그러는 게 좋겠습니다. 준비합시다."

전투에 낄 채비를 하며 한 발 앞으로 나가려는 둘을 뒤에 있던 연설 연이 잡았다.

"기다려요. 안 그래도 될 거예요."

"……?"

둘이 의아한 얼굴로 연설연을 보는 사이, 앞에서는 전투가 시작되었다.

안량은 잔뜩 오른 성질을 초식 구사로 풀려는 듯 처음부터 일방적인 강공세를 취해왔다.

그는 칠십 근이 넘는 무거운 장도를 나무젓가락처럼 휘두르며 닥쳐들었다.

일도에 함토리를 양단하려는 듯 엄청난 도세가 함토리의 머리를 향해 날아들었다. 함토리는 슬쩍 발을 뒤로 빼며 검을 들어 날아오는 장도에 맞섰다.

퉁!

무지막지한 속도로 날아들던 장도는 함토리의 검과 부딪치면서 살짝 진로가 바뀌었다. 함토리의 검이 강맹 일변도의 도격을 부드럽게 흘려버린 것이다.

"응?"

선공이 실패한 안량은 놀란 눈으로 함토리를 보았다.

방금 전 함토리의 수법은 유능제강(柔能制剛)의 수법으로, 고명한 수법이긴 하나 중원에 그 수법을 이해하고 사용할 수 있는 고수는 많았다. 그러나 안량 자신의 강공을 유하게 흘려보낼 수 있는 고수는 맹세코 많지 않았다. 아니, 많지 않은 정도가 아니라 천하오성 정도의 수준이 아니면 불가능한 일이었다.

안량은 고개를 흔들었다. 영감이 잘했다기보다는 자신이 지나치게 흥분한 것이 틀림없었다.

'실력인지 운인지 아니면 내 실수인지는 다시 공격해 보면 알겠지!'

안량은 다시 땅을 박차고 함토리에게로 달려들었다. 이번에는 좀 더 강하면서도 신중하게 공격해 들어갔다. 그의 성명절기 중에 하나인 폭풍십팔도가 구사되었다.

안량의 장도가 함토리를 폭풍처럼 몰아붙였다. 팔방으로 휘몰아치는 돌개바람처럼 기쾌하면서도 강력한 도격이 함토리를 압박해 들어왔다.

함토리는 바람에 맞서려 하지 않았다. 그저 유유히 한 발 한 발 물러서며 날아오는 장도를 향해 검을 내밀 따름이었다.

그의 검은 도기의 폭풍에 휘말려 연검처럼 흐느적거렸지만 결코 안량의 장도와 맞서지 않았다. 안량의 장도는 어떻게든 검을 부러뜨리려는 듯 빠르고 강하게 닥쳐 들었지만 함토리의 검은 천천히 움직이는 듯하면서도 장도의 움직임에 언제나 한 발 앞서며 그것의 진로를 흐트러뜨렸다.

그러한 형세가 십여 초 정도 유지되자, 불타오르던 안량의 눈동자가 조금씩 식어갔다. 그는 어느 순간 전진하던 걸음을 멈추고 뒤로 한 발 물러섰다. 그 순간, 함토리의 눈에서 아쉬운 빛이 스치고 지나갔다.

"영감, 어느 문파지? 무당파? 아니면 화산? 곤륜?"

함토리는 아무 대답도 하지 않았다.

"한없이 부드러운 것을 보면 태극검 같기도 하고, 유유한 가운데 번득이는 날카로움이 잠재된 것이 자하신검인 듯도 하고, 검기에 탈속한 기운이 엿보이는 것을 보면 곤륜의 태청검인 것도 같군. 어쨌거나 실력을 지나치게 숨기고 있는데, 이제 본색을 드러내지 그래."

안량의 말을 들은 함토리는 히죽 웃었다.

"자네, 생각보다 고수로군. 철혈방의 무상이 대단하다는 말은 귀가 따갑도록 들었네만 이 정도일 줄은 몰랐어."

"영감의 실력을 알아볼 눈이 있으니 대단하다는 말인가? 영감 실력을 인정하긴 하나 그 발언은 너무 과대망상인걸."

"과대망상인지 아닌지는 다시 맞붙어보면 알겠지. 다시 해볼 텐가?"

"좋지. 이번에는 정말 끝장을 내주마."

그 순간 뭔가가 바람 소리를 내며 지하 공간의 천장을 따라 날아왔다. 그것은 광장의 천장까지 날아왔는데, 철혈방 측의 한 명이 공중으로 뛰어올라 날아가는 그것을 잡아챘다. 잡아챈 자는 그것을 암중혼에게 갖다 바쳤다.

암중혼이 받은 것은 지하 공간의 입구인 건물에서 날려 보낸 전서구였다. 이 전서구는 건물 외부에서 무슨 일이 생기면 길고 긴 지하 공간을 날아와 안량에게 소식을 전하도록 훈련이 되어 있었다.

전서구에서 서신을 빼내 읽던 암중혼의 낯빛이 변했다.

그는 막 함토리와 다시 맞붙으려는 안량에게 다급히 전음성을 날렸다.

"무상! 방주께서 오셨습니다. 지금 무림맹주를 꾀어서 이쪽으로 들어오고 계시다 합니다. 오 년 전 썼던 매복의 계를 준비하라는 전갈입니다."

안량의 굵은 눈썹이 꿈틀거렸다.

그는 한 번 상대와 승부를 보겠다고 마음을 먹으면 하늘이 무너지고 땅이 꺼진다 해도 결코 싸움을 멈추지 않는 성격이었다. 그러나 단 한 명, 철혈도제의 명이라면 아무리 하잘것없는 명령이라 해도 자신의 모든 용무에 우선했다.

안량은 함토리에게 덤비려던 걸음을 멈추고 뒤로 후퇴했다.

그는 도열해 있는 혈강시의 뒤로 물러서며 의아한 표정의 함토리에게 한마디를 던졌다.

"노인네, 승부는 다음으로 미뤄야겠다. 물론 당신이 여기서 살아난다는 가정 하에서 말이지."

안량은 뒤를 향하여 손가락을 까딱거렸다.

"모두 죽여 버려."

말이 떨어지기가 무섭게 방울 소리가 맹렬하게 울렸다. 그리고 도열해 있던 혈강시들이 별동대를 향해 팔을 뻗으며 전진하기 시작했다.

"모두 피하라!"

함토리는 일갈하며 전면을 향하여 일검을 날렸다. 그러자 그의 검에서 선명한 금빛 검광이 쭉 뻗어 나오며 전면의 혈강시를 덮쳤다.

"검강?"

안량이 경악을 하며 소리쳤다.

검기상인이 완성되는 최고의 경지, 검강이 한 차례 지나가자 전면의 강시들이 광혈시를 쏘려고 내뻗은 두 팔이 뎅겅뎅겅 잘려 나갔다.

전면의 강시들을 함토리가 홀로 막아내는 사이 몸을 돌린 별동대원들은 퇴로를 막고 있는 다섯 구의 강시에게 맞서갔다.

후위의 다섯 강시는 팔을 뻗어 광혈시를 날렸지만 이미 한번 뜨거운 맛을 봤던 대원들은 빠른 신법으로 이리저리 피하며 강시들을 교란시켰다. 빛살 같은 속도의 광혈시를 모두 피하기는 어려웠지만 뒤쪽의 강시는 다섯 구뿐인지라 그럭저럭 큰 피해 없이 상대할 수가 있었다.

"암중혼, 저 늙은이를 가만 놔둬서는 안 되겠다!"

암중혼은 외치는 안량의 속내를 알아차렸다. 함토리의 무공이 상상 이상이니 협공을 하자는 뜻이리라.

둘은 검강으로 혈강시를 차례차례 쓰러뜨리고 있는 함토리에게 동시에 달려들었다.

혈강시를 모두 처치하지 못한 상황에서 절정고수 둘이 달려들자 함토리는 어려운 상황에 처했다. 안량과 암중혼은 빠르게 움직이며 서로 대칭되는 방향으로 함토리에게 덤벼들어 그의 손발을 어지럽게 만들었다.

난전이 벌어지는 사이 방울 소리가 다시 요란하게 울렸다.

딸랑딸랑딸랑딸랑!

그러자 광장 중앙에 있는 관들이 열리면서 누워 있던 혈강시들이 일어서기 시작했다. 함토리가 쓰러뜨린 혈강시의 수를 보충하려는 것이었다.

'어렵다!'

함토리는 최악의 상황에 직면했다는 것을 느꼈다. 만일 지금 일어서고 있는 혈강시들이 싸움에 참여한다면 별동대는 곧 전멸할 것이 불을 보듯 뻔했다. 자신이 상대하고 있는 안량과 암중혼은 협공 능력이 워낙 뛰어나서 본 실력을 발휘해도 오백 초 안에 처치할 수 없는 강자들이었다. 이들에게서 자신이 몸을 빼낼 수 없는 한 이 싸움의 결과는 정해져 있었다.

그러는 사이 관에서 몸을 일으킨 강시들이 명령을 알아들은 듯 전진하기 시작했다. 강시들은 함토리와 안량 등이 싸우고 있는 장소를 지나쳐 별동대가 후위의 다섯 강시와 싸우는 곳으로 다가갔다.

강시들이 자신을 지나쳐 별동대 쪽으로 가자 함토리는 마음이 급해졌다 그는 검강을 힘차게 내뻗어 상대하고 있던 남은 혈강시 두 구를 일검양단하고 안량과 암중흔까지 쳐갔다. 그러자 둘은 검강과 맞닥뜨리지 않고 훌쩍 물러섰다.

함토리는 그 틈을 타 몸을 돌려 별동대를 노리는 강시들에게 신형을 날렸다.

"어딜!"

성동격서에 넘어가기에는 안량과 암중흔은 지나치게 노련했다. 둘은 그러한 함토리의 동작을 예측한 듯, 재빨리 다시 접근하며 날아가는 함토리를 향해 검기를 날렸다.

검기가 등 뒤에서 닥쳐오자 함토리는 날아가던 신형을 중지하고 몸을 돌려 막아설 수밖에 없었다.

그가 지체하는 사이 혈강시들은 별동대에 근접했다.

별동대의 후위에 있던 혜공 등 몇몇이 강시들이 다가옴을 알아차리고 몸을 돌렸다.

"차앗!"

혜공과 혜승이 동시에 쌍장을 내뻗었다. 항마번천장이 다가오는 강시들을 향해 힘차게 뻗어갔다.

펑!

장법에 마기를 쫓는 불법의 기운을 가득 담았음에도, 강시들은 잠시 주춤했을 뿐 전진을 계속했다.

딸랑! 딸랑! 딸랑! 딸랑!

지긋지긋한 방울 소리가 곡조를 바꾸어 울리자, 다가오던 강시들이 일제히 팔을 들어 올렸다.

혜공들의 얼굴이 새파래졌다. 이제 앞뒤가 완전히 포위된 형국, 다가온 열 구 남짓한 강시들에게서 광혈시가 뿜어져 나온다면 별동대는 끝장이었다.

별동대가 궤멸당할 위기에 직면한 순간, 갑자기 요란한 굉음이 광장 중앙 쪽에서 들려왔다.

두두두두두두―!

"어엇!"

"따… 땅이 열린다!"

중앙에 몰려 있던 철혈방도들이 깜짝 놀라 바깥쪽으로 물러섰다.

놀랍게도 광장의 원형 바닥의 중심부가 열리고 있었다.

중심부의 구멍이 점점 벌어지며 중앙에 몰려 있던 관들이 커지는 구멍 밑으로 떨어져 내리기 시작했다.

기이한 상황은 중앙에서만 벌어지는 것이 아니었다. 별동대를 노리고 광혈시를 겨누던 혈강시들이 중앙의 구멍이 벌어짐과 동시에 약속이나 한 듯 일제히 동작을 정지했다.

"뭐야! 무슨 일이냐!"

안량이 함토리와의 싸움을 멈추고 중앙으로 내달렸다.

중앙의 구멍은 점점 커지며 벌써 반수 이상의 관들을 집어삼키고 있었다.

"뭣들 하는 게야! 강시를 모두 일으켜서 피신시켜라!"

그의 호통에 방울을 든 수하들이 당황한 얼굴로 외쳤다.

"방울을 울려도… 강시들이 말을 듣지 않습니다!"

"뭐야?"

철혈방도들이 어찌할 바를 모르고 있는 사이 반수 이상의 관을 집어

삼킨 중앙의 구멍은 더 이상 커지는 것을 멈추었다.

두두두두두두—

다시 기관음이 요란하게 울렸다. 그러더니 중앙의 구멍 안에서 뭔가 뾰족한 것이 솟아 나오기 시작했다.

"저… 저건 또 뭐야?"

뾰족한 형상이 점점 솟아 나오며 제 모습을 드러내자 철혈방도들은 비로소 그것의 정체를 알아차렸다. 그것은 이 광장의 바로 밑 지하에 놓여 있던 요기 증폭 장치였다.

솟아올라 오는 원뿔 방을 보며 철혈방도들은 입을 딱 벌렸다. 저게 이 밑에 있다는 것은 잘 알고 있었지만 광장으로 치솟아오를 수 있다는 것은 아무도 몰랐던 까닭이었다.

"부곡주 놈이다! 그놈이 기관을 건드린 것이야!"

안량이 울화통을 터뜨렸다.

곁에 있던 암중혼이 고개를 저었다.

"저 원뿔 방 안에 있는 놈이 범인입니다. 그 안에 기괴한 장치가 많다는 것은 알고 있었지만 이 위까지 올라올 줄은 몰랐군요. 안에 있는 게 부곡주 놈은 아닐 것입니다. 놈은 탈출하기 바빴을 테니."

"그럼 누구란 말이냐?"

"장치를 파괴하려고 들어간 무림맹 놈이겠지요. 아마도… 신녀 말대로라면 맹정우가 아닐는지……."

"빌어먹을! 또 그놈이냐!"

원뿔 방이 점점 솟아올라 천장에 근접하자 또다시 기현상이 벌어졌다. 일제히 동작을 멈추고 있던 혈강시들이 다시 움직이기 시작했고, 중앙에 아직 남아 있던 관들이 열리면서 그 안의 혈강시들마저 슬금슬금 기어나오기 시작했다.

딸랑! 딸랑! 딸랑! 딸랑!

혈강시의 뜻밖의 움직임에 당황한 조종자들이 다급히 방울을 울렸지만 다시 움직이기 시작한 강시들은 그들의 조종에 따르지 않았다. 다만 원뿔 방이 솟구쳐 올라올수록 매우 괴로운 듯 몸부림을 치며 뻣뻣한 팔다리를 마구 휘둘러 댔다.

"크아!"

"크아아아!"

고통 어린 절규와 함께 몸부림을 치던 강시들은 솟아오른 원뿔 방이 천장 위까지 치솟자 눈에서 혈광을 뿜어내며 손가락으로 광혈시를 난사하기 시작했다. 이제까지는 조종자의 지시에 따라 일정한 방향으로만 쏘아지던 광혈시는 마구잡이로 휘둘러 대는 팔을 따라 중구난방으로 쏘아져 나갔다.

"아악!"

강시들의 근처에 있던 조종자들이 가장 먼저 횡액을 당했다. 그들은 난무하는 광혈시에 얻어맞고 수십 동강으로 갈라진 채 죽음을 맞아야 했다.

혈강시들이 무차별로 광혈시를 난사하자 근처에 있는 사람은 물론 혈강시 서로 간에도 광혈시에 꿰뚫리는 사태가 속출했다.

사태가 걷잡을 수 없어지자 더 이상 이곳에 있을 수 없다고 판단한 안량은 총퇴각을 명했다.

"모두 석교를 향해 뛰어라! 석교를 건너간 후 다리를 끊어 마령지를 차단한다!"

옆의 암중혼이 외쳤다.

"매복의 계는 어떡합니까?"

"지금 그게 문제야? 이 상황에서 무슨 수로 매복을 하나?"

둘은 재빨리 혈강시들을 피해 자리를 떴지만 대다수의 철혈방도는 중앙에 모여 있었기에 발광하는 혈강시들을 벗어나지 못하고 참혹하게 당해 버렸다.

반면 혈강시가 정지했을 때부터 함토리의 명으로 도망갈 채비를 하고 있던 별동대는 동작이 빨랐다. 그들은 별 피해 없이 안량 등에 앞서서 먼저 석교를 향해 달려가고 있었다.

광혈시를 마구 난사하며 발광하던 혈강시들 중에 일부는 격한 움직임을 멈추고는 다른 행동을 보이기 시작했다. 그들은 광장 근처에 널린 철혈방도의 시체를 하나씩 집어 들고서 피를 빨아들이기 시작했다.

혈강시는 광혈시를 일정량 이상 소모하면 인간의 피를 보충하려는 본능이 작용하게 되는데, 광장의 혈강시들이 폭주로 인해 광혈시를 난사하다 보니 금세 피가 모자라게 되었던 것이다. 솟아오른 원뿔 방으로 인해 파괴의 본능이 지나치게 폭주해 버렸지만 피가 모자란 혈강시들은 점점 더 흡혈의 본능이 강해져 갔다.

몇몇은 멀쩡한 시체를 잡고서 피를 흡수했지만 대다수는 피를 흡수할 시체를 찾지 못했다. 피를 섭취하지 못한 놈들은 점점 멀어져 가고 있는 피 냄새를 주목하고 그것을 쫓아가기 시작했다. 그들이 쫓는 대상은 광장에서 달아나 석교 쪽으로 도망치고 있는 철혈방과 별동대들이었다.

시간이 흐르자 피가 모자란 혈강시들은 점점 늘어갔고, 그들 역시 동료들의 뒤를 따라 달아나고 있는 먹잇감을 쫓아가기 시작했다.

아비규환의 장소를 벗어나 열심히 도망치던 두 집단은 뒤에서 혈강시들이 쫓아오는 것을 깨닫고 더욱 속도를 가해 달렸다. 그러다 보니 어느 순간 나란히 달리게 되었다.

좀 전까지만 해도 서로 못 잡아먹어 안달이었던 사이지만 지금 뒤에서는 미친 혈강시들이 발광하며 쫓아오고 있었기에 서로 간에는 해를 끼치지 말고 탈출에 온 힘을 쏟자는 암묵적인 동의가 이루어졌다.

제9장

영웅의 행동은 동료들의 찬사와
적들의 분노를 끌어낸다

"철혈방주, 아까부터 같은 자리를 뱅뱅 도는 듯한데, 어인 일이오?"

청천 진인의 지적에 위지관천은 너털웃음을 터뜨렸다.

"허허, 별말씀을 다하십니다. 이 위지모가 맹주께 무슨 억하심정이
있어서 헛걸음을 하도록 만들겠습니까?"

말은 그렇게 하고 있었지만 같은 자리를 뱅뱅 돌고 있는 것은 사실
이었다. 위지관천은 지금 안에서 매복의 계가 준비되었다는 신호가 오
길 기다리고 있었다. 그렇기에 건물의 복잡한 통로를 이리저리 왔다
갔다 하며 시간을 끄는 중이었는데 맹주가 알아차린 낌새를 보이자 더
이상 시간을 끌 수는 없을 듯했다.

'멍청한 안량 놈! 안에서 대체 뭘 하고 있는 게지?'

사실 매복의 계는 완벽을 기하기 위해 준비하고 있는 것일 뿐, 지금
당장 맹주를 친다 해도 이길 자신은 얼마든지 있었다.

청천자가 최절정고수이긴 하지만, 맹의 나머지 입회인 중에는 백호당주 왕주륜 정도가 눈에 띄는 고수일 뿐, 나머지 세 명은 신경 쓸 가치도 없는 놈들이었다.

반면 이쪽은 위지관천 자신을 비롯하여 제소운과 철검대주, 그리고 일개 부하인 척 행세하고 있는 세 명의 장로까지 포함하여 압도적인 전력이었다.

자신이 맹주를 맡고 있는 사이 나머지가 맹주 쪽 수하들을 몽땅 쳐버려 맹주 홀로 남게 되면 맹주 암살은 손바닥 뒤집듯 쉬운 일이 되게 되는 것이다.

'그래, 이제 무덤으로 안내해 주지.'

위지관천은 길 안내를 맡고 있는 장로에게 전음을 날렸다.

"이제 마령지로 들어가라."

매복의 계가 무산되었을 경우, 암습 장소는 석교가 알맞았다. 석교의 기관 장치를 잘만 이용하면 맹주를 위기에 빠뜨릴 가능성이 높았다.

안내자는 일행을 지하 통로로 안내했다. 길쭉한 통로를 한참 걸어 거대한 지하 공간에 진입하자 맹주 일행은 그 규모에 크게 놀라는 표정이었다.

"호오, 야트막한 산의 지하에 이런 규모의 공동이 있다니… 놀라운 일이군. 위지 방주, 대체 여기서 무슨 일을 하고 있는 게요?"

청천 진인의 질문에 대한 대답은 위지관천 대신 제소운이 했다.

"들어가 보시면 압니다만, 살짝 귀띔을 해드리자면 보물을 캐고 있다고나 할까, 그런 일입니다."

"보물을? 금광이라도 캐는 게요?"

"들어가서 직접 눈으로 확인하시는 게 좋을 것입니다."

제소운은 맹주의 질문을 어물쩍 넘기며 나아가길 재촉했다. 두 무리는 석교가 드리워진 절벽 앞에 도착했다. 그곳은 사위가 칠흑같이 캄캄하여 석교의 전방이 전혀 보이지 않았다.

"빛을 밝혀라."

위지관천의 명을 받은 수하 한 명이 석교 앞의 기관을 만지작거렸다. 그러자 천장의 야명주가 다시 모습을 드러냈다.

"대단한 설비로군!"

맹주 일행은 수백 개의 야명주가 환하게 거대 공간을 밝히는 것에 감탄을 금치 못했다.

"놀랄 일은 안쪽에 더 있습니다. 우선 석교를 건너시죠."

제소운과 부하 네 명은 먼저 석교로 올라서며 맹주 일행에 앞장을 섰다.

맹주 일행은 제소운들을 따라 석교로 올랐고, 위지관천과 나머지 부하들이 그 뒤를 따랐다. 그렇게 모두 석교로 올라서니 맹주 일행은 철혈방도들에게 앞뒤로 둘러싸인 꼴이 되어버렸다.

제소운 측의 가장 앞장선 부하가 빠르게 석교 끝에 도달했다. 그는 그 근처에 있는 기관 장치로 다가가서 무릎을 굽혔다. 그리고는 뒤를 한 번 돌아본 후 석교가 벌어지는 장치를 작동시켰다.

두두두두두두—

막 석교의 중앙 부분에 다다르던 맹주 일행은 갑자기 발밑이 갈라지니 깜짝 놀랄 수밖에 없었다. 맹주 일행은 마침 다리가 갈라지는 부분을 걷고 있었는데, 다리의 중앙부가 끊어져 양쪽으로 분리되어 버리자 청천 진인을 비롯한 세 명은 석교의 뒤쪽 부분으로, 앞서 가던 왕주륜 등 두 명은 앞쪽 부분으로 나뉘어져 버렸다.

맹주 일행이 둘로 나눠지는 순간 그들의 앞뒤에 있던 철혈방의 무리가 동시에 공격을 가했다.

석교 앞쪽에서는 제소운이 몸을 돌려 천풍장(千風掌)이라는 위력적인 장력을 날렸고, 뒤쪽에서는 부하로 가장하고 있던 철혈방의 제일장로 폭뢰장(爆雷掌) 번요가 성명절기인 폭뢰장을 폭발시켰다.

쾅!

"아악!"

왕주륜과 그의 수하는 닥쳐오는 천풍장에 맞섰지만 워낙 강력한 장법인지라 중심을 미처 잡지 못하고 뒤로 밀려났다. 그런데 그들이 서 있는 한 걸음 뒤가 갈라진 석교의 끝부분이었기에, 둘은 단말마의 비명과 함께 천장단애로 추락해 버렸다.

번요에게 당한 쪽은 조금 나았다. 청천 진인은 청룡당의 정표 등 두 동료에 앞서 있었지만 다리가 갈라지는 순간 석교를 박차고 뒤로 날아올라 두 동료를 뛰어넘었다. 그리고는 막 정표에게 폭뢰장을 날리는 번요에게 일검을 날렸다.

"컥!"

단말마의 신음과 함께 번요의 목이 절벽 밑으로 떨어졌다. 폭뢰장을 채 끝까지 발출하지도 못한 그의 몸도 역시 떨어지는 목의 뒤를 따랐다.

"놈!"

전광석화 같은 검기로 번요를 쓰러뜨린 청천 진인이 석교 위로 착지하는 순간, 위지관천이 닥쳐 들었다.

달려드는 위지관천의 오른팔에서 검영이 번쩍였다. 보이지 않는 속도로 뻗어낸 그의 철혈도가 착지하는 청천 진인의 다리로 파고들었다.

텅!

청천 진인은 착지하는 것을 포기하고 검기를 크게 부풀려 날아오는 철혈도와 부딪쳤다. 검기와 도기가 충돌하며 압축되었던 공기가 크게 팽창되었고, 그 기운을 빌려 다시 도약한 청천 진인은 위지관천의 머리를 넘어 석교 뒤쪽으로 몸을 날렸다.

청천 진인의 의도는 위지관천을 일단 흘려보내고 그 뒤의 수하들을 얼른 처리해 퇴로를 확보하겠다는 계획이었다. 그러나 그의 상대는 상상 이상으로 반응이 빨랐다.

"제법이군, 청천!"

석교 후미의 수하에게 막 검강을 쓰려던 청천 진인은 등 뒤에서 매서운 기운이 빠르게 닥쳐듦을 느꼈다. 그는 별수없이 몸을 돌려 수하에게 쓰려던 검강을 다가오는 위지관천에게 사용해야만 했다.

청천 진인의 검에서 발출된 은빛의 검강이 회전하는 그의 몸과 함께 긴 호선을 그렸다. 걸리는 모든 것을 두 동강 낼 듯 전진하던 그의 검강은 위지관천의 철혈도에서 뿜어져 나오는 강기와 충돌했다.

콰앙!

검강과 도강이 충돌하자 섬광이 번쩍이며 석교 위에 돌풍이 몰아쳤다. 두 명 다 충돌의 기운을 다스리지 못하고 비틀거리며 두어 발짝씩 물러섰다.

강력한 두 기운의 충돌은 두 사람뿐 아니라 근처의 모든 사람에게 영향을 미쳤다. 모두 비틀거리며 중심을 못 잡고 있는 사이 석교는 그 길이가 점점 줄어들었다.

지금 청천 진인과 위지관천의 위치는 서로 뒤바뀐 상태였다. 청천 진인이 땅과 가까운 위치에, 위지관천은 석교 끝부분에 있었다. 또한 청천 진인의 뒤에는 철혈방도 네 명이, 위지관천의 바로 뒤에는 무림맹의 정표와 그의 부하가 있었다.

모두 다 가까이 있는 적을 마음 놓고 공격할 수가 없는 상태였다. 청천 진인 뒤에 있는 철혈방도와 위지관천의 뒤에 있는 정표 등은 눈앞에 있는 적의 무위가 워낙 자신들과 차이가 나기에 청천 진인과 위지관천이 자신들에게서 등을 돌리고 있음에도 섣불리 공격할 수가 없었다.

청천 진인과 위지관천도 마찬가지였다. 위지관천은 뒤에 있는 놈들은 신경도 쓰지 않고 있었다. 그는 오직 청천 진인을 노리고 있었지만 지리적인 위치가 좋지 않았다. 함부로 공격을 시도했다가는 청천 진인의 반격에 석교 끝으로 밀려 나갈 우려가 있었다.

반면 청천 진인은 땅과 가까운 좋은 지리를 선점하고 있었으나 그 역시 위지관천을 공격할 수 없었다. 위지관천 뒤의 정표 등을 생각해야 하기에 그에게 함부로 살수를 쓰기가 어려웠던 것이다.

기묘한 힘의 균형이 이루어진 가운데 석교는 점점 짧아졌다. 청천 진인 뒤의 철혈방도들이 먼저 땅에 올라섰고 뒤이어 청천 진인이 땅으로 올라섰다.

땅에 올라선 청천 진인은 위지관천을 응시했다. 위지관천은 미약하게 고개를 끄덕였다. 청천 진인이 여전히 석교 위에 있는 자신을 공격하지 않는 대신 그는 그 뒤에 있는 정표 등을 공격하지 않기로 암묵적인 약속을 한 것이다.

마침내 석교의 끝이 땅에 닿았고, 위지관천은 수하들이 있는 좌측으로, 정표와 그의 수하는 청천 진인이 물러서 있는 우측으로 움직였다.

땅에 안착한 두 집단은 다시 전투 태세로 들어갔다.

"위지관천, 결국 야욕을 드러내는구나. 내 오늘 반드시 네놈을 응징

하여 죽은 모든 대원들의 원한을 갚고 말겠다!"

청천 진인은 눈에서 정광을 뿜으며 말했다.

위지관천은 가볍게 코웃음을 쳤다.

"청천, 상황을 명확히 알고 배짱을 부려라. 지금 인원만 가지고 비교해도 우리 쪽이 훨씬 유리하다. 그리고 석교가 다시 이어져 저쪽으로 넘어간 문상과 두 명의 장로가 여기로 넘어오면 그때 네 목숨은 끝나게 되겠지."

청천 진인의 안색이 침중해졌다. 위지관천의 말이 맞다. 그와 위지관천은 잘해야 동수, 뒤의 정표와 또 한 명은 뛰어난 실력을 갖추고 있었지만 철혈방의 문상이나 장로들을 상대하기에는 역부족이었다.

절벽 안으로 들어갔던 석교가 다시 앞으로 나아가기 시작했다. 반대편의 제소운 측에서 조종을 하여 다시 석교를 붙이려는 모양이었다.

'석교가 연결되기 전에 어떻게 해서든 위지관천과 승부를 내야 한다!'

청천 진인은 속전속결을 선택할까를 고민해 보았다. 그러나 그 생각은 무모했다. 그나 위지관천 같은 절대고수 간의 싸움에서는 무조건 조급해하는 자가 패하게 된다. 최대한 인내하며 상대의 허점이 나오길 기다려야 간신히 승기를 잡을 수가 있는데, 조급하게 무리한 수를 쓰면 오히려 패배를 부를 가능성이 높다.

'놈이 아마도 그걸 노리고 석교가 이어지면 끝날 거라는 식의 어울리지 않는 장담을 늘어놓았겠지.'

청천 진인이 이러지도 저러지도 못하는 사이 양쪽의 석교는 거의 다 이어졌다.

그런데, 갑자기 동굴 저편에서 어떤 소음이 들려오기 시작했다.

처음에 아주 작았던 소리는 소리를 내는 주체가 다가오는 듯 점점 커졌다.

누군가가 울부짖는 소리, 절규하는 소리, 비명을 내뱉는 소리 등이 중인의 귀에 따갑게 들려오기 시작했다.

팽팽하게 대치하던 두 패는 일제히 석교 건너편으로 눈을 돌렸다. 건너편의 제소운들도 당황한 얼굴로 소리가 나는 저편을 바라보고 있었다.

잠시 후, 한 무리의 사람들이 지하 공간 저편에서 나타났다.

뒤에서 호랑이라도 쫓아오는 듯 미친 듯이 질주하고 있는 사람들의 복색을 알아본 두 패는 모두 입을 벌리고 말았다. 질주하는 무리 중에는 무림맹원과 철혈방도의 복장이 마구 섞여 있었기 때문이다.

대체 뭐에 쫓기고 있기에 피 터지게 싸워야 할 상대들이 나란히 사이좋게 달려오는 것인가?

이유는 곧 밝혀졌다. 무리 중에 선두에서 달리던 안량이 석교 앞의 제소운을 알아보고 손을 내저으며 소리침으로써.

"당장 건너가! 혈강시가 폭주했다! 석교를 끊고 놈들이 밖으로 나오는 것을 막아야 해!"

과연 질주하는 무리의 뒤편에서 수십 개의 인영이 경중경중 뛰어오고 있는 것이 보였다.

혈강시의 무시무시한 위력을 충분히 알고 있는 제소운들은 얼른 석교를 건넜고, 그 바로 뒤를 따라 안량 패거리와 함토리의 별동대가 석교에 도착, 한 줄로 사이좋게 석교를 뛰어 건넜다. 이미 한참 함께 달리면서 기묘한 유대감이 형성되었기에 석교를 건너면서도 절대 상대편에게 손을 대는 일이 없었다.

다만 그 유대감은 석교를 건너고 나서는 산산이 깨어졌다. 땅에 발을 디디자마자 철혈방도들은 좌측, 무림맹원들은 우측으로 쫙 갈라지며 다시 상대를 철천지원수 보듯 노려보기 시작했다.

양쪽의 대치는 인원이 좀 더 증가한 상태에서 다시 시작되었다.

청천 진인은 바로 곁에 함토리가 다가오자 안심하는 표정을 지었다. 방금 전까지는 일방적으로 불리한 상황이었지만 별동대가 합류하고 또 함토리가 옴으로 해서 수적으로나 질적으로나 상대에게 크게 꿀리지 않는 상황이 된 것이다.

"어서 오게. 수고했네."

청천 진인의 말에 함토리는 빙긋이 웃으며 그와 어깨를 나란히 했다.

"위지관천 놈이 본색을 드러낸 건가?"

"그런 것 같군. 이제 정말 제대로 한 판 붙어볼 시간이 왔어."

한편 철혈방 측은 폭주한 채 달려오고 있는 혈강시가 건너오지 못하게 막아야 했다.

"석교를 다시 끊어라!"

위지관천의 명에 따라 맞닿았던 석교는 다시 끊어지기 시작했다. 광혈시를 마구 흩뿌리며 질주해 오던 혈강시들은 절벽에 이르러서 멈추지 않고 계속 앞으로 뛰었고, 대다수가 절벽에서 떨어져 끝이 보이지 않는 바닥으로 추락해 버렸다. 개중에는 천천히 줄어들고 있는 석교에 올라탄 놈도 몇 놈 있었지만, 이미 중간이 끊어진 상태였기에 석교 위를 전진하다가 끊어진 곳에서 바닥으로 추락하고 말았다.

공들여 만들었던 최강의 혈강시가 제대로 한번 써보지도 못하고 전멸해 버리자 철혈방 측은 장탄식을 금치 못했다.

반면 무림맹 진영은 혈강시가 저절로 전멸하게 되자 모두 기쁨을 감추지 못했다.

청천 진인은 기쁜 낯으로 함토리의 어깨를 쳤다.

"정말 수고했네! 만일 여기서 막지 못해 저놈들이 강호로 나갔다면… 상상만 해도 끔찍한 일이로군."

함토리는 어깨를 으쓱했다.

"나한테 칭찬할 것은 없네. 우리가 한 일이 아니니까."

"그럼 누가 했단 말인가?"

"확신할 수는 없지만 아마도 그가 아닐까……."

한편 철혈방 측의 위지관천은 노화로 잔뜩 붉어진 얼굴로 안량에게 호통을 쳤다.

"어떻게 된 일이냐! 혈강시가 어째서 폭주한 건가!"

안량은 움찔한 얼굴로 대꾸했다.

"죄송합니다. 어떤 놈이 요기 증폭 장치를 건드리는 바람에……."

"대체 어느 놈이 그것을 건드렸다는 것이냐!"

위지관천의 궁금증은 안량이 대답하기 전에 직접 눈으로 확인할 수 있었다.

석교 저편에서 누군가가 홀로 달려오고 있었기 때문이다.

먼저 무림맹 진영에서 달려오고 있는 사람을 알아보았다.

연설연이 가장 먼저 외쳤다.

"맹 대주님이에요!"

달려오고 있는 맹정우는 혈강시 몇 놈을 뒤에 달고 오고 있었다.

최운과 방구병이 동시에 외쳤다.

"정우야!"

"얌마! 빨리 뛰어!"

당지연도 애타게 외쳤다.

"맹 공자! 빨리 건너와요!"

맹정우를 따르는 혈강시들은 피에 굶주린 듯 빠른 속도로 쫓아오고 있었다.

"젠장! 다 죽은 줄 알고 내려왔더니!"

맹정우는 죽어라 뛰며 투덜거렸다.

아까 전에 원뿔 방이 광장 위로 치솟은 것은 그로서도 뜻밖의 일이었다.

그는 원뿔 방이 지하로 파묻혀 버리자 몹시 당황했다. 문밖이 땅속인지라 나갈 출구가 없었기 때문이다. 한참을 고민하던 그는 우선 상황이 이렇게 된 원인을 살피기로 마음을 먹었다.

그는 원뿔 방에 들어와서 한 일, 팔성검을 원탁에 꽂아놓은 상황부터 되새겨 보기로 했다.

원탁으로 다가가서 팔성검이 꽂힌 위치를 살피니, 과연 이렇게 된 원인을 알 수 있을 듯했다. 원탁에는 팔성검을 꽂을 수 있을 법한 구멍이 하나가 아니었다. 중앙에 하나, 그리고 중앙을 둘러싼 품(品) 자형으로 세 개의 같은 크기의 구멍이 나 있었다. 맹정우는 가운데가 아닌 주변 세 개 중의 하나에 검을 꽂아 넣었던 것이다.

"그렇다면 다시 가운데에 꽂으면 올라가겠군."

맹정우는 잠시 고민했다. 위에는 분명 그 망할 진소천 놈이 기다리고 있을 것이다. 현재 몸 상태로는 놈을 이기기가 어렵다. 어떻게든 검광만암천을 쓸 수 있을 정도는 되어야 한다.

"좋아! 공력을 회복하고 다시 올라간다!"

헤어진 한영영과 현진이 걱정되었지만 지금은 도리가 없었다. 우선 놈을 쓰러뜨려야 다음 대책을 마련할 수 있으니까.

맹정우는 자리에 앉아서 심법으로 호흡을 다스렸다. 과도한 행공으로 들끓던 진기를 가라앉히고 대주천을 반복하니 서서히 단전의 내공이 기운을 얻기 시작했다. 그가 익히고 있는 내공심법은 불가사의할 정도로 뛰어난 회복력을 가지고 있었다. 다만 다른 내공의 경험이 없는 맹정우가 그 진가를 모르고 있을 뿐이었다.

얼마 지나지 않아 맹정우는 몸 상태를 거의 회복시켰다.

"좋아! 이제 충분해!"

맹정우는 가부좌를 풀고 일어섰다. 심신이 다시 가뿐해진 상태, 온몸에 충만한 기력은 자신감을 되찾게 만들었다.

그는 원탁으로 다가가 팔성검을 꽂힌 구멍에서 빼낸 후, 가운데 구멍에 박아 넣었다.

"어?"

다시 솟아오르길 기대했건만 아무 일도 생기지 않았다. 아무리 기다려도 원뿔 방은 미동도 하지 않았다.

"왜 이러지?"

고민하던 맹정우는 다시 검을 빼내어 품 자형의 구멍 중 처음 꽂은 자리가 아닌 다른 하나에 꽂아 넣었다. 그러자 원탁이 돌며 원뿔 방이 움직이기 시작했다.

두두두두두두—

"됐어!"

맹정우는 방이 떠오르는 것을 느끼며 희희낙락했다.

이제 원뿔 방이 멈추면 팔성검을 빼낸 후 밖으로 튀어나가 배반자 진소천 놈을 아작 내는 일만 남은 것이다.

맹정우는 원탁 바로 옆에 서서 원뿔 방이 멈추기만을 기다렸다.

그런데 좀 이상했다. 상당히 올라간 듯한데 솟아오르는 원뿔 방이 도통 멈출 생각을 하지 않고 있었다.

"이상한데? 왜 이렇게 오래 걸리지?"

맹정우는 고개를 갸웃거리며 문 앞으로 다가갔다. 그리고는 문을 살짝 열고 빼꼼이 밖을 바라보았다. 그러고는 기겁을 하고 말았다. 핏빛 선 하나가 문틈으로 쏘아져 들어와 그의 머리를 스치고 지나갔기 때문이다.

맹정우는 놀라 후다닥 뒤로 물러나다 엉덩방아를 찧었다.

"뭐야, 이거?"

살짝 열린 문틈 새로 다수의 인영이 마구잡이로 움직이는 것이 보였고, 예의 혈선이 마구 난무하는 것이 보였다.

그가 놀라서 주저앉아 있는 사이, 원뿔 방은 점점 치솟았다. 그리고는 우뚝 멈추었다.

원뿔 방이 멈추자 맹정우는 조심스레 문을 향해 다가갔다. 좀 전의 혈선 난무하는 전투 현장을 지나쳐 한참 위로 올라섰다는 것을 알았기에 두려움은 조금 덜해졌다.

문을 열고 바라보니 놀랍게도 그가 있는 곳은 반원형 공간이 아닌 지하 광장이었다. 무슨 조화가 있었는지는 몰라도 계속 솟아오른 원뿔 방이 반원형 공간을 뚫고 그 상위에 위치한 지하 광장까지 치솟아오른 모양이었다.

원뿔 방은 지하 광장의 천장 부근까지 솟아오른 상태였고, 좀 전에 지나친 아래쪽은 여전히 매우 소란스러웠다.

강시 같아 보이는 놈들이 손에서 혈선을 쏘아대며 발광을 하고 있었는데, 혈선을 마구잡이로 내뿜다 보니 서로 죽고 죽이고 있었다. 그리고 저 멀리 일단의 사람들이 달아나고 있는 것이 보였는데, 자세히 보니 최운과 혜공 등의 뒷모습이 보였고, 놀랍게도 누군가에게 업혀 있는 현진의 모습도 보였다.

'현진이 저기 있다니! 그렇다면 한 소저도 있는 걸까?'

모습을 보진 못했지만 현진을 부축하고 있었으니 한영영도 대원들과 합류하고 있을 것이 분명했다. 그는 한시름이 놓이는 것을 느꼈다.

맹정우는 원뿔 방에서 뛰어내려 그들을 쫓아가려 했으나 밑에서는 여전히 혈강시 떼가 광혈시를 흩뿌리며 발광을 하고 있었기에 곧 그 생각을 접었다.

이윽고 원뿔 방 밑에 모여 있던 강시들이 서서히 그들을 쫓아가는 것이 보였다. 강시들은 시간이 지날수록 피가 그리운 듯 사람들이 달아난 쪽으로 모두 몰려가 버렸다.

사람들에 이어 강시까지 거의 다 사라지자 맹정우는 문을 활짝 열고 그들이 간 쪽을 응시했다. 그가 있는 위치가 높았기에 아주 멀리까지 볼 수가 있었는데, 저 멀리 희미한 빛이 보였다. 그 빛은 처음 건물에 들어서서 두 귀령곡인들을 쫓아갈 때 석교 위에서 모습을 드러냈던 야명주 빛과 비슷했다.

"아하, 저쪽 방향에 석교가 있는 모양이구나!"

그는 잠깐 고민한 후 그쪽으로 가보기로 결심했다.

달아난 대원들은 아마도 강시들을 우려하여 석교를 끊을 것이고, 쫓아간 강시들은 발광하는 상태로 보아 그들을 쫓다가 석교가 있는 절벽에서 모두 떨어질 듯했다.

'그렇게 되면 대원들은 밖으로 달아나겠지. 지금 쫓아가지 못하면

나만 남겨두고 나갈 수도 있다!'

마음이 다급해진 맹정우는 방 안으로 들어가 원탁에서 팔성검을 빼냈다.

"여기를 박살 내야 다시는 혈강시를 못 만든다 했지?"

맹정우는 기를 모으기 시작했다. 단전에 충분한 기운이 모이자 그의 오른손에 들린 팔성검이 힘차게 회전하며 검광만암천의 기운을 흩날렸다.

콰앙!

원뿔 방의 천장이 흔적도 없이 날아가 버렸다.

방 벽이 무너져 내리는 것을 보며 맹정우는 만족한 표정으로 자신의 검을 보았다. 과연 팔성검이었다. 천신도와는 달리 전혀 머리도 아프지 않고 효능은 더욱 뛰어난 것 같았다.

검을 휘둘러 원탁까지 파괴한 후 맹정우는 방 밖으로 몸을 날렸다.

경신술을 발휘하여 칠 장 높이에서 부드럽게 떨어지며 광장의 바닥으로 사뿐히 착지한 것까지는 좋았는데, 사단은 그 직후에 일어났다.

"크르르르르……."

등 뒤에서 들리는 기분 나쁜 소리에 뒤를 돌아보던 맹정우는 기겁을 하고야 말았다. 혈강시 몇 놈이 몸을 일으키고 있었기 때문이다.

놈들은 피가 다 빠져나간 듯한 빼빼 마른 시체 하나씩을 잡고 있었다. 다른 먹잇감을 찾고 있던 차에 토실토실한 맹정우를 보자 군침이 도는 듯 입맛을 다시며 접근하기 시작했다.

"이런 제길!"

다 떠난 줄 알았는데 아직 남아 있는 놈이 있을 줄이야. 맹정우는 볼 것 없이 열나게 뛰기 시작했다.

뒤에서 쫓아오는 듯 쿵쿵거리는 소리가 귀를 때렸다.

피슛!

혈선 하나가 발밑을 스치고 지나갔다. 이제 보니 아직 광혈시를 쏠 기운이 남은 놈까지 있는 듯했다.

"젠장! 젠장! 젠장!"

맹정우는 살아보자는 일념으로 죽기 살기로 경공을 시전했다.

숨이 턱까지 차 올 무렵, 저 멀리 야명주 빛이 비추이는 석교가 눈에 들어왔다.

석교의 건너편에 보이는 대원들이 그를 알아본 듯, 외치는 목소리가 들려왔다.

"대주님!"

"정우야! 어서 와라!"

"얌마, 어서 뛰어!"

감히 추적대주에게 얌마 소리를 하는 놈은 방구병이 틀림없었다.

나중에 두들겨 줘야겠다고 생각하며 그는 가일층 속도를 높였다. 석교 너머를 넘겨보니 대충 상황을 알아차릴 수 있었다. 두 패로 나뉘어져 있는 것으로 보아 철혈방과 대치하고 있는 것이 틀림없었다.

'저런 상태라면 벌어지는 석교를 다시 붙이기도 어렵겠군!'

어차피 등 뒤에서도 혈강시들이 바싹 쫓아오고 있으니 이래저래 저 계속 벌어지고 있는 석교를 건너뛰는 수밖에 없었다.

'오냐, 저까짓 것!'

맹정우는 일보장천을 극성으로 시전하여 가속도를 최대한으로 높였다.

빛살같이 달려가던 그의 신형이 마침내 석교까지 다다랐다. 석교는 이제 양쪽의 거리가 십오 장 가까이 벌어지고 있었다.

"타앗!"

맹정우는 이쪽 편 석교의 끝까지 내달은 후 힘차게 발을 굴렀다. 달려온 가속도로 인해 엄청난 추진력을 얻은 그의 신형이 공중을 날아 맞은편 석교의 끝을 향해 쏘아져 나갔다.

장장 십칠 장을 새처럼 날아간 맹정우가 석교 끝에 안착하려는 순간, 철혈방 측에서 갑자기 한 명이 튀어나와 석교 위로 뛰어올랐다. 철혈도제 위지관천이었다.

위지관천은 쌍장을 쭉 뻗었고, 무지막지한 장력이 막 착지하고 있는 맹정우를 향해 쏘아져 나갔다.

맹정우는 닥쳐오는 장력을 감지하고는 난감한 표정을 지었다. 그것을 받든 피하든 절벽 밑으로 떨어질 것이 자명한 상황이었기 때문이다.

어쨌거나 날아오는 장력을 몸으로 받을 수는 없는 일, 그는 퇴산장으로 적의 장력에 응수했다.

펑!

적의 장력은 상상외로 강했지만 버틸 만은 했다. 그러나 뒤로 밀려나가는 것은 도저히 피할 수가 없었다.

석교는 점점 줄어들고 그는 뒤로 밀려났으니 발밑이 허공인 것은 당연한 이치였다.

그런데 허공에 뜬 그의 신형이 바닥으로 추락하려는 기미를 보이다가 갑자기 공중에 멈춰 섰다.

이 기적적인 일이 가능했던 것은 위지관천이 나서는 것을 보고 무림맹 측에서 동시에 뛰쳐나온 두 사람이 있었기 때문이다.

먼저 나선 청천 진인은 맹정우를 공격하는 위지관천을 향해 검기를 쏘아 보냈다.

위지관천은 맹정우를 공격하면서도 청천 진인이 움직일 것을 대비하고 있었다. 그는 빠른 일장을 날려 날아오는 맹정우를 뒤로 물러서게 만든 후 훌쩍 뒤로 빠지며 청천 진인의 검기를 맞받았다.

한편 석교 밖으로 밀려 나간 맹정우가 떨어지는 것을 막은 것은 바로 함토리였다.

그는 절벽 앞으로 달려와 두 팔을 맹정우를 향해 뻗었다. 그러자 그의 손에서 나온 무형의 경력이 맹정우의 전신을 감싸며 그의 신형을 공중에서 정지시켜 버렸다.

"허공섭물!"

철혈방 측은 경악을 했다. 일급고수라 해도 가까이 있는 종잇장을 공중에서 붙들어 매기가 벅차다. 그만큼 어려운 상승의 무공인 허공섭물일진대 함토리는 장장 오 장을 격하고서 상당한 무게의 성인 남성을 공중에서 붙들어 매고 있었다. 경이적인 능력이었다.

함토리는 맹정우를 허공에서 붙잡는 것에 그치지 않고, 조금씩 자신이 있는 쪽으로 끌어당기기 시작했다. 그와 맹정우 사이에는 눈에 보이지는 않지만 그가 뿜어낸 경력이 줄기처럼 연결되어 있었고, 그는 그 줄기를 조금씩 잡아당기며 맹정우를 끌어당기고 있는 것이었다.

함토리의 놀라운 신위를 목격한 위지관천은 청천 진인과 상대하는 중에 철혈방 측에 눈짓을 했다.

그러자 안량과 암중혼이 달려나왔다. 둘은 맹정우를 서서히 끌어당기는 함토리를 공격해 들어갔다.

함토리는 지금 맹정우를 공중에서 붙들어 끌어당기기에도 벅찬 상황이었기에 뒤에서 닥쳐오는 공격을 막아낼 여유가 없었고, 청천 진인 또한 위지관천을 상대하느라 그들을 저지할 수가 없었다.

뒤늦게 무림맹 측에서 혜공과 최운 등이 달려나와 둘의 진로를 막았지만 조금 늦고 말았다. 안량이 그들을 상대하는 사이 암중혼이 자신의 주특기인 은신술을 이용, 여러 사람을 비껴가며 함토리에게 도달하여 그의 등을 향해 장력을 뿜어냈다.

등 뒤로 닥쳐오는 장력을 느끼며 함토리는 침중한 표정을 지었다. 뒤돌아 놈의 공격을 막자면 공력이 분산되어 맹정우와 연결된 경력의 줄기가 끊어져 버릴 것이고, 그렇다고 이대로 버티다가는 등에 장력에 맞아 자신은 다치고 맹정우 역시 놓쳐 버리게 될 것이다.

이러지도 저러지도 못하고 있는 사이 암중혼의 장력이 등으로 덮쳐들었다. 위기의 순간, 측면에서 강한 장력이 날아와 암중혼의 장력과 충돌했다.

펑!

"윽!"

암중혼이 짧은 비명과 함께 떠밀려 나갔다. 청천 진인이 절체절명의 순간 위지관천을 놔두고 몸을 날려 위기에서 구해낸 것이었다.

그러나 위지관천 역시 가만있지 않았다. 청천 진인을 쫓아 날아온 그는 공중에 떠 있는 맹정우와 함토리 사이의 공간에 장력을 날렸다. 둘을 연결하고 있는 무형의 경력 줄기를 끊어버리려는 의도였다.

위지관천의 움직임을 보고 그의 의도를 알아챈 함토리는 온몸의 공력을 뽑아내어 맹정우에게로 집중시켰다.

위지관천의 위력적인 장력이 경력 줄기의 왼쪽 측면에 충돌하는 순간, 함토리는 그 기운에 맞서지 않고 오히려 받아들였다. 그는 뻗어낸 공력을 한껏 끌어들이며 두 팔을 오른쪽으로 힘차게 당겼다. 그러자 경력의 방향과 위지관천이 발출한 장력의 힘이 일치되면서 맹정우의 신형이 오른쪽으로 빠르게 날아갔다. 함토리가 끌어당기기까지 했기 때문에 당기는 운동력을 얻은 맹정우의 신형은 측면으로 날아가면서 조금씩 절벽으로 접근했다.

"그를 붙잡아!"

청천 진인이 다급히 소리쳤다. 맹정우의 신형은 절벽에 근접하고 있었지만 경력의 줄기가 끊어졌기 때문에 약간씩 밑으로 추락하고 있었다. 함토리가 뿜어낸 힘의 영향이 사라지게 되면 그는 절벽 밑으로 추락하게 될 것이었다.

대기하고 있던 무림맹원들이 일제히 절벽 앞으로 달려갔다. 그리고는 모두 손을 뻗어 날아오는 맹정우를 향해 내밀었다.

맹정우는 공중에 떠 있을 때부터 경신술을 극성으로 발휘하여 몸을 새털처럼 가볍게 하고 있었다. 그랬기에 함토리의 당기는 기운을 생각보다 오래 몸 안에 간직할 수 있었고, 그의 신형은 오른쪽으로 이동함과 동시에 절벽을 향해 끊임없이 접근했다.

그의 눈에 절벽 끝까지 다가와 손짓하는 추적대원들의 모습이 보였다. 이제 절벽과의 거리는 크게 좁혀져 손을 뻗으면 대원들의 손을 붙잡을 것도 같았다.

대원들은 모두 그를 향해 한껏 손을 내뻗었다.

가장 앞서서 내밀고 있는 최운의 손이 스쳐 지나갔다.

안타깝게 손짓하는 연설연의 손도 지나쳤다.

'조금만, 조금만 뻗으면……!'

맹정우도 있는 힘껏 손을 뻗었다. 절벽과의 거리는 계속 좁혀졌지만 함토리가 잡아당긴 기운의 여력 또한 거의 사라져서 몸이 아래로 조금씩 하강하고 있었다. 절벽에 닿기 전에 먼저 벼랑 밑으로 추락할 것 같았다.

당지연의 손이 스쳐 지나갔고, 이름 모를 대원의 손이 스쳐 지나가는 순간 체공 시간이 다한 듯, 그의 신형은 서서히 절벽 밑으로 가라앉기 시작했다.

맹정우는 눈앞이 아득해지며 희망이 사라지는 것을 느꼈다. 그런데 그 순간, 가장 낮은 자리에서 길게 뻗어 나온 한 개의 손이 구원처럼 다가왔고, 맹정우는 마지막 힘을 다해 팔을 뻗어 그 믿음직한 손을 힘차게 잡아챘다.

'살았다!'

한시름을 놓는 순간 뜻밖의 사태가 벌어졌다.

절대적으로 믿었던 구원의 손은 떨어지는 그를 끌어 올리지 못했다. 되레 그 손의 임자가 절벽 밖으로 딸려 나오더니 그와 같이 떨어지기 시작했다.

"정우야!"

"안 돼!"

대원들의 안타까운 외침이 아련하게 귓가를 때렸고, 맹정우는 구원의 손 임자와 함께 끝이 보이지 않는 무저갱으로 추락하기 시작했다.

맹정우는 추락하면서도 이 상황을 도저히 이해할 수가 없었다.

그는 몸을 솟구치는 순간 최대한 오래 공중에 떠 있기 위해 경신술을 극성으로 발현한 상태였다. 그로 인해 몸이 몹시 가벼웠고, 이곳에 있을 추적대원들이나 무림맹원들 정도의 능력자라면 가볍게 잡아채 끌어 올릴 수 있을 정도의 무게였다. 그런데 이 구원의 손의 임자는 어째서 자신을 끌어 올리지 못하고 오히려 딸려 나와 함께 떨어지고 있는 걸까?

고민하던 그의 머리에 순간적으로 한 녀석이 떠올랐다. 이 자리에 있긴 하되, 절대 자신을 끌어 올릴 수 없는 능력의 소유자가.

맹정우는 이제 나란히 추락 중인, 그 빌어먹을 구원의 손의 임자를 쳐다보았다. 얼굴을 확인하니 혹시나가 역시나였다.

그는 갖은 인상을 쓰며 말했다.

"왜 하필 너냐?"

같이 떨어지고 있는 중인 방구병이 울상을 하며 대꾸했다.

"왜 하필 나야?"

"그걸 몰라서 묻냐! 네놈이 손을 뻗었으니까 낚아챈 거지!"

"난 그냥 남들이 다 뻗길래 뻗은 거지 뭐⋯⋯. 설마 네가 그 수많은 손 중에 내 걸 잡아챌 줄이야 알았겠냐?"

맹정우는 어처구니가 없다는 듯 고개를 절레절레 저었다.

"흐이구― 말을 말자, 말을 말어. 좀 있으면 피차 피빈대떡이 될 처지에 네놈 탓을 해서 뭐 하겠냐."

방구병이 아직 희망을 포기하지 않은 얼굴로 대꾸했다.

"걱정 마라! 영웅은 절대 이런 위기에서 죽지 않는다! 반드시 살아남을 기연이 기다리고 있을 테니 결코 포기를 해선 안 돼!"

"곧 죽어도 그놈의 기연 타령은⋯⋯. 절벽 밑에는 기연이 아니라 염라대왕이 기다리고 있을 테니 극락왕생하게 해달라고 염불이나 외워둬, 멍청아."

둘은 아옹다옹하면서도 사이좋게 손을 잡은 채 끝을 알 수 없는 무저갱의 밑바닥으로 한없이 추락했다. 안타깝게 그들을 부르는 대원들의 목소리를 뒤로하고.

제10장

영웅은 죽음의 긴박한 순간에도
여유를 잃지 않는다

영웅은 죽음의 긴박한 순간에도
여유를 잃지 않는다

절벽 밑은 진짜 무저갱이라도 되는 듯 정말 깊었다. 한참을 떨어지고 있음에도 밑바닥은 전혀 보이지 않았다. 그 덕택에 두 명은 오랜 시간 입씨름을 할 수 있었다.

잠시 뭔가를 생각하던 맹정우가 방구병을 불렀다.

"구병아."

"왜 그러냐."

"고민을 좀 해봤는데, 그래도 둘이 같이 죽는 것보다는 하나라도 사는 게 낫지 않겠냐?"

"…그렇기야 하겠지. 그런데 어떻게?"

"간단해. 떨어질 때 네가 내 밑으로 떨어지는 거지. 그렇게 되면 너야 즉사겠지만 네 위에서 충격을 덜 받을 나는 운이 아주 좋으면 살 수도 있다 이거지."

방구병은 어처구니가 없다는 듯 고함을 빽 질렀다.

"미친놈! 방법도 방법이지만 왜 하필 나보고 밑에 있으라는 거냐? 네놈이 밑에 깔리고 공력으로 날 보호하면 내가 더 살 확률이 높을 거 아니냐!"

"짜식, 짱구를 좀 굴려봐라. 이왕이면 세상에 조금이라도 이득이 되는 놈이 살아남는 게 낫지 않겠냐. 너와 나를 한 번 비교해 봐. 나는 그래도 꽤 유명인 아니냐. 여기 오기 직전에는 정파의 희망, 강호의 떠오르는 태양으로까지 추앙받던 몸이시다, 이 말이야."

그 말에 방구병은 아니꼬워 견딜 수가 없다는 표정으로 대꾸했다.

"그래서?"

"그래서는 뭘 그래서야. 그에 비해 네놈은 네 입으로 경천객입네 뭐네 하고 떠들고 다녀도 강호에서 널 알아주는 놈 지금껏 한 명이라도 만난 적 있냐? 지닌 바 무공도 쬐끔 있긴 해도 별 도움도 안 되고 말이지. 그러니까……."

"그러니까 잘난 네놈을 위해 이 보잘것없는 쓰레기는 뒈져 달라, 이 말이냐?"

갑자기 방구병이 정색을 하자 맹정우는 머쓱한 표정을 지었다. 농담으로 한 얘기인데 방구병의 반응이 생각 외로 격했다.

"아니, 뭐 꼭 그렇다기보다도, 한 가지 방편으로……."

방구병은 정말 분노한 듯 그답지 않게 얼굴이 새빨개져 있었다. 눈가에는 눈물까지 어렸다. 그는 발악적으로 외쳤다.

"웃기지 마라! 네놈이 운이 좋아 대단한 영웅으로 소문이 났지만 실지로는 여자랑 돈이나 밝히는 호색한이 아니냐! 진짜 쓰레기는 너같이 영웅 행세하며 뒷구멍으로 호박씨 까는 놈이다! 오냐, 이놈! 이 방구병이 비록 영웅은 못됐지만 황천길 가는 중에 영웅적인 행동 하나는 하고 가야겠다! 그것은 바로 너 같은 인간 쓰레기를 강호에서 치워 버리는 것이다!"

그 말과 동시에 방구병은 잡은 손을 끌어당겨 맹정우를 껴안더니 그의 등 뒤로 매미처럼 달라붙었다.

"아야! 뭐 하는 거야!"

맹정우가 당황하여 소리쳤지만 방구병은 자세를 풀지 않고 비장한 음성으로 외쳤다.

"이러면 나를 깔아뭉개지는 못하겠지! 같이 죽는 거다! 네놈 혼자 살아서 잘나가는 꼴은 내 귀신이 되어서도 볼 수 없다!"

"이런 녀석하고는……."

어이가 없어서 혀를 차고 있던 맹정우는 전면의 절벽이 서서히 눈앞으로 다가옴을 느꼈다. 양쪽 절벽의 폭이 점점 좁아지고 있었기에 절벽과의 거리도 가까워 오고 있었다.

'드디어 끝이 온 것인가?'

맹정우는 내려갈수록 양쪽의 폭이 줄어드는 이 절벽의 특징을 알아차리고는 아까 전부터 준비하고 있는 것이 있었다.

"구병아, 꽉 잡아라!"

그가 외치자 등 뒤에서 맹렬한 화답이 왔다.

"네놈이 안 그래도 꽉 잡고 있을 거다! 같이 피떡이 될 때까지!"

맹정우는 속으로 쓴웃음을 지었다. 농담 한번 한 것이 가슴속에 어지간히 사무친 모양이었다.

그러는 사이 절벽의 폭은 계속 좁아져 갔다.

맨 꼭대기에서는 삼십 장에 이르던 거리가 이제는 십 장이 될까 말까 했고, 수직이던 가파른 경사도 절벽이 좁아짐에 따라 조금씩 완만해 지고 있었다.

'지금이다!'

전면의 절벽이 삼 장 앞으로 다가온 순간, 맹정우는 퇴산장을 힘차 게 날렸다.

펑!

부드러운 퇴산장이었지만 떨어지는 가속도가 있었기에 벽에 강하게 반발하며 맹정우에게 큰 반동을 주었다. 그 반동으로 인해 맹정우와 그의 등에 업힌 방구병은 떨어지면서도 반대편 절벽 방향으로 날아갔 다. 맹정우는 신속하게 몸을 돌리며 닥쳐 들고 있는 반대편 절벽을 향 해 다시 퇴산장을 날렸다.

퍼엉!

다시 반동이 일고, 맞은편으로 둘이 튀어나갔다.

맹정우는 장력을 정면 아래쪽으로 날렸고, 절벽은 경사가 져 있었기 때문에 장력을 때릴 때마다 반대편으로 추진할 수 있는 힘을 얻음과 동시에 떨어지는 가속도를 조금씩 줄일 수가 있었다.

펑! 펑! 펑! 펑!

퇴산장이 연이어 작렬하고 공중에서 좌우로 왔다 갔다 할 때마다 둘 의 떨어지는 속도는 점점 느려졌다.

맹정우와 방구병이 떨어지고 있는 절벽은 밑으로 갈수록 폭이 좁아 지고 경사가 져서 맨 아래쪽에 이르러서는 서로 맞닿을 듯 쐐기 모양 을 형성하는 특징을 가지고 있었다.

밑바닥에 가까워지면서 절벽 사이의 거리가 점점 좁아지자, 좌우로 널뛰듯 이동하는 맹정우와 방구병의 신형은 절벽에 부딪칠 듯 아슬아

슬해졌다.

맹정우는 장력을 내뻗는 각도를 좀 더 아래 방향으로 조절하여 좌우로 이동하는 거리를 좁히고 떨어지는 속도를 줄이는 데 힘을 쏟았다. 양쪽 쐐기 모양의 폭이 더욱 줄어들어 퇴산장이 미치는 범위가 좁아진 양쪽 절벽을 걸칠 수 있다고 판단하자, 맹정우는 즉시 몸을 아래로 누이며 바닥을 향해 수직으로 퇴산장을 날렸다. 부드러우면서도 강력한 퇴산장의 기운이 쐐기 모양의 양쪽 절벽을 때리며 둘의 떨어지는 속도를 크게 감소시켰다.

펑! 펑! 펑!

삼 장을 연속으로 날린 순간, 맹정우는 계곡의 밑바닥이 눈에 들어오는 것을 느꼈다. 그는 단전의 기운을 한 톨도 남김없이 끌어내어 마지막 퇴산장을 힘차게 날렸다.

퍼엉!

부드러운 퇴산장이었지만 떨어지는 속도가 있었기 때문에 반탄력이 매우 컸다. 맹정우는 비릿한 피가 목구멍으로 차 오르는 것을 느꼈다. 그러나 모든 공력을 다 짜낸 보람이 있었는지, 떨어지는 속도는 지극히 완만해졌고, 그와 방구병은 공중에 거의 멈춰 설 수가 있었다.

바닥은 불과 이 장 아래였다. 맹정우는 공중제비를 세 바퀴 돌며 바닥으로 안착했다.

착지한 맹정우는 길게 한숨을 돌리며 머리 위를 쳐다보았다.

말 그대로 천장단애에서 추락하고도 목숨을 건진 것이다. 늘 운이 따라주는 그였지만 이번만큼 운이 따른 적도 없는 것 같았다. 절벽이 깔때기처럼 끝에 가서 모아지는 형상이 아니었다면 결코 이런 방법을 쓸 수 없었을 것이고, 아까 한 말마따나 자신들은 지금쯤 염라대왕과

면담하고 있었을 것이다.

'하늘이 도왔군.'

다시 한 번 천운이 따랐다고 생각하는 맹정우였지만 이번 경우에는 마냥 천운으로 돌릴 필요는 없었다. 지형의 도움 탓도 있었지만 끝까지 포기하지 않고 살려는 방법을 강구한 그의 노력이 그와 방구병의 목숨을 살렸다고 봐도 무방한 일이었다.

안도의 한숨을 내쉬던 맹정우는 자신의 등에 머리를 푹 박은 채 여전히 매달려 있는 원숭이가 한 마리 있다는 것을 깨달았다.

"야야! 그만 떨어져!"

맹정우는 자신의 목을 조를 듯이 감고 있는 방구병의 두 팔을 풀고 상체를 흔들어 그를 떨궈냈다.

바닥에 떨어지며 엉덩방아를 찧은 방구병은 그제야 꽉 감고 있던 눈을 뜨며 두리번거렸다.

"여… 여기가 어디냐? 벌써 저 세상에 온 거야?"

"정신 차려. 아직 이 세상이다."

주변을 두리번거리고 자신의 볼을 꼬집어보기도 하고서야 방구병은 살아 있는 것을 실감한 표정을 지었다.

"정말 살았구나! 대체 무슨 수작을 부린 거지?"

"수작이라니! 이 맹정우님이 경세적인 신위를 발휘하여 천장단애의 높이를 극복하고 네놈의 목숨까지 살려낸 것이다. 그러니 앞으로 생명의 은인을 어떻게 해야 잘 모실까를 열심히 연구하도록 하여라."

평상시 같으면 무슨 말이로든 맞받아칠 방구병이었지만 다 죽었다고 생각하다 살아난 것이 너무도 기쁜 나머지 맹정우의 으스댐도 다 받아주었다.

"그래그래, 내 요번만은 진짜 인정하마. 이 방구병을 살려낸 기연을 네놈이 만들어냈다는 것을! 장차 강호를 구할 인재를 구했으니 네놈답지 않게 모처럼 훌륭한 일을 해냈구나."

맹정우는 여전히 과대망상에서 헤어나지 못하고 있는 방구병을 몇 대 두들긴 후 주변을 살폈다.

그들이 있는 바닥 근처에 널려 있는 것은 그들에 앞서 이곳으로 추락했던 혈강시의 잔해들뿐이었다. 제아무리 강철같이 단단한 혈강시라 해도 무저갱의 높이를 감당하지 못했다. 바닥까지 떨어진 강시들은 말린 육포처럼 찌그러져 온전히 시신이 남아 있는 놈은 한 놈도 없었다. 그들의 잔해를 보고 있자니 새삼 저 높다란 절벽을 무사히 내려왔다는 것이 얼마나 운이 따랐던 일인가를 깨닫는 두 사람이었다.

화섭자를 켜고 살펴보니 주변은 온통 암벽뿐이었다. 어느 정도 높이까지는 올라탈 수 있을 정도의 경사였지만 그 이상을 넘어가면 거의 수직에 가까운 깎아지른 경사였기에 위로 올라갈 엄두가 나지 않았다.

둘은 길게 이어진 골짜기 길을 따라 전진했다. 한참을 가니 골짜기의 막다른 곳이 나왔다.

"이곳이 끝인가."

더 이상 갈 길이 없어지자 막막해하던 둘은 하릴없이 주변을 두리번거리다가 문득 특이한 것을 발견했다. 백 장 정도 높이의 절벽 중간에 동굴 하나가 입을 벌리고 있었던 것이다.

"저기라도 한번 올라가 볼까?"

둘은 지푸라기라도 잡는 심정으로 암벽 등반을 결정했다. 다행히도 동굴 근처까지는 어느 정도 경사가 있어서 올라갈 수 있을 듯했다.

둘은 낑낑거리며 절벽을 타기 시작했다. 한 오십 장쯤 올라가다가 주변을 둘러보던 맹정우는 동굴이 이것 한 개가 아니라는 것을 깨달았다. 맞은편에도 비슷한 높이에 또 하나의 동굴이 뚫려져 있는 것이 보였다. 화섭자 불로 멀지 않은 곳만 비추어본 것이므로, 절벽 전체를 관찰한다면 더 많이 발견할 수 있을지도 모른다는 생각이 들었다.

칠십 장 정도부터는 경사가 매우 가팔라졌다. 신법이 뛰어난 맹정우가 방구병을 도와가며 둘은 간신히 백 장 높이에 위치한 동굴에 다다를 수 있었다.

헐떡이며 올라온 방구병은 한숨을 돌린 후 동굴의 냄새를 킁킁거리며 맡았다.

"드디어 올 것이 왔구나."

방구병이 코를 벌름거리며 갑자기 뚱딴지 같은 말을 하자 맹정우는 이놈이 또 무슨 헛소리를 하려고 그러나 하며 물었다.

"오긴 뭐가 왔다는 거야?"

"냄새가 나. 동굴 가득히 들어찬 기연의 냄새가. 이 안 깊숙한 곳에는 보나마나 천고의 영약과 그것을 보호하고 있는 영물이 도사리고 있거나, 혹은 수십 년 전부터 이 안에 갇힌 채 자신에게 다가올 그 누군가를 간절히 기다리고 있는 은거기인이 있을 것이 틀림없다."

맹정우는 코웃음을 칠 수밖에 없었다. 오긴 왔나 보다. 또 그놈의 무림야사 현실 혼동 병이.

그가 비웃거나 말거나 방구병은 확신에 찬 얼굴로 화섭자를 든 채 앞장서 걸어갔다. 평소 홀로 밤길 걷는 것도 무서워하던 그의 행태로 볼 때 이런 으슥한 동굴을 보무도 당당하게 앞장서 걷는다는 것은 지극히 이례적인 일이었다.

'착각도 저 정도면 신앙의 경지에 이르렀다고 봐야겠군. 없던 용기

까지 일으켜 내는 것을 보면.'

맹정우는 혀를 차며 그의 뒤를 쫓았다.

동굴 내부는 생각 외로 길었다. 마령지의 미로 같은 통로들처럼 복잡한 구조는 아니었지만 열심히 걸어가도 끝이 보이지 않는 것은 매한가지였다.

"야, 어째 아까부터 같은 자리를 뱅뱅 도는 것 같지 않냐?"

방구병이 말했다. 둘은 곡선으로 휘어진 곳을 걷고 있었는데, 상당한 시간을 걸었지만 정면의 공간은 계속 구부러져 있었다.

"아니야, 같은 자리를 빙빙 돈다기보다는… 조금씩 위로 올라가고 있는 것 같아."

맹정우가 말했다. 그들이 내딛고 있는 바닥은 평평한 듯했지만 자세히 보면 약간의 경사가 져 있었다. 맹정우의 생각으로는 이 동굴이 나선형의 구조로 되어 있고, 둘은 그 나선형을 따라 조금씩 올라가고 있는 것 같았다.

팟—

갑자기 사위가 어둠에 잠겼다.

"왜 불 껐어?"

맹정우의 물음에 방구병이 난처한 목소리로 대꾸했다.

"화섭자가 다 된 모양이야. 더 이상 갈아 끼울 심지도 없는데…….."

그때부터 둘은 벽을 더듬으며 나가는 수밖에 없었다.

둥글게 이어진 벽은 끊어지지 않고 계속되었고, 둘은 가도 가도 끝이 없는 길을 하염없이 걸어야만 했다.

"진짜 올라가는 거 맞아? 언제까지 뱅뱅 돌아야 되는 거야, 대체?"

방구병이 피곤과 짜증이 섞인 음색으로 말했다.

둘은 어림잡아 세 시진을 벽을 더듬으며 걷고 있는 중이었다. 벽은 여전히 구부러져 있었고, 빛은 전혀 보이지 않아 한 치 앞도 알 수 없었다.

"누가 알아? 이러다 보면 절벽 위까지 올라갈지."

맹정우는 다분히 희망적인 의견을 피력했다. 그러나 떨어져 내린 깊이를 감안할 때, 지금처럼 평지와 다름없는 미세한 경사의 오르막으로 그 높이까지 올라가려면 평생을 걸려도 못 다다를 듯싶었다.

다시 세 시진이 흘렀다. 둘은 점점 지쳐 가기 시작했다. 꼬박 하루는 식사를 못 한 상황인 데다가, 피곤함 때문인지 슬슬 졸음까지 몰려오고 있었다.

"아이구, 안 돼! 난 더 이상 죽어도 못 가!"

마침내 방구병은 걷기를 포기하고 그 자리에 벌렁 나자빠졌다. 그런데 그의 바로 뒤에서 따라오던 맹정우는 앞이 보이지 않는 터라 그가 누워버린 것을 모른 채 앞으로 발을 내딛고 말았다.

"꽥!"

얼결에 배를 밟힌 방구병은 비명과 함께 대굴대굴 굴렀다.

"어? 어어어?"

몇 바퀴 구르던 방구병은 이상한 낌새를 느꼈다. 몸에서 힘을 뺐음에도 구름이 멈추질 않았던 것이다. 그는 지금 자신의 의지와는 상관없이 앞으로 굴러가고 있었다.

'그렇다면⋯⋯!'

드디어 오르막이 끝나고 내리막이 나온 것이다. 그런데 내리막은 이제껏 겪어왔던 오르막과는 달리 경사가 꽤 있었다. 데굴데굴 굴러가는 그의 몸은 가속도를 받아 점점 빨라졌다.

"어, 어어어어!"

비명을 지르며 굴러가는 사이 뒤에서 맹정우의 외침이 들렸다.

"구병아, 어디 있냐?"

"굴러간다! 나 좀 살려줘!"

구원을 요청했지만 내리막의 경사는 점점 급해졌고, 그의 구르는 속도 역시 더욱 빨라졌다.

방구병은 귀가 윙윙거리고 머리가 뱅뱅 도는 것이 느껴졌다. 이제 경사는 더욱 가팔라져서 그의 몸은 구른다기보다는 추락한다고 표현해야 맞을 성싶었다. 그러다가 갑자기 몸이 붕 뜨는 것이 느껴졌다. 방구병은 어지러운 눈의 초점을 맞추려 애썼다. 점차 주변 사물이 보이게 되자, 그는 입을 크게 벌리고 소리쳐야 했다.

"끄아아아!"

그는 지금 허공에 떠 있었다. 점점 비탈지던 내리막이 끊어진 곳은 이제껏 지나왔던 동굴의 출구였다. 동굴의 출구 역시 입구처럼 벼랑 한가운데 위치해 있었고, 내리막으로 계속 굴러오던 방구병이 출구 밖으로 빠져나오면서 추락을 시작한 것이었다.

"으아아아― 또 떨어지는 거냐!"

비명을 지르며 추락하던 방구병은 뭔가 딱딱한 것과 부딪쳤다.

쾅!

"억!"

"악!"

방구병은 눈에 별이 반짝임을 느끼면서 부딪친 것과 함께 쓰러져 버렸다. 아파서 뒹굴뒹굴 구르면서도 방구병은 부딪친 것이 사람이라는 것을 깨달았다. '억!' 이라는 비명 소리는 짐승이나 귀신이 내뱉기는 영 어울리지 않는 소리임에는 틀림이 없었으니까.

방구병이 떨어진 곳은 또 다른 동굴이었다. 이 동굴은 지금껏 거쳐 온 통로보다는 조금 더 규모가 컸다. 그런데 이제껏 거쳐 온 동굴들과는 달리 희미한 빛이 존재하고 있었다.

방구병은 구르던 몸을 멈추고는 두리번거리며 빛이 어디서 나오는 것인가 주변을 살폈다.

빛은 바로 그의 몇 발짝 앞에 떨어져 있는 등불에서 새어 나오고 있었다. 그리고 등불 옆에는 비쩍 마른 노인이 머리를 감싼 채 주저앉아 있었다. 이제 보니 방구병은 추락하면서 그의 머리 위로 떨어졌던 모양이다.

"노인장, 괜찮……."

안부를 물으려던 방구병은 문득 떠오른 생각에 경악을 금치 못했다.

"이 이것은……!"

작금의 상황은 어디서 많이 봤던, 아니, 많이 들었던 광경이었다. 불의의 사고를 당해 까마득한 절벽에서 떨어져 내리는 청년 영웅! 그리고 자신의 모든 무공을 전수해 줄 후인을 수십 년간 기다리고 있다가 때마침 추락하는 영웅을 발견하고 그를 안전하게 받아내는 은거기인!

비록 불의의 사고란 게 함부로 자빠졌다가 친구에게 배를 밟히는 정도의 사고였고, 까마득한 절벽이라기에는 아까 맹정우와 함께 떨어진 거리에 비해 지나치게 짧은 거리를 떨어진 것이긴 하지만, 어쨌거나 이런 오지에서 나타난 노인은 분명 은거기인이 틀림없을 것이었다.

방구병은 아픈 것도 잊고 벌떡 일어나 노인에게 절을 했다.

"사부! 제자의 목숨을 구해주신 은혜, 백골난망이옵니다! 이 제자는 사부의 은혜를 각골명심하여 이곳에서 겪을 피나는 수련을 마다하지 않을 것이요, 강호에 나가서는 사부를 여기 처박아놓은 원수를 단칼에 목을 쳐……."

장황하게 이어지던 그의 독백은 노인의 짜증 섞인 반응에 뚝 끊겨 버렸다.

"뭐야, 넌? 입 다물지 못해? 머리 아파 죽겠는데 귀까지 아프게 만들고 있어. 그리고 지금 누구보고 사부라는 거야?"

부복하고 있던 방구병은 노인의 뜻밖의 반응에 놀라 눈을 동그랗게 뜨고 고개를 쳐들었다.

눈앞의 노인은 훤칠한 키에 뾰족한 얼굴, 얼굴과 걸맞는 쭉 째진 눈을 하고 있어서 매우 무섭게 보이는 인상이었다. 머리는 검은 기가 하나도 없이 새하얗지만, 특이하게도 주름은 거의 찾아보기가 어려워서 백발과 명치까지 내려오는 흰 수염이 아니었다면 삼십대의 얼굴이라 해도 믿을 정도였다.

몸은 빼빼 말라 있었지만 떡 벌어진 어깨와 꼿꼿한 하체를 보면 그 속에 단단한 근육이 숨어 있으리라고 충분히 예상할 수 있었다.

"저… 혹시 은거기인 아니신가요?"

노인의 날카로운 반응에 놀란 방구병이 조심스럽게 물었다.

노인은 방구병의 말을 잠시 음미하는 듯하더니 잠시 후 고개를 끄덕였다.

"노부가 기인임은 확실하고, 이 오지에 몸을 담은 지도 꽤 오래된 상태이니 은거하고 있는 것도 맞긴 하군."

뜻밖에 노인이 순순히 은거기인임을 시인하자 방구병의 얼굴에는 다시 화색이 돌았다.

"그렇다면 이 제자의 절을 받으소서!"

방구병이 다시 외치며 머리를 조아리자 노인은 어이없어하는 표정으로 다가와 부복하고 있는 그의 앞에 쭈그리고 앉았다. 그리고는 그의 머리를 툭툭 쳤다.

"이봐, 어이!"

방구병이 고개를 발딱 들자, 노인은 신기하다는 표정으로 그를 보며 말했다.

"노부가 은거기인인 거랑 네가 노부의 제자가 돼야 한다는 거랑 대체 무슨 상관 관계가 있는 것인지 설명을 좀 해주겠나?"

"그거야 간단하죠. 사부님을 상해하고 여기로 추락시킨 흉적에게 복수를 해야 되지 않겠습니까? 그러자면 사부님의 탁월한 공부를 전수받을 제자가 있어야 하는데, 이 오지에는 제자를 삼을 만한 기재가 이때껏 없었을 것입니다. 그런데 이곳에 방금 하늘이 계시한 천하의 기재, 바로 제가 떨어지지 않았습니까! 그러니 사부께서는 저를 제자로 삼으셔야 할 것이고, 고로 이 제자의 구배지례를 지금 받으셔야 하는 것이지요."

장대하고도 황당무계한 방구병의 발언을 다 들은 노인은 울지도 웃지도 못하는 표정을 짓고 있었다.

"노부가 벌써 백 해가 넘도록 살아왔지만 너만큼 과대망상에 사로잡혀 사는 놈은 보다 보다 처음 보는구나. 네가 그러니까, 노부의 진전을 전수받아 노부를 이곳에 떨어뜨린 흉적을 처단해 주겠다, 이거지?"

"그러믄입쇼!"

"너한테는 몹시 미안한 일이다만 첫째, 노부는 제자를 절대 함부로 받지 않는다. 둘째, 노부를 이곳에 처박아놓은 흉적은 노부가 직접 처단해야지, 제자고 뭐고 간에 노부 아닌 다른 놈이 그놈을 먼저 죽이기라도 하는 날에는 노부는 분을 참지 못해 피가 거꾸로 흘러서 죽고 말 것이다. 그러니 노부의 제자가 되겠네 어쩌네 하는 꿈은 일찌감치 포기하도록 하여라! 노부는 복수를 부탁할 마음도 없는 데다가 무엇보다도 네놈은 노부의 제자가 될 만한 가능성이 전혀 보이지 않아!"

무엇보다도 제자가 될 가능성이 없다는 말을 가장 충격적으로 받아들인 방구병이 울상을 지으며 항의했다.

"어째서 그렇게 단정 지으시는 겁니까! 저를 얼마나 아신다고! 만난 지 고작 일각도 안 됐는데!"

"멍청한 놈. 노부 정도의 수준에 이르면 네놈이 숨 한번 내쉬는 것만 보고도 네놈의 무공 수준을 완벽히 파악할 수 있다. 너는 고작 이 장 높이의 절벽에서 떨어지면서도 몸을 못 가누고 고꾸라져서 이 지엄하신 노부의 머리와 네 돌머리를 부딪치게 만들었다. 그 한 수로 네놈의 수준이 어느 정도인지 충분히 알게 되었다. 네놈이 지금 나이보다 스무 살쯤 어려서 갓난쟁이라도 되면 모를까, 다 자라서 전신의 기혈이 굳어버린 몸에다가 변변한 내공도 없으면서 노부의 고명한 태양신공을 전수받을 수 있을 성싶으냐?"

"태⋯ 태양신공이요? 그럼 사부님이 혹시⋯⋯."

방구병이 뭐라 말하려 하는 찰나, 노인의 등 뒤쪽에 있는 동굴의 출구에서 뭔가 시커먼 것이 떨어져 내렸다. 노인은 몸을 돌려 한 발 뒤로 물러섰고, 위에서 떨어진 사람은 가볍게 땅에 안착했다.

노인은 착지하는 맹정우를 가리키며 방구병에게 말했다.

"저놈 정도의 몸놀림이면 제자로 받아줄 수도 있지."

그 말에 방구병의 얼굴은 참혹하게 일그러졌다.

"또⋯ 또 네놈이 내 앞길을 막는 거냐, 맹정우!"

방구병이 과대망상의 극을 달리는 사이 맹정우는 노인을 수상쩍게 바라보며 다가왔다.

"구병아, 이 영감은 누구냐?"

맹정우의 말을 들은 노인은 인상을 썼고, 방구병은 버럭 소리를 질렀다.

"말조심해, 멍청아! 이분은 당금 강호의 천하오성 중 수좌로 꼽히시는… 저… 맞죠?"

방구병은 말하다 말고 혹시나 하며 노인에게 확인을 구했다. '태양신공'이라는 한마디만 듣고 함부로 유추하기에는 너무도 대단한 사람을 짐작하고 있었기 때문이다.

노인은 살짝 고개를 끄덕이며 한마디를 던졌다.

"수좌로 꼽히는 게 아니고 수좌야, 바보 녀석아."

노인의 정체는 놀랍게도 천하오성 중 일인인 남해노조였다.

그는 자신이 기거하고 있는 거처로 향하면서 맹정우와 방구병에게 이곳에 떨어지게 된 사연을 말하라 시켰다.

방구병이 장황하게 자신과 맹정우가 여기까지 오게 된 과정을 설명했고, 둘이 절벽 위에서 밑바닥까지 떨어져 내린 이야기에 이르자 냉랭하던 남해노조의 눈에서도 잠깐 감탄의 빛이 흘렀다.

"그 높이에서 떨어지고도 살아남다니, 생각보다 제법인 애송이들이로군."

이번에는 방구병이 궁금한 것을 물었다. 왜 남해노조가 여기 있는 것인지.

"왜긴 왜겠느냐. 네놈들과 마찬가지로 위지관천 놈의 함정에 빠져서였지."

남해노조는 짧게 대답한 후 더 이상 자세히 말하지는 않았다.

머쓱한 표정을 짓던 방구병이 다시 물었다.

"오 년 동안 대체 뭘 먹고 사신 건가요?"

"벽곡단."

"벽곡단이요? 여기 도사들이 삽니까?"

"노부도 도사 놈들만 가지고 있는 줄 알았다만 마교 놈들도 벽곡단을 먹더구나."

"마교요? 지금 가는 곳이 마교도들이 있던 곳입니까?"

"그래, 백 년 전에 정사대전이 일어났던 장소이지. 정사대전으로 인해 이 깊숙한 지하로 함몰되어 버린 마교의 성지로 지금 가고 있는 것이다."

두 시진을 더 걸어간 셋은 남해노조의 보금자리인 지하 유적지에 마침내 도착했다. 맹정우와 방구병은 유적지의 거대한 규모에 입을 딱 벌리고 말았다. 등불이 미치는 지역만 따져 봐도 마령지 지하 광장의 열 배는 되는 듯했다.

유적지는 중앙에 성전으로 보이는 거대한 건물이 있고, 그 건물을 기준으로 좌우로 대로가 뻗어나가 있었다. 대로변에는 건물들이 오밀조밀하게 들어서 있어서 마치 작은 도시를 연상케 하고 있었다.

남해노조는 입구에서 가까운 곳에 위치한 건물로 들어갔다.

건물은 단층이었지만 실내 면적이 넓고 방이 많았다. 방마다 크고 작은 단지가 많고 약 냄새가 엷게 풍기는 것으로 보아 의원으로 보였다. 남해노조는 여기서 상처를 치료하며 기거하고 있었던 듯했다.

남해노조는 널찍한 방으로 둘을 안내한 후, 허기진 표정을 짓고 있는 둘에게 벽곡단을 나눠주었다.

"하나 이상은 먹어도 효과가 없고, 입도 많아졌으니 식량을 아껴야 한다. 한 끼에 딱 하나씩만 먹어라."

꼬박 이틀을 굶은 방구병은 얼른 벽곡단을 받아 들고 한입에 꿀떡 삼켜 버렸고, 맹정우는 벽곡단을 든 채 신중히 쳐다보다가 나중에 먹으려는 듯 주머니에 넣었다.

벽곡단을 섭취한 방구병의 표정은 썩 좋지 않았다.

벽곡단이란 것은 아주 최소한의 허기만을 면하게 해줄 뿐이어서 그의 잔뜩 주린 배를 만족시켜 주지 못했기 때문이다.

어쨌거나 허기를 간신히 면하자 근 이틀 가까이 자지 못한 피로가 한꺼번에 몰려왔다. 둘은 그 자리에 쓰러져 죽은 듯이 잠이 들었다.

꼬박 여덟 시진 동안 잠을 잔 방구병이 깨어났을 때, 맹정우가 밖에서 들어오는 것이 보였다.

"어디 갔다 왔냐?"

"주변을 조금 둘러봤다."

"뭐 먹을 거라도 있디?"

"먹을 것은 없고, 또 있어야 할 것들도 없더군."

"무슨 뜻이야? 있어야 할 게 없다니."

"여기가 마교의 성지이고 백 년 전 정사대전이 일어났던 곳이라면, 시체가 잔뜩 있어야 할 것 아니냐? 그런데 주변을 아무리 뒤져 봐도 시체는커녕 뼈다귀 하나 발견할 수가 없었다. 전투의 흔적 같은 것도 그다지 보이지 않고."

"그래? 그럼 그 시체를 누가 치운 거지? 아, 죽지 않은 마교도들이 치웠나?"

"그럼 그 죽지 않은 마교도들의 시체는? 지하로 함몰된 이 유적지에서 빠져나갈 수가 없었을 텐데 그들의 시체는 어디간 거지? 자기가 자기 무덤을 파고 죽을 수는 없었을 텐데?"

맹정우의 지적에 방구병이 뒷머리를 긁적였다.

"그러고 보니 그러네. 여길 빠져나가지 못했다면 어떤 놈이든 시체는 남아 있어야 할 텐데. 대체 누가 치웠을까?"

의문을 표하는 방구병에게 맹정우가 은밀한 목소리로 말했다.

"우리가 혐의를 둘 만한 치울 사람은 딱 한 명뿐이다."

그 말에 방구병은 눈을 크게 떴다.

"무슨 소리야? 설마 너……."

"그 영감, 수상쩍은 구석이 한두 군데가 아니야. 우선……."

맹정우는 갑자기 말을 멈췄고, 잠시 후 방문이 열리더니 남해노조가 방 안으로 들어왔다.

남해노조의 손에는 큼지막한 단지와 덮개가 달린 호롱불이 들려 있었다.

남해노조는 둘에게 그것을 건넨 후 말했다.

"먹고 잤으면 밥값을 해야지. 당장 잡아와야 할 놈이 있다."

멍하니 듣고 있던 방구병이 의아한 표정으로 물었다.

"잡아… 오다뇨? 여기 사냥해야 할 짐승이라도 있습니까?"

"사냥? 그래 사냥이라고 할 수도 있겠구먼."

"사냥할 게 뭔데요?"

"적각홍사(赤角紅蛇)라는 놈이다."

"적각홍사요? 뱀입니까?"

"그래, 뱀은 뱀인데 좀 큰 놈이지. 쉽게 잡기는 어려운 놈이지만, 보아하니 저쪽 애송이는 실력이 꽤 있는 것 같으니 둘이 한번 잡아보거라."

가만히 듣고 있던 맹정우가 입을 열었다.

"그 뱀을 왜 잡아오라는 거지?"

"잡아오라면 잡아오는 거지 건방지게 토를 달지 마라, 애송이."

남해노조의 으름장에 맹정우는 코웃음을 쳤다.

"웃기는 영감이로군. 뱀을 잡아 뱀탕을 먹고 싶거든 영감이 직접 사냥할 일이지, 왜 우리한테 그 일을 떠맡기려는 거요?"

남해노조는 맹정우의 말투가 마음에 들지 않는 듯 눈살을 찌푸리면서 대꾸했다.

"맹랑한 애송이로구나. 노부 체면에 뱀이나 잡으러 다닌다는 게 말이 된다고 생각하느냐? 그런 것은 너희 같은 핏덩이들이나 하는 일이지."

"들을수록 웃기는 말만 하는 영감이로군."

맹정우는 말이 끝남과 동시에 갑자기 신형이 흐릿해졌다. 제자리에서 사라진 그의 신형이 남해노조의 코앞에 나타났다. 그리고는 전광석화같이 손을 뻗어 남해노조의 맥문을 틀어쥐었다.

"무, 무슨 짓이야?"

방구병이 놀라 외쳤다.

남해노조는 맹정우의 뜻밖의 행동에 눈을 크게 뜨면서도 침착한 어조로 말했다.

"뭐 하는 짓이냐, 애송이."

맹정우는 날카로운 눈빛으로 그를 보며 말했다.

"처음 봤을 때부터 지금까지 영감의 말과 행동이 영 이상스러운 느낌이 들어서 말이야."

"그래서 벽곡단도 먹지 않은 게냐? 혹시 독이라도 탔을까 봐?"

"영감 정체를 명확히 파악하기 전까지는 그런 의심도 해봐야겠지. 영감, 정말 남해노조 맞나?"

남해노조는 대답하지 않고 번득이는 눈빛으로 맹정우를 쏘아보았다.

맹정우는 그의 눈을 마주 쏘아보며 말을 이었다.

"맞다면 나와 한 번 겨뤄보는 게 어때. 당신의 제자인 폭풍마번 편강이 나와의 비무 중에 죽음을 당했다. 제자의 복수를 할 생각은 없나?"

남해노조의 눈에 잠시 놀란 빛이 감돌았다.

"호오, 그게 사실이냐? 네놈이 편강을 죽였다고?"

맹정우는 고개를 끄덕였고, 잠깐 이채가 감돌았던 남해노조의 눈은 곧 다시 정상으로 돌아왔다.

"노부의 유파에서는 비무 결과에 대한 복수란 것은 존재하지 않는다. 정정당당한 비무에서 패한 놈은 제 놈의 실력이 부족해서 패한 것이니 그 누구도 이긴 상대에게 뭐라 할 수는 없는 것이다. 설사 패한 놈이 죽음을 당했다고 해도."

남해도의 그러한 규칙에 대해서는 방구병도 익히 들어 알고 있었다. 그러나 맹정우는 여전히 수긍하지 않는 눈치였다.

"그런 게 아니라 영감이 지금 싸울 자신이 없어서겠지. 단 한 수에 나에게 맥문을 틀어 잡히는 영감이 천하제일인이라? 그렇다면 나는 고금제일인쯤 되겠군."

"무슨 말을 하고 싶은 거지?"

"말했잖나. 영감의 정체가 뭔지 알고 싶다고. 왜 이런 깊숙한 지하에 홀로 처박혀서 천하제일인 흉내를 내고 있는 것인지, 또 엉뚱하게 뱀 사냥까지 시키는 것인지, 난 그게 궁금한 거다."

남해노조는 맹정우를 꿰뚫을 듯한 눈빛으로 응시하다가 천천히 입을 열었다.

"이 손 놔라, 애송이. 군이 알고 싶다면 알려주지."

맹정우가 맥문을 잡은 손을 풀자 남해노조는 벌떡 일어서서 방을 나섰다.

"따라오너라!"

남해노조가 둘을 이끌고 간 곳은 유적지의 뒤쪽이었다.

유적지의 뒤쪽에는 기다란 오르막의 통로가 형성되어 있었는데, 한참을 올라간 통로의 끝에는 높이 삼 장쯤 되는 커다란 철문이 가로막고 있었다. 남해노조는 그 철문을 가리키며 말했다.

"이 철문의 바깥은 지상과 연결되어 있다."

방구병이 놀라며 물었다.

"예? 그럼 이걸 열면 탈출할 수 있다는 얘긴가요?"

"이건 열 수가 없는 문이다. 애초에 여는 목적으로 만든 문이 아니다. 그저 굳게 닫힌 채로 내부의 유적으로 들어가는 통로를 막는 것만이 목적인 물건이지."

"그래요? 이런 걸 누가 만들고 누가 여기에 설치했다는 말입니까?"

방구병의 옆에 있던 맹정우가 핀잔을 주었다.

"그걸 몰라서 묻냐? 당연히 여기 있었던 마교도들이겠지. 놈들이 이곳을 탈출하면서 닫아놓고 간 거겠지."

맹정우는 그제야 한 가지 의문을 풀 수 있었다. 지하로 무너져 내린 유적지에서 살아남은 마교도들은 이곳에서 죽지 않고 출구를 만들어 밖으로 탈출했기 때문에 시체가 보이지 않았던 것이다.

"잔머리가 제법이로구나, 애송이. 그래, 맞다. 이 문을 설치한 것은 이곳을 떠난 마교도들이다. 언젠가가 될진 모르지만 마교의 혼이 서린 이곳에 다시 찾아올 때까지 누구도 접근하지 못하도록 이 금석진(金石陣)을 설치한 것이지. 금석진에 대해서는 노부도 유적지에 있는 책을 보고서야 그 견고성을 깨달을 수 있었다."

"견고성? 이 문이 그렇게 단단한가?"

"그렇다. 이 철문은 현철과 순은을 섞어 만들어서 강도와 내구성에서 견줄 만한 것이 없을 정도라 한다."

맹정우와 방구병은 문 주위를 살폈다. 혹시 바닥의 땅이라도 파고 나갈 수 있지 않을까 생각을 해봤지만 벽은 물론 천장과 바닥까지 온통 암석으로 이루어져 있었다. 일일이 정으로 깨고 구멍을 낸다 해도 단시일 내에 탈출로를 뚫고 밖으로 나가는 것은 도저히 불가능해 보였다.

"그렇다면 이 문을 부수는 수밖에 없다는 얘기인가?"

"그렇다."

"그러면 얘기는 간단하지. 이 몸이 지금 당장 부숴주겠다."

맹정우는 팔성검을 뽑았다. 그가 문 앞으로 다가가려 하자 남해노조가 앞을 막았다.

"기다려라, 애송이. 무슨 짓을 하려는 게냐."

"비켜 있어, 영감. 이 몸의 검광만암천 한 방이면 이깟 철문은 박살을 내줄 수 있다."

그 말을 듣던 남해노조는 호기심 어린 눈빛으로 물었다.

"검기 발출을 할 수 있나, 애송이?"

맹정우가 그렇다며 고개를 끄덕였지만 남해노조는 길을 비키지 않았다.

"검기 발출을 할 정도라니 제법이다만, 애석하게도 그 정도로 이 문을 박살 내기는 무리다. 네놈의 검기 발출의 공력이 적어도 노부의 태양신검 절초의 십성 수준 위력을 발휘하지 않는 한 결코 저 문을 부술 수 없다. 그리고 설사 그 수준이 되어 저 문을 부순다 해도 상황은 거기서 끝나는 게 아니다."

"무슨 소리야?"

"노부가 말한 금석진이란 것은 그저 이 철문으로 끝나는 게 아니다. 진은 이중 구조로 되어 있어서 다섯 자 두께의 철문 뒤에는 집채만한 돌 더미가 정교한 배치로 하늘 높이 쌓여 있다. 누군가가 억지로 철문을 부수고 철문 앞의 돌 더미까지 한꺼번에 날려 버린다 해도, 그 순간 철문 위 십 장 높이까지 쌓인 돌 더미들이 쏟아져 내려오며 부서진 자리를 몽땅 메우고 통로 안까지 굴러들어 오게 된다. 그렇게 되면 이 안까지 돌 더미가 가득 차게 되어 탈출 자체가 불가능해진다고 책에 써 있더군. 그러니 제아무리 뛰어난 능력자가 이 안에 있다 해도 혼자서는 절대 이 금석진을 뚫고 밖으로 나갈 수 없다."

"그런… 그렇다면 이 문을 뚫고 나갈 방법이 없단 얘기야?"

"아니, 노부가 고심 끝에 한 가지 방법을 발견했다. 그 방법의 열쇠는 네놈들과 적각홍사가 쥐고 있다."

"적각홍사? 대체 왜 그 뱀이 필요한 것이지?"

남해노조는 코로 긴 숨을 내쉬더니 탐탁지 않은 표정으로 입을 열었다.

"긴 얘기는 딱 질색이다만, 어쩔 수 없이 노부의 사정을 말해 줘야겠군. 네놈도 눈치챈 모양이다만 지금 노부의 상태는 정상이 아니다. 그저 정상에서 조금 벗어난 정도가 아니라 상당히 좋지 않다."

남해노조는 자신이 왜 마령지에 왔고 또 어떻게 이곳에 떨어지게 되었는지를 둘에게 설명하기 시작했다.

"노부는 오 년 전, 철혈도제 위지관천의 초청을 받고 이곳으로 오게 되었다. 놈이 남해도로 보낸 서신에서 이르기를, 백 년 전 무너져 파묻힌 마교의 총단 유적으로 추정되는 장소를 발굴해 냈다고 하더군. 그러면서 다수의 무공비급을 발견했는데, 노부보고 그것이 과연 진짜 마교의 무공들인지 감정을 해달라는 거였다. 노부는 그 당시 강호에서 은퇴한 상황이었지만 실전된 마교의 무공이 등장했다 하니 관심이 일지 않을 수 없었지. 그래서 이곳을 방문했고, 비급이 진짜 마교의 것임을 확인할 수 있었지. 그런데 비급을 확인하고 나오는 과정에서 숨어 있던 놈들에게 암습을 받고 말았다. 노부의 진신실력으로 그깟 놈들을 못 해치울 리 없었지만 위지관천까지 덤벼든 데다가, 놈들이 미리 파놓은 함정이 워낙 절묘했다. 놈들은 노부를 바닥이 꺼지는 방으로 밀어붙인 후, 바닥을 꺼뜨리며 미리 설치한 폭약까지 터뜨렸지. 노부는 호신강기를 극성으로 끌어올려 폭약의 충격을 막아냈지만 내상을 피할 수 없었고, 또 폭약으로 인해 무너지는 방벽 더미에 깔리고 말았다. 그러고서 며칠을 죽지도 살지도 못한 채 깔려 있다가, 우연히 방바닥의 지반이 무척 약하다는 것을 깨닫게 되었지. 방벽이 무너지며 바닥의 지반까지 금이 가 있는 것이 보였어. 노부는 간신히 무공을 조금 회복하여 금이 간 지반을 공력으로 으스러뜨렸고, 다시 지반이 꺼지면서 그

밑으로 떨어지고 말았다. 그런데 방의 밑은 허공이었고, 노부는 백여 장의 높이를 추락해야 했다. 평상시 같으면 크게 다칠 높이가 아니었지만 내상을 입고 나서 무리했던 상황이었기에 또다시 큰 상처를 피할 수 없었다."

남해노조가 떨어진 장소는 마교의 지하 유적지였다. 철혈방에 의해 발견된 마령지 밑으로도 마교의 유적이 더 존재하고 있었던 것이다.

남해노조는 거대한 지하 유적 내를 돌아다니며 그곳에 그때까지 보존되어 있는 약재를 사용, 상처를 치료했다. 그러면서 오 년이란 세월을 근근이 버텨온 것이었다.

남해노조는 둘에게 적각홍사를 반드시 잡아야 하는 이유를 설명해 주었다. 그가 현재 맹정우에게 맥없이 급소를 잡힐 정도로 몸이 약해진 것은 내상 치료를 잘못해서 그렇다고 했다.

남해노조가 유적지에서 발견한 약재들은 비교적 보관이 잘되어 있긴 했지만 백 년이 지난 약재들이다 보니 상태가 변질된 것들이 많았고, 결국 변질된 약재의 부작용으로 인해 내상이 낫기는커녕 더욱 나빠지고 말았다. 출구는 막혀 있고 몸은 점점 나빠져 크게 상심하고 있던 남해노조는 우연히 주변 지역을 탐사하다가 한 동굴에서 출몰하는 괴물을 발견하고는 큰 희망을 품게 되었다.

붉은 뿔이 나 있고, 온몸이 불타오르는 듯 적색의 큰 뱀, 틀림없이 만상구금실(萬祥具錦實)이란 희대의 영약을 지키는 적각홍사란 영수였다.

만상구금실이란 하수오의 변종 중에 한 가지인데, 만년하수오에 버금가는 효능을 가진 영약이라고 알려진 약재였다. 일반인이 먹으면 무병장수하고, 무림인이 먹으면 능히 일 갑자 이상의 공력을 가질 수 있다고 알려져 있었다.

그러나 남해노조 정도의 고수에게는 딱히 큰 필요가 없는 약재이기도 했다. 이런 영약들은 기혈이 굳지 않고 내공 기초가 잘 닦인 어린 무인들에게는 큰 도움이 될 수 있지만 나이 들어 기혈이 굳어 있거나 혹은 남해노조와 같이 일정 수준을 넘어선 절대고수들에게는 그리 큰 도움이 되질 않았다.

정작 그에게 큰 도움이 될 수 있는 것은 만상구금실을 지키고 있는 적각홍사였다.

적각홍사는 강력한 열성을 지닌 영물로, 놈의 내단은 강력한 화기(火氣)를 내포하고 있었다. 한데 그의 태양신공은 양강의 극을 추구하는 내공공부였기에 화기를 가득 내포한 적각홍사의 영단은 그의 몸에 그 어떤 영약보다도 더 큰 효능을 끼칠 수 있는 약재가 될 수 있는 것이었다.

"그럼, 그 적각홍사란 놈의 내단만 있으면 영감이 다시 예전의 공력을 회복할 수 있다는 말인가?"

"그래, 워낙 노부의 내공과 상성이 맞는 놈의 내단인지라 이전 수준의 공력을 회복하고도 남을 것이다. 그렇게 되면 능히 금석진을 부수고 밖으로 나갈 수 있게 되겠지."

방구병이 의아한 표정으로 끼어들었다.

"아까 말하셨지 않습니까? 혼자서는 아무리 능력이 뛰어나도 금석진을 부술 수 없다고."

"그렇다. 노부가 아무리 예전 수준으로 몸 상태가 돌아온다 해도 혼자서는 금석진을 깨부술 수 없다. 그렇기에 애송이 네놈의 도움이 필요한 것이다."

"어떻게 말인가?"

"네놈의 격공장이나 검기상인의 위력이 노부의 태양신공 절초의 십성 수준에만 이를 수 있다면 금석진을 부수는 것이 가능하다. 방법은 간단하다. 이중 구조로 되어 있는 문이니 두 번의 연달은 공격으로 문의 이중 차단막을 붕괴시키는 것이다."

남해노조의 발상은 이랬다. 우선 그가 태양신공의 절초로 철문과 뒤의 돌 더미까지 부순다. 그러면 철문 위로 잔뜩 쌓인 돌 더미들이 떨어지게 되는데, 그 돌 더미들이 출구 안쪽으로 굴러들어 오기 전에 맹정우가 이차 공격을 가해 떨어지는 돌 더미들을 날려 버린다. 그가 시간을 버는 사이 공력을 회복한 남해노조가 또다시 한 번 더 격공장을 날리는 식으로 진행하면 계속 쏟아지는 무수한 돌 더미들을 모두 날려 버릴 수가 있다는 말이었다.

"두 시전자의 공력이 큰 차이가 없어야 하고, 무엇보다도 일 장 지름의 돌덩이 수십 개를 단박에 날려 버릴 수 있는 능력이 있어야 가능한 방법이다. 그러니 애송이 네놈이 노부의 기준에 미치지 못하면 시도할 수가 없는 수법인 것이다."

남해노조는 맹정우에게 팔을 내밀라고 시킨 후 양손으로 그의 맥문을 잡았다.

"전신의 공력을 일 주천시켜 봐라, 애송이."

맹정우는 조심스럽게 남해노조가 시키는 대로 행했다.

남해노조는 천천히 맹정우의 기를 느끼다가 눈에 이채를 띠었다.

"생각보다는 제법이로군. 내공도 상당히 정심하고. 네놈의 사부가 누구냐?"

맹정우는 인상을 찌푸렸다. 대답하기 싫어서가 아니라 대답하기 곤란했기 때문이다.

'사부를 누구라고 해야 하나, 보석의 무공을 익혔을 뿐인데.'

잠시 고민하던 그는 순순히 말했다.

"들어도 모를 텐데, 혈패왕이라고."

그 말에 남해노조는 눈을 크게 떴다.

"혈패왕 혁련세?"

맹정우는 몰랐지만 남해노조의 나이는 세수 이 갑자를 넘어가고 있었다. 혈패왕은 그가 태어났을 때쯤에 실종된 사람이지만 워낙 강호에 지대한 영향을 미쳤기에 그가 성장할 무렵까지도 그의 명성이 전설처럼 남아 있었다.

"네놈이 그의 전인이란 말이냐?"

맹정우는 그가 혈패왕을 알자 놀란 표정을 지었다.

"그렇… 다고 할 수 있지."

"놀라운 일이군. 이 갑자 동안 모습을 보이지 않던 혈패왕의 전인이 나타나다니. 아무튼 혈패왕의 명성에 걸맞는 훌륭한 내공을 익히고 있다만 아직 조금 부족하다. 내공이 한 단계 더 올라서지 않는 한 금석진을 부수는 일에 동참하기는 어렵다는 말이다."

"그럼 여기서 더 수련을 해야 한단 말인가? 내 내공이 그 조건을 충족시킬 때까지?"

"그럴 필요는 없다. 네놈이 노부가 시키는 대로 잘만 한다면 곧 원하는 성취를 얻을 수가 있을 테니까."

"어떻게 하면 되는데?"

"적각홍사를 죽이고 만상구금실을 먹어라."

맹정우와 방구병은 남해노조를 처음 만났던 지점을 지나 방구병이 굴러 떨어졌던 동굴 통로로 다시 들어서고 있었다.

남해노조가 적각홍사를 발견한 곳은 다름 아닌 둘이 처음에 추락했던 절벽 근처였다. 둘이 남해노조가 있는 곳까지 왔던 동굴 통로의 맞은편 절벽에 놈의 동굴이 있다는 것이었다.

둘은 꼬불꼬불한 미로를 헤치고 꼬박 한나절이 걸려서 처음 떨어졌던 절벽에 다시 도달했다.

등불을 비춰보니 과연 남해노조의 말처럼 맞은편 비슷한 높이에 동굴 하나가 보였다. 맹정우가 이쪽 동굴에 들어서기 직전에 잠시 눈여겨봤던 바로 그 동굴이었다.

둘은 절벽 밑으로 내려갔다가 다시 동굴이 위치한 높이까지 맞은편 절벽을 타 올랐다.

맞은편 동굴 안으로 들어서니, 내부는 칠흑같이 어두웠다.

맹정우는 방구병에게 등불을 건네고, 그에게서 단지를 넘겨받았다.

방구병이 뒤에서 등불로 시야를 확보하고, 맹정우가 남해노조에게서 받은 단지를 이용하여 적각홍사를 꿰어낸 후 처치하겠다는 복안이었다.

남해노조에게서 건네받은 단지 안에는 검은 흙과 먼지를 태운 재가 섞여 있었다. 남해노조 말로는 화약의 재료로 쓰이는 염초의 재료라고 하는데, 적각홍사는 그런 것들을 먹고산다고 했다. 미끼로 쓰기 위해 최상질의 것을 구해놓은 것이니 효능에 대해서는 의심하지 않아도 될 거라 했다.

맹정우는 방구병에게 불빛을 낮추라고 지시한 후, 입구 근처에다가 단지의 흙과 재를 적당량 뿌렸다. 적각홍사는 시력은 뛰어나지 않으나 청각과 후각이 지독하게 예민한 놈이라 했으니 이것들의 냄새를 맡는다면 금세 달려올 것이 틀림없었다.

맹정우와 방구병은 입구 근처의 큰 바위 뒤에 숨어서 적각홍사란 놈이 나타나기를 기다렸다. 특히 맹정우는 공력을 한껏 끌어올려 놈이 나타나기만 하면 검광만암천을 시전, 반쪽을 내버릴 수 있도록 만반의 준비까지 갖추었다.

그러나 일각이 지나고, 이각이 가까워져도 안에서 뭔가 나올 낌새는 전혀 보이지 않았다. 결국 기다리다 지친 맹정우는 끌어올렸던 공력을 다시 풀어야 했다.

"어떻게 된 거지? 좋아하는 먹이라서 득달같이 달려나올 거라더니?"

"혹시 이 동굴이 아닌 거 아냐?"

둘은 잠시 동굴 밖을 기웃거리며 주변에 동굴이 더 있나 살폈지만 절벽에 불을 비춰보아도 또 다른 동굴은 찾을 수 없었다.

둘은 동굴 안쪽으로 조금 더 진입하여 흙과 재를 뿌려보았다. 그리고 또다시 만반의 준비를 갖춘 채 적각홍사를 기다렸지만 역시 감감무소식이었다.

"이상한데. 조금 더 들어가 보자."

맹정우는 고개를 갸웃거리며 더 안쪽으로 들어갔다. 그런데 신기하게도 안쪽으로 들어갈수록 희미한 빛이 새어 나오고 있었다. 양광과 같은 밝은 색채가 아닌, 마치 반딧불의 빛처럼 은은한 빛이 나와서 등불을 굳이 밝히지 않아도 주변 사물을 식별할 수 있을 정도였다.

오래 기다려도 뱀이 나오지 않아 긴장이 풀어진 둘은 은은한 빛에 홀린 듯 안으로 깊이 들어섰다.

멍한 표정으로 안으로 걸이 들어가던 맹정우의 귀에 뭔가 사그락거리는 소리가 들려왔다. 마치 부드러운 천이 땅에 끌리는 듯한 소리가.

'아차, 너무 깊이 들어왔구나!'

맹정우는 이크 하며 방구병을 잡아끌고 몸을 돌려 출구 쪽으로 달아났다. 그에 발맞춰 귀에 들려오는 사그락거리는 소리도 점점 빨라지고, 조금씩 커졌다. 뱀이 둘의 움직임을 감지하고 쫓아오는 것이 틀림없었다.

후닥닥 달려서 입구 근처까지 다다랐을 때, 등 뒤가 환해지는 것을 느낀 둘은 일제히 몸을 돌렸다.

둘은 은은한 빛의 정체를 눈으로 확인하고는 숨이 멎을 듯 놀라고 말았다. 푸르스름한 빛은 동굴 안쪽에서 빠른 속도로 다가오고 있는 어마어마하게 큰 뱀에게서 나오고 있었다.

뱀은 과연 남해노조의 말처럼 뱀이라기보다는 용에 가까운 놈이었다. 몸통 두께는 절구통 세 개는 합친 것만 했고, 길이는 탕평촌 대홍산에서 맞부딪쳤던 무영환혼신망보다도 더 긴 것 같았다. 놈의 쭉 째진 눈에서는 싯누런 광망이 흘러나오고 있었고, 양미간 사이에 우뚝 솟은 뿔에서는 푸르스름한 빛이 새어 나오고 있었다.

푸른 빛은 뿔뿐 아니라 전신에서 뿜어져 나오고 있었는데, 그게 좀 이상했다. 푸른 빛이 나오고 있으니 당연히 전신의 색깔은 푸른색이었다. 남해노조가 적각홍사라 했으니 몸이 붉은색이어야 할 텐데 어째서 푸른색이란 말인가?

참으로 이상한 일이었지만 지금은 그것을 따질 계재가 아니었다. 뱀의 색깔보다는 뱀의 이빨이 더 위험한 법이니까.

맹정우는 방구병을 뒤로 떠밀고는 코앞으로 다가온 뱀을 향해 들고 있던 단지를 휘둘러 흙과 재를 몽땅 뿌려 버렸다. 가장 좋아하는 먹이가 그 검은 흙과 재라 했으니 사람보다는 그것에 먼저 덤벼들 것이라 기대하고 취한 행동이었다.

놈이 먹이에 정신을 빼앗기고 있는 사이 검광만암천의 공력을 끌어올리려는 것이 맹정우의 의도였다. 나름대로 잔머리를 잘 굴렸지만 뱀은 그의 생각대로 움직여 주지 않았다.

뱀은 자신에게 덮쳐 온 흙과 재를 좋아하기는커녕 무척 싫어하는 듯했다. 검은 흙과 재가 몸에 닿자 미친 듯이 발광을 하며 괴이한 울음소리를 내는 것이었다.

몸 길이 십오 장은 넘는 거대한 놈이 몸부림을 쳐대니 동굴 바닥의 흙이 마구 튀고 놈의 꼬리에 부딪친 바위들이 박살이 나면서 그 파편이 이리저리 튀었다. 맹정우는 발광하는 뱀의 꼬리와 돌 파편들을 피해 열심히 도망 다녀야만 했다.

발광을 하며 몸을 덮친 흙과 재를 떨어낸 뱀은 화가 잔뜩 난 듯 목에 달린 지느러미 같은 것을 곧추세웠다. 그리고는 독이 오른 눈으로 맹정우를 노려보았다.

놈의 무시무시한 광망을 받은 맹정우는 속이 덜컹 하는 것을 느꼈다.

'이 빌어먹을 놈의 노인네! 말과 상황이 전혀 다르잖아!'

괴물 같은 뱀이 동굴에 숨어 있는 것까지는 맞았지만 그 뒤로는 남해노조의 말이 맞는 것이 하나도 없었다. 적각홍사라고 칭하기에는 지나치게 파란 놈이었고, 가장 좋아한다는 검은 흙과 재 역시 놈의 취향과는 상당히 거리가 떨어진 음식(?)들임에 틀림이 없었다. 그렇지 않고서야 음식을 던진 그를 저렇게 독 오른 눈빛으로 찢어 죽일 듯이 노려볼 이유가 없지 않은가.

뱀은 화가 치미는 듯 슈슉거리는 소리를 내며 냉정우에게로 달려들었다.

뱀이 기대했던 반응과는 전혀 다른 움직임을 보였기 때문에 맹정우는 검광만암천을 시전할 준비가 아직 되어 있지 않았다. 필살기를 날릴 수가 없으니 그저 놈의 공격을 피할 수밖에 없었다.

콰콰쾅!

뱀의 뿔이 맹정우가 있던 자리에 박히자 바닥이 으깨지며 돌들이 튀어나왔다. 뱀은 머리를 빼내며 꼬리를 휘둘렀고, 맹정우는 단지보를 시전하며 그것을 피했다.

넓은 동굴이긴 했지만 십오 장에 이르는 뱀의 꼬리가 마구 휘둘리자 제아무리 맹정우라 해도 몸을 빼낼 공간을 찾기가 쉽지 않았다. 그는 이리저리 피하면서 뒷걸음질쳐야 했고, 금세 동굴 입구까지 몰렸다.

"구병아, 밖으로 도망가라!"

맹정우의 외침을 들은 방구병이 잽싸게 동굴 밖으로 튀어나갔고, 뒤이어 맹정우도 뱀의 공격을 피하며 동굴 밖으로 몸을 던졌다.

슈슈슉!

뱀은 분노한 듯 쉿소리를 내더니 둘을 따라 동굴 밖으로 튀어나왔다. 그리고는 내리막으로 달려 내려가는 둘을 향해 입을 쩍 벌려서 뭔가를 토해냈다.

내리 달리면서도 뱀의 움직임을 곁눈질하고 있던 맹정우는 놈의 입에서 파란 연기 같은 것이 뿜어져 나오는 것을 보고는 일보장천을 시전, 연기가 닥쳐오는 영역을 피하며 앞서 가고 있는 방구병을 끌고 굴러 내려가듯 바닥까지 치달렸다.

방구병도 맹정우에게 끌려가며 푸른 연기를 본 듯 놀라며 외쳤다.

"저, 저건 또 뭐야?"

"뭔지 몰라도 쐬어서 좋을 것은 없어 보이잖냐!"

맹정우는 방구병을 허리에 끼다시피 하고 미친 듯이 달려 절벽 밑까지 내려갔다. 그리고 맞은편 경사로 치달려 처음 나왔던 절벽 동굴까지 한달음에 올라갔다.

슈슛!

뱀 역시 둘을 따라 경사를 올라오기 시작했다. 다리도 없는 놈이 가파른 경사를 슥슥 잘도 올라오고 있었다.

맹정우는 놈이 따라 올라오는 것을 보고 동굴 안쪽으로 달아났다. 그런 그를 방구병이 다급히 따라와 붙잡았다.

"더 들어가면 안 돼!"

"무슨 소리야! 지금은 시간을 끌어야 돼! 놈을 처치할 수 있는 기를 모을 시간을 벌 때까지는 도망 다녀야 한다구!"

"바보야! 이 이상 뱀이 나온 동굴과 떨어진다면 뱀을 처치한다 해도 만상구금실을 먹을 시간이 없게 된다구! 더 안쪽으로 들어가서 놈을 처치하게 되면 열매가 있는 곳까지 다시 갔을 때 이미 그 열매는 시들어서 효력이 없어질 거야. 어떻게 하든 여기서 승부를 봐야 해!"

이곳으로 오기 전 남해노조는 적각홍사를 죽인 후 즉시 만상구금실을 섭취해야 한다고 누누이 강조했다. 만상구금실같이 주변 환경에 영향을 많이 받는 영약은 적각홍사같이 강력한 기운을 내포한 수호영수가 죽게 되면 제 기운을 잃고 금방 시들어 버린다고 했다. 먹어야 할 열매 자체는 큰 영향을 받지 않지만 줄기가 시들기 때문에 그 영향을 받기 전에 얼른 열매를 따서 먹어야 한다는 것이 그의 말의 요지였다.

그러니 방구병의 말마따나 뱀이 나온 동굴에서 멀리 떨어진 상황에서 놈을 죽이게 되면 만상구금실을 먹기도 전에 줄기가 시들어 열매의 효력이 사라지는 사태에 이를 수가 있는 것이다.

'참, 그렇지!'

맹정우는 방구병의 지적에 머리를 쳤다. 다급히 도망치느라고 미처 그 점을 고려하지 못했다. 다른 것은 몰라도 역시 이런 쪽으로는 방구병이 그보다 머리 회전이 더 빨랐다.

'가만, 그렇다면……'

맹정우의 잔머리가 짧은 찰나의 시간 동안 고속 회전을 했다.

그는 다짜고짜 방구병을 번쩍 들어 허리에 꼈다. 그리고는 다시 입구를 향해 내달렸다.

옆구리에 끼인 방구병이 놀라며 외쳤다.

"무… 무슨 짓이야! 그렇다고 바로 뱀한테 달려갈 건 없잖아!"

둘을 따라 절벽을 기어 올라오고 있는 뱀이 곧 동굴 안으로 들이닥칠 텐데 입구를 향해 달려가다니, 이놈이 미쳤나 하고 방구병이 생각할 무렵, 맹정우는 이상한 행동을 하는 이유를 몸으로 보여주었다.

"타앗!"

입구까지 신법을 사용하여 빠르게 치달린 맹정우는 입구 끝에서 땅을 박찼다. 그와 방구병의 신형은 공중으로 붕 떴고, 방구병이 흘깃 아래를 내려다보니 막 입구 근처까지 올라온 뱀이 머리를 치켜 올리며 파란 연기를 내뿜는 것이 보였다. 연기는 날아가는 둘의 등 뒤로 스쳐지나갔고, 방구병은 왠지 모를 으스스한 한기를 느꼈다.

공중에 뜬 둘의 신형은 맹정우의 고절한 신법의 능력으로 맞은편 팔장 거리에 있는 뱀의 동굴까지 훨훨 날아가 그곳에 착지했다.

착지한 맹정우는 허리에 꼈던 방구병을 집어 던진 후 다급히 기를 모으기 시작했다. 뱀이란 놈이 맞은편 동굴에서 이곳까지 오려면 자신처럼 날지는 못할 것이고 다시 바닥까지 내려갔다가 올라와야 할 것이니 분명 시간이 꽤 걸릴 것이다. 그 안에 검광만암천을 시전할 태세를 갖추어야 한다.

검광만암천은 기묘한 초식이었다. 마음을 차분히 가라앉히고만 있으면 촌각의 시간 안에 발현해 낼 수도 있었지만 마음이 급하면 일각 이상을 허비해야 간신히 제 위력을 끌어낼 수 있는, 사용하기 아주 까다로운 검식이었다.

맹정우는 조급한 마음을 가라앉히기 위해 안간힘을 썼다. 간신히 마음이 가라앉고 온몸의 기가 오른팔의 팔성검으로 집중될 무렵, 사그락거리는 소리가 동굴 입구 쪽에서부터 들려오더니 파란 뿔이 달린 뱀의 머리가 불쑥 솟아올랐다. 그리고는 입구 근처에 서 있는 맹정우를 발견한 듯 입을 쩍 벌리고 그에게로 달려들었다.

검광만암천!

맹정우의 검이 힘차게 뻗어졌고, 은빛 검광이 동굴 입구를 뻗어나가 맞은편 절벽까지 이어졌다.

콰콰콰쾅!

입구가 반쯤 허물어지고 뻗어나간 검광으로 인해 맞은편 절벽까지 무너져 내렸지만 맹정우의 표정은 좋지 않았다. 뱀이 위험을 감지한 듯 몸을 트는 통에 놈의 몸뚱이를 완전히 끊어내지 못했던 것이다.

뱀이 생각보다 빨리 올라왔기 때문에 초식이 완벽하게 발휘되지 못한 결과였다.

그로 인해 상처만 입고 죽지 않은 뱀은 더욱 독이 올라 흉포해진 상태로 맹정우에게 달려들었다.

슈슈슈슉!

뱀의 푸른색 뿔이 맹정우에게로 닥쳐 들었다. 맹정우는 몸을 틀며 팔성검으로 뿔의 옆쪽을 베어갔다.

텅!

뿔은 지독하리만치 단단했다. 팔성검에도 흠집이 나지 않았다.

맹정우가 옆에서 공격해 오자 뱀은 머리를 휘저어서 뿔을 휘둘렀다. 뱀이 순간적으로 방향을 전환하여 반격해 올 줄을 예상 못한 맹정우는 다급히 팔성검으로 닥쳐오는 뿔을 막았지만 뱀의 힘은 상상 이상이었다. 뿔과 충돌한 팔성검은 그의 손에서 빠져나가 버렸다.

슈슈슉!

뱀의 머리, 그리고 쩍 벌어진 입이 맹정우의 눈에 크게 확대되었다. 한입에 집어삼키려고 다가오는 뱀을 피해 맹정우는 공중으로 뛰어올랐다.

허공을 베어 문 뱀의 머리가 솟구치는 맹정우를 쫓아 올라왔다. 맹정우는 동굴의 천장까지 떠올랐다가 몸을 반회전시키며 천장을 박차고 방향을 전환하여 다가오는 뱀의 입을 아슬아슬하게 피했다.

턱!

맹정우는 피하는 자신의 등을 스치고 지나가는 뱀의 뿔을 잡아챘다. 그는 두 손으로 뿔을 꼭 잡고 뱀의 머리 위에 매달렸다.

슈슈슈슉!

뱀은 머리 위에 뭔가가 붙어 달리자 성가신 듯 고개를 마구 휘저었다. 맹정우는 한 손으로 뿔을 부러져라 움켜쥔 채 다른 한 손으로는 품속을 뒤졌다. 놈에게 공격을 가할 방법을 빨리 찾지 못하면 놈의 저녁

밥이 되는 것은 시간문제였다.

혹시 비수라도 있을까 더듬어보았지만 아무리 뒤져 봐도 그런 것은 없었다. 다만 헝겊에 싸인 길쭉한 물건이 하나 손에 집혔다. 얼른 꺼내어 살펴보니 바로 무영환혼신망의 뿔이었다. 당지연이 갖다달라고 하여 고이 보관하고 있던 물건인데 지금까지의 소동으로 인해 가지고 있다는 것을 까맣게 잊고 있었다.

뿔 아니라 알타리무가 나왔어도 무기로 사용해야 할 판, 영물의 뿔이 생각 외로 괜찮은 무기가 될 수도 있겠다고 판단한 맹정우는 얼른 헝겊을 풀어내고 두 개의 뿔 중 하나를 챙겼다. 그리고는 뿔 잡은 팔에 힘을 주며 뱀의 머리 앞쪽으로 조금씩 이동하기 시작했다.

그 순간 뱀이 그를 바닥으로 떨구려는 듯 몸을 위에서 아래로 힘차게 휘저었고, 맹정우의 몸을 떨어져 내릴 듯 나풀거렸다. 막 바닥에 패대기쳐지기 직전, 맹정우는 머리가 아래로 향해가는 뱀의 눈을 노리고 몸을 뒤집었다.

뒤집어진 맹정우의 몸이 뱀의 뒷머리에서 미간 쪽으로 넘어갔고, 힘차게 휘두른 그의 손에 들린 뿔이 뱀의 한쪽 눈에 틀어박혔다.

뱀의 피부는 일견하기에도 매우 단단해 보였지만 무영환혼신망의 뿔은 날카롭기 그지없어 박힌 눈을 통과하여 뱀의 뇌까지 깊숙이 틀어박혔다.

카아아앗!

뱀은 미친 듯이 몸을 뒤틀며 입을 크게 벌리고 굉음을 내질렀다.

쩍 벌어진 입에서는 다시 파란 연기가 뿜어져 나오기 시작했다.

여전히 뿔을 잡은 채 머리 위에 대롱대롱 매달린 맹정우는 호흡을 참으며 하나 남은 무영환혼신망의 뿔을 챙겼다. 그리고는 몸의 중심을 다잡으며 하나 남은 뱀의 눈에 마저 꽂아 넣었다.

캬아아아! 캬오오오!

뱀은 처절하게 몸을 뒤틀었고, 맹정우는 결국 뿔에서 떨어져 나가 바닥에 내동댕이쳐졌다.

쓰러졌던 맹정우가 간신히 몸을 일으킬 찰나, 뒤에서 다가온 방구병이 날아갔던 팔성검을 챙겨와 내밀었다.

"야, 지금이 기회다. 그 검광 뭐시긴가 하는 것을 빨리 써라!"

맹정우는 총망 중에도 놀라서 눈을 크게 떴다. 그는 지금 독을 들이키지 않으려 숨을 멈추고 있는 중인데 방구병은 입을 크게 벌리고 말을 하고 있었기 때문이다. 주변에 파란 연기가 자욱한 상태였기에 방구병이 저렇게 말을 해대면 그것을 들이마시지 않았을 리가 없었다.

어찌 되었든 간에 저놈의 뱀은 처치하고 봐야 할 상황, 맹정우는 다급히 기를 모았다. 뱀은 여전히 발악을 하고 있었지만 눈이 보이지 않아 맹정우의 위치를 확인하지 못하고 이리저리 좌충우돌만 하고 있었다.

'진정되기 전에 빨리 처치해야 한다.'

지금의 발광 상태가 끝나게 되면 눈이 보이지 않다 하더라도 놈은 냄새와 소리로 맹정우의 위치를 파악할 것이다. 그전에 어떻게든 검광 만암천을 다시 시전할 수 있는 공력을 회복해야 한다.

다행히도 아까 초식이 완전하지 않았던 탓에 기운을 다 소모하지는 않은 듯, 생각보다 금방 공력이 모아졌다.

맹정우는 발광 중인 뱀을 향해 왼손의 검결지를 뻗치고, 오른팔의 팔성검을 한껏 뒤로 뺐다.

검결지가 태극의 형상을 완성하는 순간, 다시 한 번 동굴에는 은광이 번쩍였다.

"으드드드드……."

맹정우와 방구병은 벌벌 떨며 전진하고 있었다. 뱀이 계속 뿜어냈던 파란 연기는 독이 아니라 차가운 냉기(冷氣)였다. 놈은 검광만암천을 직격으로 맞고 반 토막이 되면서 시퍼런 냉기를 동굴 가득 뿌려내었는데, 거길 지나치다 보니 둘의 몸은 꽁꽁 얼어붙고 말았다.

"빠, 빨리 가야 해. 그렇지 않으면 만상구금실이 시들어 버린단 말이야……."

방구병이 얼어서 잘 열리지도 않는 입을 간신히 움직이며 말했다.

맹정우는 몸의 공력을 주천시켜서 언 몸을 녹이려 했지만 두 번이나 검광만암천을 시전한 영향으로 공력을 거의 다 소진한 상황인지라 큰 효과가 없었다.

둘은 떨어지지 않는 발을 부지런히 놀리며 동굴 안으로 계속 들어갔다. 한참을 전진했을 무렵, 맹정우의 눈에 마침내 뭔가가 걸렸다.

"저 위다!"

동굴 천장 부근 한 켠이 마치 선반처럼 툭 튀어나와 있고, 그 위에 옅은 빛을 내뿜는 식물이 눈에 띄었다. 남해노조의 설명대로라면 저것이 바로 만상구금실의 줄기이고, 그것의 밑동에 만상구금실의 실과가 달려 있을 것이다.

"빛이 옅어지고 있어! 빛이 다 사라지면 열매도 시들어 버리는 거야!"

방구병이 다급히 외쳤다.

둘은 어떻게든 만상구금실에 다가가려 했지만 불가항력이었다. 실과의 위치까지 다가가려면 동굴 벽을 타고 올라가야 하는데, 체력이 떨어지고 몸이 잔뜩 얼어붙은 상황이라 가파른 동굴 벽을 타고 올라가기가 무척 어려웠다.

그나마 약간 공력을 회복한 맹정우가 간신히 벽의 절반 정도를 올라갔지만 그 위로는 발을 지지하거나 손으로 잡을 만한 요철이 없었다. 평상시 몸 상태라면 뛰어오르면 그만이었으나 그럴 정도로 몸이 회복되기까지는 시간이 너무 모자랐다.

"안 되겠다, 구병아! 나를 붙잡고 올라가라!"

맹정우는 결국 그 자신이 요철이 되기로 결심했다. 방구병이 자신의 머리를 밟고 올라선다면 잘하면 선반처럼 삐져 나온 부분에 손이 닿을 수도 있겠다는 생각이 들었다.

방구병이 꽁꽁 언 몸을 어기적거리며 다가왔다. 간신히 맹정우의 발목을 잡더니 뒤이어 그의 바지를 잡고, 다시 그의 어깨까지 기어오른 후 마침내 무동을 타듯 그의 목으로 올라섰다.

만상구금실의 빛은 점점 희미해져 이제 거의 보이지 않을 정도가 되었다.

"구병아, 빨리!"

맹정우의 재촉을 받으며 방구병은 어렵사리 그의 어깨를 밟고 몸을 세웠다. 한껏 두 팔을 뻗자 그의 두 손끝이 간신히 선반에 걸렸다.

"으랏차!"

고함과 함께 방구병은 맹정우의 어깨 위에서 발을 구르며 한껏 도약했다. 발을 구른 여파로 맹정우는 바닥으로 굴러 떨어졌고, 도약한 방구병은 선반 끄트머리를 두 손으로 잡아챌 수 있었다.

방구병은 이를 악물고 몸을 끌어올려 간신히 선반 위로 올라섰다.

"아직 빛이 안 꺼졌어!"

방구병의 기쁨의 함성을 들은 맹정우는 벌떡 일어섰다.

"어서 열매를 꺼내!"

방구병은 다급히 빛이 꺼져 가는 줄기를 잡아채 뽑아 올렸다. 그러자 붉은 빛이 가득 감도는 탐스러운 열매가 뽑혀져 나왔다.

"이리 던져!"

맹정우는 바로 받아 먹겠다는 듯 입을 쩍 벌렸다. 일단 꺼낸 이상 어서 입 안으로 집어넣어야 한다.

방구병은 끄집어낸 열매를 쥐고서 맹정우를 한 번 보더니, 입을 향해 던졌다.

맹정우의 입이 아닌, 바로 그 자신의 입을 향해.

제11장

영웅은 타인의 과욕을
너그러이 용서한다

영웅은 타인의 과욕을 너그러이 용서한다

"이 미친 새끼! 도대체 어쩔 생각이냐!"

맹정우는 만상구금실을 한입에 꿀떡 삼켜 버린 방구병의 멱살을 틀어쥐고 먹을 따버릴 듯 흔들어댔다.

방구병은 숨이 막혀 캑캑거렸지만 맹정우는 그를 봐줄 생각이 없었다. 그는 한 손으로 방구병의 턱을 움켜쥐고 다른 한 손으로는 앙다문 입을 억지로 벌리며 외쳤다.

"네놈이 아주 간이 대 자로 부었구나! 감히 이 맹정우님이 자실 과실을 훔쳐 먹어?"

방구병은 용을 쓰느라 붉어진 얼굴로 악을 쓰며 대꾸했다.

"누가 대체 그걸 꼭 네놈이 먹어야 하는 거라고 정해놓은 거냐? 내가 먹으면 안 된다고 하늘에서 계시라도 내린 거냐?"

맹징우는 어이가 없다는 표성으로 외쳤다.

"미친놈! 여기 오기 전에 그 영감 얘기 못 들었어? 내가 그걸 먹고 공력을 증진해야 간신히 여기서 탈출할까 말까라는 말을. 그런데 그걸 네놈이 처먹으면 여기서 어떻게 빠져나간단 말이냐? 당장 못 뱉어내?"

방구병은 입속으로 들어오는 맹정우의 손가락을 뿌리치려 고개를 좌우로 흔들며 외쳤다.

"몰라! 이미 뱃속으로 들어가서 다 녹았어! 이 영약으로 초고수가 되어 내가 네 대신 탈출시켜 주면 될 것 아냐!"

"이제 아주 실성을 했군. 그게 말이 되는 얘기라고 생각하냐?"

"왜 말이 안 돼! 왜 말이 안 되는데?"

맹정우는 정말 실성한 듯 외쳐 대는 방구병의 얼굴을 보며 도저히 안 되겠다는 판단이 들었다. 이놈은 지금 강호야사에 지나치게 심취해서 현실과 야사를 전혀 구분하지 못하고 있다. 그렇다면 극단적인 방법을 쓸 수밖에 없는 것이다.

맹정우는 방방 뛰는 방구병의 복부를 무릎으로 갈겼다.

"욱!"

방구병은 비명을 지르며 배를 쥐고 쓰러졌다.

맹정우는 바닥을 뒹구는 방구병의 두 발목을 양손으로 꽉 잡은 다음 번쩍 들어 올렸다. 방구병은 물구나무를 선 채로 딸려 올라왔다.

"내 이 방법까지는 쓰지 않으려 했는데 시간이 없으니 어쩔 수 없음을 양해해라."

"무, 무슨 짓을 하려는 거야?"

맹정우는 거꾸로 든 방구병을 머리 위까지 끌어올린 다음 빙빙 돌리기 시작했다.

"그러지 마, 어지러워!"

매달린 방구병이 비명에 가까운 고함을 쳤지만 맹정우는 동작을 멈추지 않았다. 오히려 가일층 휘돌리는 팔에 속도를 더했고, 방구병의 몸은 원심력을 받아 축이 되는 맹정우와 직각의 각도를 이루며 눕혀진 풍차처럼 공중을 빙빙 돌아야만 했다. 한 스무 바퀴가 넘어가자 방구병은 눈알이 빙빙 돌고 뱃속이 매스꺼워지는 것을 느꼈다.

"어지러— 제발 그만 해—!"

빙빙 돌며 외치는 방구병의 목소리는 커졌다 작아졌다를 반복했다. 한참을 돌리던 맹정우는 갑자기 돌리던 것을 뚝 멈추고는 방구병을 아래로 늘어뜨렸다. 그러더니 발목을 잡은 손의 방향을 바꾸고는, 거꾸로 세워진 방구병을 위아래로 맹렬히 흔들어대기 시작했다.

"우— 우웁—"

빙빙 수평으로 회전하다가 방향을 바꾸어 상하로 흔들려지기까지 하니 방구병은 속의 내장들이 밖으로 튀어나올 것 같은 느낌이 들었다.

"버텨봐야 너만 손해일 뿐이다. 어서 토해냇!"

맹정우는 방구병의 뱃속으로 들어간 만상구금실을 뱉어내게 하려는 의도였던 것이다.

방구병은 이를 악물었다. 속이 뒤집혀 내장이 튀어나오는 한이 있어도 결코 놈의 의도대로 되게 할 수는 없었다.

그렇게 토악질이 나려는 것을 억지로 눌러 참고 있는데, 위아래로 흔들던 맹정우의 움직임이 멈췄다. 그러더니 또다시 발목을 잡고 있는 손의 방향을 바꾼 후, 머리 위로 들어 올려 회전시키기 시작했다.

방구병은 다시 풍차가 되어 공중을 뱅뱅 돌았다. 어지러움과 구토 증세와 다리 통증이 겹치며 눈물이 질질 흘러나오기 시작했다.

"이 – 개애— 새끼— 야아— 그으— 마안— 해—!"

그의 처절한 절규가 허공을 휘돌아 맹정우의 귀를 때렸지만, 맹정우는 소기의 목적을 달성할 때까지 움직임을 결코 멈출 태세가 아니었다.

그렇게 수십 바퀴를 더 회전시켰을 즈음, 마침내 방구병의 육체가 한계에 다다랐다. 도저히 솟구치는 토악질을 눌러 삼킬 수가 없게 된 방구병의 입이 서서히 벌어지다가, 갑자기 크게 벌어졌다.

"웨엑—!"

단말마의 구역질과 함께 노란 국물이 그의 입 밖으로 힘차게 분출되었다. 분출된 국물은 원심력의 작용을 받으며 동굴 입구를 사방팔방으로 뒤덮으며 뿜어져 나갔고, 국물의 향연이 완전히 끝날 때까지 맹정우의 풍차 돌리기는 멈추지 않았다.

마침내 더 털어낼 국물이 없다고 판단한 맹정우는 돌리던 인간 풍차를 바닥에 내던졌다. 그리고는 온 사방에 널려 있는 국물의 잔해를 뒤지기 시작했다.

"여기 있군!"

오래지 않아 맹정우는 그가 원하던 물건을 찾아냈다. 노란 국물 속에서 적색의 과실을 찾기란 그리 어렵지 않았다.

맹정우는 국물에 손이 닿지 않도록 조심스레 손가락 두 개만을 뻗어 만상구금실을 살짝 집어냈다. 손을 탈탈 턴 다음 과실을 보니 약간 녹아 있긴 했지만 그런대로 아직 제 빛깔을 가지고 있었다.

맹정우는 인상을 찌푸렸다. 어서 먹긴 해야겠는데, 제아무리 비위가 좋은 그이지만 다른 놈 뱃속에 들어갔다 나오기까지 한 것을 입에 넣자니 선뜻 내키지가 않았던 것이다.

"크… 흐흐흐흐……."

고민하던 맹정우는 문득 뒤에서 들려오는 기묘한 소리에 뒤통수가 근질거림을 느꼈다. 고개를 살짝 돌려보니 방구병이 엎드리고 앉아서 머리를 바닥에 박고 있는 것이 보였다. 기성은 그의 입에서 흘러나오고 있었다.

"너 지금 우냐?"

맹정우의 물음에 잠시 아무 대꾸가 없던 방구병은 여전히 땅에 머리를 박은 채로 다시 울음 섞인 기성을 흘렸다.

"크ㅎㅎㅎ… ㅎㅎㅎㅎ……."

밝은 성격의 방구병이 눈물을 흘리는 것은 지극히 이례적인 일이었다.

맹정우가 신기하다는 표정으로 바라보고 있는 동안, 살짝 고개를 든 방구병의 입에서 띄엄띄엄 울음 섞인 한탄이 비어져 나왔다.

"그래, 네놈이 그거 처먹고 다 가져라. 몽땅 다 가져라. 어떤 새끼는 운이 좋아 가만히 있어도 여자가 붙고 돈이 붙고 천하의 기연이란 기연은 다 붙어 달리는데, 어떤 놈은 재수가 지지리도 없어서 옆에서 그걸 지켜만 보면서 부러워서 손만 쪽쪽 빨고 있어야 하는구나. 제기랄… 어렸을 적에 울 엄마가 이런 얘길 했었지. 뭔가를 간절히 원하고 노력하면 하늘에서 반드시 그걸 들어줄 거라고……. 지성이면 감천이라고……. 이제 보니 그게 다 헛소리였어. 그토록 원하고 찾아다녔건만 정작 내가 찾던 것들은 그걸 바라지도 않는 놈에게 턱턱 안겨져 버리니……. 하늘이 돕긴 누굴 돕냐, 이 바보 같은 엄마야!"

마지막에 버럭 소리를 지른 방구병은 다시 땅에 고개를 처박고 꺼억꺼억거리기 시작했다.

그 광경을 보며 맹정우는 난감한 표정을 지었다. 죽은 어머니까지 들먹이는 것을 보니 보통 상심한 것이 아닌 모양이었다.

생각해 보면 방구병의 심정을 이해 못할 바도 아니었다. 아주 어렸을 적부터 강호의 영웅을 꿈꿔왔던 것은 자신이 아니라 바로 그 아닌가. 무슨 노력을 하늘이 감동[感知]할 정도로 해왔던 것인지는 조금 의문이지만 어쨌거나 늘 간절히 원해왔던 것들을 친구인 자신이 하나하나 손쉽게 성취하는 것을 옆에서 보며 마음이 편치는 않았으리라. 그런 감정이 쌓이고 쌓여서 지금 폭발한 모양이었다.

하긴 벼랑 밑에 떨어졌을 때부터 기인과 영약에 대해 노래를 불렀건만 정작 만난 기인과 영약은 또다시 맹정우 자신에게로 집중이 되었으니 화가 날 만도 하겠다는 생각이 들었다.

잠시 들고 있는 과실과 방구병을 번갈아 쳐다보던 맹정우는 마음의 결정을 하고는 그에게 다가갔다.

그는 엎드려 있는 방구병에게 허리를 구부리고는 어깨를 툭 쳤다.

"일어나 봐."

방구병이 눈물 젖은 얼굴을 쳐들자, 맹정우는 들고 있던 만상구금실을 그의 입 안에 처넣었다.

"……?"

방구병이 놀란 눈을 동그랗게 뜨고 쳐다보자 맹정우는 피식거리며 말했다.

"빨리 처먹어라. 과실 효력 없어질라."

그 말에 방구병은 얼른 과실을 꿀떡 삼켰다. 눈에는 여전히 의문을 가득 간직한 채로.

맹정우는 그걸 보며 씩 웃었다.

"엔간하면 먹으려고 했는데, 도저히 네놈 뱃속에서 나온 걸 내 입에 넣을 수가 없더군. 더러워서 어디 먹겠냐."

방구병은 큰 과실을 꿀떡 삼켜서 그런 것인지, 혹은 다른 이유 때문인지 목이 메어 아무 대꾸도 하지 못했다.

맹정우는 벌떡 일어서서 돌아서며 말했다.

"빨리 삼키고 따라와. 괴물 내단을 챙겨서 얼른 그 영감쟁이에게 전달해 줘야 할 것 아니냐."

방구병은 허겁지겁 일어나 앞서 가는 맹정우를 따라가며 말했다.

"너… 너 정말 괜찮겠어?"

"안 괜찮으면 어쩔 거냐."

"이걸 내가 먹으면 탈출이 어려울 텐데?"

"아까 네가 말했잖아? 네가 고수가 되어서 내 역할을 하면 되는 거지 뭐."

"그……."

방구병은 말을 잇지 못했다. 지금 생각해 보면 자신이 생각해도 억지스러운 말이었다. 만상구금실이 대단한 영약이긴 하겠지만 자신을 단박에 남해노조에 육박하는 초고수로 끌어올려 주지 못할 거란 사실은 너무도 잘 알고 있었다.

방구병은 콧등이 시큰해지는 것을 느꼈다. 평상시 손버릇도 나쁘고 성격도 좋지 않은 놈이지만 이런 어려운 순간에 베푸는 뜻밖의 배려는 그가 진짜 친구라는 것을 절실히 느끼게 해주었다.

둘은 동굴 입구로 나와서 토막난 뱀의 시신을 뒤졌다. 내단은 심장 근처에서 발견되었는데, 그것 역시 뱀의 색깔처럼 푸른빛을 띠고 있었고, 만져 보니 손이 얼어붙을 듯 차가웠다.

"노인네 말과 맞는 게 전혀 없군. 샛노란 내단이 나올 거라 하더니."

맹정우는 혀를 차며 내단을 챙겼다.

둘은 뱀의 동굴에서 나와 절벽 맞은편의 유적지로 이어지는 동굴 통로로 들어섰다.

유적지까지는 꼬박 한나절을 걸어야 했다. 둘은 한없이 펼쳐진 동굴 통로를 따라 부지런히 걸었다.

대략 느낌으로 따져서 저녁 시간이 되었을 즈음, 둘은 식사를 하기 위해 걸음을 멈추었다.

둘은 통로 한 켠에 자리를 잡고 주저앉아 챙겨온 벽곡단을 섭취했다.

둘은 출출할 때마다 벽곡단을 섭취하고 있었는데, 먹고 난 후에는 항상 표정이 좋지 않았다.

벽곡단은 그저 허기만 약간 가시게 할 뿐인, 포만감이나 입 안의 만족감 같은 것은 전혀 채워주지 않는 식품이었다.

절벽에 떨어져 내린 지 고작 나흘이 지났고, 벽곡단으로 끼니를 때운 지도 몇 끼 되지 않았지만 둘은 벌써부터 벽곡단이 지겨워지기 시작했다.

"아, 정말 배고프다. 고기 만두라도 배 터지게 먹었으면 소원이 없겠다."

방구병의 넋두리를 듣던 맹정우가 핀잔을 주었다.

"어차피 먹지 못할 음식인데 이왕이면 맛있는 음식으로 소원을 빌지 그러냐."

"음… 그럼 광동 가서 먹었던 요과계정(腰果鷄丁)!"

그 말을 듣고 있던 맹정우도 뭔가 먹고픈 음식이 떠오른 듯 침을 삼키며 말했다.

"요과계정이라… 닭을 먹으려면 그것보다는 역시 삼계탕인데."

둘은 보따리 장수 하던 시절 산동 반도를 갔다가 그곳에 거래하러 오는 해동 상인들이 먹는 삼계탕을 맛보고서는 그 맛에 홀딱 반했었다. 그래서 둘은 그 조리법을 익혀와 틈틈이 삼계탕 요리를 해서 먹곤 했는데, 맹정우는 그 당시를 떠올리며 입맛을 다시는 것이었다.

삼계탕 얘기가 나오자 방구병도 군침을 흘리며 맞장구를 쳤다.

"그래, 그러고 보니 삼계탕 먹어본 지도 꽤 됐구나! 이렇게 몸이 으스스할 때는 그거 한 그릇 비우면 기운 펄펄 날 텐데……. 삼계탕을 마지막으로 먹어본 게… 가만있자, 작년 여름이 마지막이었구나. 참 오래도 되었군."

그 말을 듣던 맹정우는 뭔가 이상하다는 생각이 들었다.

삼계탕은 방구병이 잘 끓였기 때문에 방구병이 요리를 하면 보통 둘이 먹을 양을 만들어서 같이 먹곤 했다. 그런데 작년 여름이라면 그가 섬서영웅으로 발탁되어 강호출도를 하던 시기였는데, 곰곰이 생각해봐도 그때 삼계탕을 먹은 기억이 없었다.

섬서 영웅대회가 열린 것이 초여름이었고 그 이후로는 강호를 주유하며 눈코 뜰 새 없이 바빴기 때문에 삼계탕 같은 것을 요리해 먹을 시간적 여유가 없었다. 그런데 방구병은 언제 그것을 먹었다는 것일까?

"너 나 빼놓고 혼자 삼계탕을 먹은 것이냐? 난 지난여름에 삼계탕 먹은 기억이 없는데?"

"응? 그랬나? 난 분명히 먹었는데……."

잠시 고개를 갸웃거리던 방구병은 생각이 떠오른 듯 머리를 탁 쳤다.

"맞아! 나 혼자 먹었어! 왜 그때 있잖아. 네가 섬서 영웅대회에 갔다가 섬서영웅으로 뽑힌 다음에 신시성까지 무림맹 요인들을 호위했을 즈음 말이야. 그 당시에 나는 북평표국 표행에 홀로 따라갔잖냐."

"그랬지. 표행에서 도적을 만나 우리 자본금을 홀랑 까먹기까지 했는데 내가 그걸 잊을 리가 있겠냐."

"쓸데없는 것까지 기억할 건 없고, 어쨌든 탈탈 털리고 서안에 돌아오니 네놈 만날 일이 걱정이 되더라고. 그래서 먹을 것으로 어떻게 무마해 볼까 하고 네가 좋아하는 삼계탕을 끓일 생각을 했지. 그래서 집에서 키우던 싱싱한 씨암탉 두 마리를 잡아가지고 네 녀석 집을 찾았지."

"그때는 이미 내가 산서성으로 갔을 땐데."

"그랬지. 그런데 나야 네가 섬서영웅이 되었으리라고는 꿈에도 몰랐으니 어디 갔는지를 알 수 없었지. 그래서 빈집에서 한참 네 녀석을 기다리다가 지쳐서 결국 가져간 닭 두 마리를 혼자 다 해먹고 말았다."

방구병은 그 당시 먹었던 삼계탕이 떠오르는 듯 입맛을 다셨다.

"보통 혼자 뭘 요리해서 먹으면 맛이 별로 없는데, 그 당시에는 삼을 잘 써서 그랬는지 몰라도 이때껏 먹었던 삼계탕 중에 정말 최고였어. 그렇게 맛있는 음식은 그 이후로 한 번도 먹지 못한 것 같아."

그의 말을 듣고 있던 맹정우가 의아한 표정으로 물었다.

"삼을 잘 써? 도둑한테 탈탈 털려 땡전 한 푼 없던 놈이 어떻게 좋은 삼을 구했단 말이냐?"

"아, 그거? 사실 돈이 없어서 삼계탕을 끓이기가 어려웠지. 그래서 그냥 집에서 가져간 암탉으로 닭죽이나 끓이려고 했었는데, 때마침 너네 집 부엌에 향기가 죽이는 삼이 하나 있더라고. 그래서 그걸 닭과 같이 끓였더니 그 맛이 정말 끝내주더라. 아, 물론 처음 끓일 때는 나 혼자 먹으려고 했던 것은 아니고, 네 녀석이 돌아오면 같이 먹으려고 그

삼을 썼던 거지. 산서성에 간 줄 몰랐으니 어두워지면 금방 돌아올 줄 알고……."

방구병의 말은 계속 이어지고 있었지만 맹정우의 귀에는 잘 들리지 않았다.

그는 뒷골이 서늘해지는 것을 느끼고 있었다. 설마 저놈이……!

맹정우는 갑자기 와락 방구병에게 달려들어 그의 멱살을 틀어잡았다.

방구병은 해연히 놀란 표정으로 말했다.

"왜, 왜 그래? 삼 혼자 먹은 것 때문에 화난 거야? 아까 말했듯이 난 너와 같이 먹으려고……."

"닥치고 내 말에 똑똑히 대답해라. 너… 너… 그 삼 설마 부엌 찬장 뒤쪽에서 꺼낸 거냐?"

방구병은 당시를 떠올리려는 듯 미간을 찌푸리며 생각에 잠겼다. 그리고는 말했다.

"으응… 그러고 보니 그랬던 것 같네. 맞아, 조리기구를 꺼내려고 찬장을 뒤지다 보니 좋은 냄새가 솔솔 풍겨오기에 찬장 안쪽을 뒤졌었어. 안 쓰는 접시 뒤쪽 잘 안 보이는 곳에 뭔가 두툼한 게 포장에 잘 싸여 있는데, 그윽한 향기가 풍겨 나오더라고. 대체 뭔가 하고 꺼내보니 큼지막한 인삼이 하나 굴러 나오더군. 마침 삼도 없던 차에 잘되었다 싶어 얼른 삼계탕 끓이는 데 넣었던 거지 뭐."

방구병의 멱살을 틀어쥔 맹정우의 두 손이 부들부들 떨리기 시작했다.

"그래서, 그래서 그 삼을 다 처먹었다는 거냐?"

"네가 안 돌아오니 어떡하냐. 아까운 요리 식기 전에 나 혼자 다 먹어치웠지. 식으면 맛없잖아. 확실히 양이 많긴 했지만 워낙 이 몸의 솜씨가 좋고 또 재료가 좋다 보니 아주 술술 넘어가더라고."

맹정우는 머리가 어지러워지는 것을 느끼고는 잠시 비틀거렸다.

"네놈이… 네놈이 인형설삼을……!"

그제야 방구병의 무공에 대한 의혹이 모두 풀렸다. 단지보를 시전할 최소 조건인 십 년의 내공, 그것을 그가 갖추고 있었던 이유가 밝혀진 것이다. 맹정우가 섬서 영웅대회의 우승 상품으로 대환단과 함께 받았던 오백 년 묵은 인형설삼, 행여 가지고 다니다가 잃어버릴까 봐 집 안 깊숙이 숨겨뒀던 것을 그가 인삼인 줄 알고 삼계탕에 넣어 처먹었기 때문이었다!

맹정우는 가슴 깊숙한 곳에서 뭔가 뜨거운 것이 치밀어 오르는 것을 느꼈다.

"왜, 왜 그래? 인삼이 그렇게 아까워? 여기서 나가면 같은 크기로 내가 하나 사줄게……."

분위기가 심상치 않음을 감지한 방구병의 목소리는 조금씩 작아지고 있었다. 맹정우의 물욕을 잘 아는 그였지만 인삼 하나 먹은 것 가지고 이렇게 화낼 줄은 전혀 예상 못했었다.

맹정우는 콧구멍으로 뜨거운 김을 내뿜었다. 기연 기연 타령하는 놈이 하도 불쌍하여 만상구금실까지 내준 터였다. 그런데 이제 보니 정작 자신이 고이 간직한 영약을 허락도 받지 않고 꿀떡 삼킨 놈이 아닌가!

이런 놈에게 뭐 하러 그 천고의 영약을 양보했을까 후회가 물밀듯이 밀려왔고, 한편으로는 주체할 수 없는 분노가 치밀어 올랐다.

맹정우는 잡은 멱살을 휙 뿌리쳐 그를 땅바닥에 패대기치며 외쳤다.

"이 식충이 새끼! 아까 먹었던 과실 다시 토해냇!"

"무, 무슨 소리야? 치사하게 삼 하나 먹은 것 같고 정말 이럴 거야?"

"인형설삼이 그냥 삼이냐? 그걸 나 몰래 처먹고도 내가 먹어야 할 과실까지 빼앗아 먹어? 당장 토해내지 못해?"

맹정우가 계속 방방 뛰며 지랄을 떨자 방구병도 화가 치미는 듯 목소리를 높였다.

"뜬금없이 인형설삼이라니, 무슨 헛소리를 하는 거야? 그리고 빼앗긴 뭘 빼앗냐, 네놈이 먹으라고 줘놓고는 왜 이제 와서 딴소린데? 이 조변석개하는 소인배 놈아!"

"뭐, 소인배? 이게 뚫린 입이라고……. 그래서 못 토하겠다 이거냐?"

"배 째, 자식아! 속에서 다 녹은 지 오래야!"

"오냐, 째라면 못 쩰 줄 아느냐."

맹정우는 갑자기 벌떡 일어서더니 허리춤에 차고 있던 팔성검을 뽑아 들었다.

방구병의 눈이 찻잔처럼 휘둥그레졌다.

"서… 설마 진짜 배를 쩨려고……?"

"너같이 배은망덕한 놈은 배를 갈라 창자를 끄집어내도 시원치 않을 것이다. 강호에 들어서서 생명을 구해준 것만 따져도 수차례는 될 텐데, 은인의 인형설삼을 꿀떡 삼킨 것도 모자라 영약까지 못 토해내겠다 이거지. 오냐, 내 친히 그 시커먼 속을 갈라 직접 과실을 꺼내겠다."

맹정우는 검을 꼬나 잡고 득달같이 달려들었다.

"안 돼, 이 미친 새끼야― 살려줘, 제발―"

방구병의 구슬픈 비명은 그 후로도 한참 동굴 통로를 메아리쳤다.

제12장

영웅은 최악의 상황에서

결정적 해법을 제시한다

둘은 우여곡절 끝에 무사히(?) 유적지로 귀환했다.

남해노조는 잔뜩 얻어터져 시퍼렇게 멍이 든 방구병의 얼굴을 보며 의아한 표정을 지었다.

"적각홍사한테 맞은 거냐?"

"아니오, 그게 아니고 웬 미친개한테……."

순간 옆에 있던 맹정우가 미친개의 눈빛으로 째려보자 방구병은 깨갱 하며 입을 다물었다.

다시는 통로에서 있었던 참극을 재연하고 싶지 않은 것이 그의 심정이었다. 다행히도 배가 갈리는 대형 사고는 면했으나, 돌아오는 길 내내 맹정우가 분이 치밀어 오를 때마다 수시로 그를 팼기 때문에 몸 전체가 성한 곳이 한 군데도 없었다.

남해노조는 맹정우에게 물었다.

"살아 돌아온 것을 보아하니 놈을 잡은 모양인데, 내단은 가져왔나?"

맹정우는 고개를 저었다.

"적각홍사는 없었소. 대신 시퍼런 뱀 하나가 있었을 뿐이지. 물론 그놈도 뿔이 나 있었고, 배를 갈라보니 내단도 가지고 있었지만."

"뭐라?"

항시 표정 변화가 없던 남해노조였지만 맹정우의 말에 크게 놀란 얼굴이 되었다.

"무슨 소리냐, 그게. 제대로 말해 봐라."

맹정우는 가져온 내단을 그에게 내밀었다. 어린아이 주먹만한 내단은 시퍼런 빛을 발하고 있었다.

"붉은 뱀은 없었소. 영감이 가르쳐 준 장소에 가보니 분명 뱀이 있긴 있었지. 머리에 뿔도 나 있고, 무지막지하게 크더군. 거기까지는 영감이 해준 설명과 흡사했는데, 문제는 놈의 몸 색깔이 붉은빛과는 전혀 거리가 먼 새파란 색깔이었다는 것이지. 게다가 영감이 준 미끼도 하등의 효과가 없었소. 흙과 재를 뿌렸더니 좋아하기는커녕 미친 듯이 날뛰더군."

맹정우의 말을 듣던 남해노조는 믿을 수 없다는 듯 중얼거렸다.

"그럴 리가……. 네놈들, 정말 노부가 시킨 대로 제대로 간 것이 맞느냐? 엉뚱한 곳으로 갔던 게 아니고?"

"한참 걸리긴 했지만 그리 복잡한 길도 아니고, 더구나 우리가 한번 지나쳐 왔던 길인데 헷갈릴 게 무에 있겠소. 동굴도 근처에는 그거 하나뿐이던데."

남해노조는 맹정우에게 받아 든 내단을 물끄러미 쳐다보며 한동안 말이 없었다.

한참을 그러고 있던 남해노조는 갑자기 소리를 버럭 지르며 내단을 던져 버렸다.

"염병할!'

날아간 내단은 벽에 맞고 으깨져 버렸다.

맹정우와 방구병은 그의 돌발적인 행동에 깜짝 놀라고 말았다.

방구병이 주저앉아 있는 그에게로 다급히 다가갔다.

"사… 사부님, 고정하십시오. 왜 그러십니까, 대체?"

남해노조는 체념한 듯한 어투로 대꾸했다.

"멍청아, 사부고 나발이고 다 끝났다. 노부의 착각으로 인해 여길 나갈 모든 희망이 없어져 버렸어. 놈이 적각홍사가 아니고 저 내단이 샛 노란색이 아닌 한 노부의 무공을 되살릴 방법이 없는 것이다."

절박한 상황이라는 말에 맹정우와 방구병의 표정도 크게 어두워졌다.

"반드시 사부님께서 무공을 회복해야 하나요? 나갈 다른 방도가 없을까요? 여기 정우란 놈이 꽤 무공이 뛰어나고 하니……."

"노부가 오 년 동안 근방을 이 잡듯이 뒤지고 다녔지만 금석진 말고는 여기서 빠져나갈 어떤 구멍도 없었다. 금석진을 저 녀석이 혼자 부순다는 것은 지금 무공 수위의 몇 곱절이 된다 해도 어림없는 일이다. 노부의 무공이 회복되지 않는 한 우리는 결코 여기서 빠져나갈 수가 없고, 위지관천 놈에게 복수할 수도 없다."

가만히 듣고만 있던 맹정우가 물었다.

"궁금한 게 하나 있는데, 그럼 우리가 잡은 그 뱀은 대체 뭐지? 그리고 왜 영감은 그놈을 적각홍사랑 착각한 거요?"

맹정우의 질문을 듣고 잠시 말이 없던 남해노조는 천천히 입을 열었다.

"놈은 틀림없이 태음선요망(太陰線妖蟒)이란 놈일 게다. 적각홍사랑 완전히 상극인 놈이지. 양기를 가득 품고 있는 적각홍사와는 달리 음기로 똘똘 뭉쳐져 있다고 해도 과언이 아닌 놈이다. 극과 극은 통한다는 말이 있듯이, 음과 양 한쪽으로 지나치게 치우친 기운을 갖고 있다 보니 둘의 생김새는 상당히 비슷하다고 책에서 읽었던 기억이 있다."

"생김새는 비슷할지 몰라도 색깔이 전혀 다르잖소."

맹정우의 지적에 남해노조는 잠시 겸연쩍은 표정을 지었다.

"그게 사실은… 노부가 색맹이라서…… 적색과 푸른색을 잘 구별하지 못한다. 놈을 목격할 당시, 어두운 장소에서 워낙 멀리 있는 놈을 보다 보니 색깔을 구분하기가 어려웠다. 게다가 노부는 익힌 무공 탓에 평소 적각홍사를 잡아 그 내단을 얻는 게 소원이었던지라… 놈을 보자마자 태음선요망은 생각도 하지 않고 적각홍사라고 믿어버린 거지 뭐."

남해노조의 변명을 듣던 둘은 입을 딱 벌리고 말았다.

천하제일고수가 색맹이었다니! 중대한 착각의 원인치고는 너무도 어처구니가 없는 이유였다.

어이없어하던 맹정우는 문득 떠오른 듯 물었다.

"그럼 구병이가 먹은 과실도 만상구금실이 아니겠군?"

"그 과실이 만상구금실일 수도 있고, 아닐 수도 있다. 사실 노부는 영약 영물 쪽의 공부가 그리 능통한 편이 아니다. 그저 노부의 무공에 가장 도움이 될 수 있는 영물인 적각홍사에 관심이 많았던 것뿐. 다만 태음선요망 역시 적각홍사처럼 한쪽으로 기운이 심히 치우쳐 있고, 그런 영수들이 가까이 하는 영약이란 것은 음양오행의 조화가 매우 뛰어난 약재란 것까지만 알고 있을 뿐이다. 가만, 그런데 누가 먹었다고? 네가 먹은 것이 아닌가?"

남해노조가 의아한 표정으로 반문하자 맹정우는 방구병을 가리켰다.

"그게 사정이 좀 생겨서… 나 대신 저놈이 먹었수다."

방구병은 겸연쩍은 웃음을 흘리며 말했다.

"헤헤헤, 제가 그 과실을 먹었습니다. 좀 문제가 있는 행동이었지만 어차피 상황이 다 뒤틀려 버렸으니 큰 문제는 없겠죠?"

남해노조는 혀를 차며 말했다.

"노부의 말을 귓전으로 흘려듣다니, 간이 보통 부은 놈들이 아니로군. 저놈이 그걸 먹지 않았으니 노부가 내공을 되찾았어도 어차피 나가기가 어려웠겠군. 아주 잘했다, 잘했어."

남해노조의 비꼬는 투에 겸연쩍은 표정을 짓던 방구병이 갑자기 두 손을 짝 마주쳤다.

"맞아! 그러면 되지 않습니까! 두 사람의 고수가 있어야 금석진을 부술 수 있다면, 제가 사부님의 역할을 맡으면 어떨까요?"

옆에서 그 말을 듣고 있던 맹정우는 피식 웃었다. 방구병은 갑자기 생각난 듯이 말하고 있었지만 여기 오는 내내 그 생각만 하고 있었을 게 틀림없었다. 영약을 먹었으니 이제 고수에게 무공을 배울 차례인 것이다.

남해노조는 코웃음을 치며 말했다.

"네가 먹은 과실은 내가고수가 먹어야만 그 효능이 완벽하게 발휘될 수 있는 영약이다. 너같이 부실한 놈이 먹으면 좋은 보약 정노가 되어 무병장수는 하겠지. 그 이상은 아무것도 기대하지 마라."

냉정한 대꾸에 방구병은 울상을 하며 외쳤다.

"그게 무슨 청천벽력 같은 말씀입니까. 부디 저를 도와주시어 영약이 효험을 발휘할 수 있게 해주십시오!"

"일없다. 네놈이 그 정도 수준의 영약을 한두 개쯤 더 먹어 약의 힘으로 임독양맥을 타통할 정도가 되면 모를까, 그거 하나 가지고는 어림도 없다."

옆에서 그 말을 듣고 있던 맹정우가 끼어들었다.

"영약을 더 먹으면 되오? 사실 이 녀석이 그 과실 말고도 다른 영약을 먹은 게 있긴 한데……."

"뭘 또 먹었다는 거냐?"

"오백 년 묵은 인형설삼."

남해노조는 어처구니없다는 듯 실소를 흘렸다.

"네놈들은 노부를 자주 웃게 만드는 재주가 있구나. 노부가 백 년 넘게 살아오면서 오백 년 묵은 인형설삼이 있다는 얘기는 처음 들어본다. 삼이 대지의 정기를 받아 사람의 형상을 이루기까지 걸리는 시간은 최소 천 년은 넘어야 한다. 그런데 고작 오백 년짜리가 인형설삼이라고?"

남해노조의 반문에 맹정우는 뒷머리를 긁적이며 대꾸했다.

"섬서백가보의 백처단이 준 건데? 갑부로 유명한 자가 설마 사기를 쳤을까?"

"아마 그놈도 모르고 사기꾼한테 당한 거겠지. 오백 년 묵은 설삼이 사람 형상을 닮았다면 그건 그저 태어났을 때부터 우연히 사람 비스무레하게 나온 삼이 오백 년 묵은 것일 뿐, 진정한 의미의 인형설삼과는 거리가 먼 것이다. 따라서 무공 증진이니 뭐니 하는 것은 애당초부터 기대를 않는 게 좋지."

맹정우는 황당한 표정을 지으며 말했다.

"뭐야, 그럼 결국 설삼도 헛거요, 과실도 헛거라는 거야?"

옆에서 멍한 표정으로 그 말을 듣고 있던 방구병은 처절한 좌절감에 빠져들었다. 영약을 두 개나 섭취하고 초절정고수가 될 꿈에 한껏 부풀어 있던 차였는데, 남해노조의 얘기를 듣고 있자니 먹은 영약들이 전혀 쓸모가 없다는 말이 아닌가.

"말도 안 돼⋯⋯. 이럴 수는 없는 거야⋯⋯. 거짓말⋯ 거짓마알!"

털썩 주저앉아 실성한 듯 하늘을 향해 두 팔 벌리고 절규하는 방구병을 보며 맹정우는 우습기도 하고 딱하기도 하다는 생각이 들었다.

맹정우는 구석으로 가서 아까 전에 남해노조가 던져 버린 태음선요망의 내단을 집어 들었다. 반쯤 으깨져 있었지만 분해된 것은 아니어서 온전히 챙길 수가 있었다.

그는 그것을 남해노조에게 가져가서 물어보았다.

"그런데 이건 쓸모가 전혀 없는 거요? 저놈한테 먹이면 조금 도움이 되지 않을까?"

남해노조는 심드렁한 표정으로 고개를 저었다.

"이건 순음지체에 가까운 물질이라 특수한 무공을 갖추지 않으면 아무 효과도 없고 함부로 섭취하면 부작용만 생기는 골칫덩어리야. 노부와는 반대로 음유함이 바탕이 된 정심한 무공을 익히고 있다면 대단히 도움이 되겠지만, 현재 강호에는 그런 종류의 고명한 무공이 존재하질 않는다. 양강 위주의 상승무공은 정종문파에서 심심치 않게 볼 수 있지만, 음유한 성질의 무공을 익히는 놈들은 모두 잡스러운 사파 놈들뿐이어서 그런 부류에서는 결코 상승무공이 나오질 않지. 저놈이 혹여 예전 마교의 아수라파천신공이라도 익히지 않고 있는 한에는 그 물건은 결코 도움이 될 수 없다. 너나 노부한테도 마찬가지이고. 그러니 미련 갖지 말고 얼른 갖다 버려라."

시키는 대로 하려고 몸을 돌리던 맹정우는 왠지 모를 미진함이 느껴져 발걸음을 멈췄다. 어디서 자주 듣던 단어가 남해노조의 입에서 나왔기 때문이다.

"저… 방금 뭐라고 했죠?"

"뭘 뭐라고 해. 갖다 버리라고 했잖아."

"아니, 그거 말고. 그전에 한 말. 저 녀석이 뭘 익히지 않는 한에는 쓸모가 없다고 했지 않소."

"마교의 아수라파천신공 말이냐? 백 년 전에 실전된 무공이지. 일신교(日神敎)가 교령이 좀 사이한 면이 있어서 마교로 몰리긴 했지만 무공 방면으로는 대단한 성취를 자랑하는 단체였다. 특히 아수라파천신공은 그 광오한 이름값을 하는 엄청난 신공이었지."

"저기… 그거 혹시 방바닥에 누워서 와공 수련을 주로 하는 무공 아니오?"

"응? 그걸 네가 어떻게 알았냐? 음기를 받는답시고 찬 바닥에서 자주 수련하는 바람에 석년의 마교고수 중에 입 돌아간 놈이 꽤 있었다고 하더군."

제13장

영웅은 가능성있는 동료를

물심양면으로 지원한다

영웅은 가능성있는 동료를
물심양면으로 지원했다

작은 등불의 희미한 빛만이 아른거리는 어두컴컴한 석실, 두 명의 청년과 한 명의 노인이 좌정하고 앉아 있었다.

세 명은 일정한 간격을 두고 앞뒤로 앉아 있었는데, 뒤의 두 사람은 각각의 앞 사람 등에 양손을 대고 있었다.

앞의 두 청년은 방구병과 맹정우, 맨 뒤의 노인은 남해노조였다.

방구병이 익혔던 아수라파천신공은 남해노조의 감정 결과 진공임이 확인되었다.

백 년 전 실전되었던 마교의 최고절기를 방구병이 고서점에서 우연히 발견하여 육 개월 동안 익혔다는 믿을 수 없는 얘기를 들은 남해노조는 어처구니없는 듯 입을 딱 벌렸고, 맹정우는 허구한 날 그에게만 기연이 쏠린다고 투덜대던 방구병이 알고 보니 천하에 다시없는 기연은 다 가지고 있었던 것을 알고는 왠지 억울하다는 느낌이 들었다.

방구병은 자신도 모르는 채로 마교의 최고절기를 육 개월 동안 익혔었다는 것을 알고는 미친 듯이 기뻐했고, 또한 고작 육 개월만 하고 때려치웠던 것을 땅을 치고 후회했다.

어쨌거나 남해노조는 즉시 후속 조치에 들어갔다. 그는 두 명을 연공실로 이끌었고, 곧바로 과실과 내단을 방구병에게 섭취시키는 작업을 시작했다.

일렬로 앉은 세 명의 맨 앞에 앉은 방구병은 잠을 자는 듯이 눈을 꼭 감은 채 미약한 숨만을 쉬고 있었다. 그는 두 시진 전부터 아수라파천신공을 운행하고 있었는데, 집중이 잘 안 되어 남해노조에게 호되게 꾸지람을 듣고 난 후에야 정신을 차린 듯 운공에 집중하고 있었다.

그 뒤 맹정우는 눈을 뜬 채로 방구병의 등에 손을 대고 있었다.

맨 뒤의 남해노조 역시 맹정우의 등에 손을 댄 채 그의 귀에다가 끊임없이 속삭이고 있었다.

"꼬마의 내기가 주천하는 경로를 계속 따라가라. 아수라파천신공 같은 상승의 무공은 몸속에서 한 번 제 길을 찾기만 하면 어느 수준까지는 큰 고비 없이 빠른 공력진전을 가능케 한다. 우선 몸 안에 내재된 과실의 기운을 빌어 임독양맥을 타통하여 신공의 흐름이 완전해지게 만든다. 그리고 나서 내단을 이용하여 꼬마의 내공을 단번에 절정으로 끌어올리는 것이다."

맹정우는 두 손으로 끊임없이 자신의 공력을 방구병에게로 주입시키고 있었다. 그의 정심한 공력이 등을 통해 단전으로 들어오면 방구병은 아수라파천신공의 구결을 따라 들어온 내공을 몸 안에 일 주천시켜 다시 맹정우에게로 보낸다. 이 순환 과정을 반복하면 현재 방구병의 몸속에 정체되어 있는 과실의 기운이 세차게 흐르는 경력을 따라

서서히 몸 안을 돌며 굳어진 경혈을 풀기 시작하여 점차 그 공능을 발휘하게 된다. 이러한 과정이 반복되면서 천고의 영약인 과실의 기운을 최대한으로 펼쳐 내면 강력한 내공을 얻을 수 있는 터전을 마련하게 된다.

이러한 과정은 공력을 주입받는 사람보다는 공력을 주입하고 조종하는 사람의 역할이 더욱 중요한데, 맹정우는 내공공부가 일천하여 몹시 어려움을 느끼고 있었다. 그나마 노련한 남해노조가 뒤에 앉아서 말과 행동으로 그를 지원하는 덕에 근근이 버티고 있는 것이었다.

아수라파천신공이 서서히 제 길을 찾으면서 영약의 기운이 차츰 증대되기 시작했다.

"지금이 가장 중요하다. 최대한 정신을 집중하라. 단 한 번의 실수가 셋 모두를 위험하게 할 수 있다!"

남해노조의 나직한 호령을 들으며 맹정우는 잡념을 털어내며 정신을 집중했다. 방구병의 몸속에서 풀려 나오는 과실의 강한 기운이 그의 몸속 사지백해에 퍼지며 맹정우에게까지 영향을 미치기 시작했다.

"다가오는 기운에 맞서려 하지 마라. 오는 기운이 있다면 내치려 하지 말고 부드럽게 받아들여라. 한 손으로 받아들인 기운은 다시 반대편 손으로 내보내어 끊임없이 순환을 시켜라."

맹정우는 남해노조가 시키는 대로 다가오는 기운을 몸속에 들였다가 자연스럽게 방구병에게 흘려보냈다. 이 과정을 반복하다 보니 맹정우에게로 전해져 오는 기운뿐 아니라 방구병의 체내로 퍼지는 기운까지 그를 거쳐 가며 마치 한 명이 아닌 두 명의 몸으로 기를 일 주천시키는 듯한 현상이 일어나기 시작했다.

"아주 이상적인 움직임이다. 영약의 기운이 시나쳐 몸의 소화가 깨지기 쉬운 꼬마의 부담을 네가 덜어주고 있는 것이다. 둘의 기의 흐름이 완전히 일치한다면 꼬마의 임독양맥을 능히 타통할 수 있고, 네게도 큰 도움이 될 것이다."

남해노조는 맹정우의 등에서 손을 떼고 옆쪽으로 나와서 그와 방구병의 중간에 앉았다. 그리고는 한 손을 방구병의 단전에 대고, 다른 한 손은 맹정우의 오른손을 맞잡았다.

"지금부터는 꼬마의 아수라파천신공의 흐름에 맞추려 하지 말고 네가 익힌 내공의 흐름으로 자연스럽게 들어가라. 꼬마의 기를 받으면 네 흐름으로 몸에서 일 주천을 시킨 후 노부에게 보내라. 노부가 중간에서 조종자 역할을 할 것이다."

맹정우는 남해노조가 시키는 대로 했다. 방구병에게서 전해져 오는 들끓는 영약의 기운을 단전에 갈무리했다가 정해진 심결에 따라 일 주천을 시켜 남해노조에게로 보냈다. 이 과정이 끊임없이 이어졌고, 맹정우는 차츰 단전의 내공이 충만해지며 정신이 고양되는 것이 느껴졌다.

용솟음치던 영약의 기운이 점차 부드럽게 몸 안으로 들어오기 시작했다. 세 명의 내공의 흐름이 균일해지며 단전의 내공은 더욱 충만해졌고, 한껏 고양되었던 정신은 서서히 차분하게 가라앉았다. 맹정우는 내공의 흐름에 온 정신을 맡긴 채 무념무상의 상태로 빠져들었다.

반개하고 있던 맹정우의 눈에 너무도 환한, 그러나 눈을 시리게 하지 않는 빛이 가득 들어왔다.

눈 안 가득 들어찼던 빛이 서서히 사라지면서 웬 손 하나가 모습을 드러냈다. 주름이 가득한 손은 그의 머리를 덮고 있었는데, 손이 굉장히 크다는 느낌이 들었다.

'아니, 손이 큰 게 아니고 내 머리가 작군. 또 아기 때의 기억인가?'

예전에 탕평촌 대홍산의 동굴에서 잠시 겪었던 체험과 유사한 느낌이었다. 당시 검광만암천의 심결을 익히다가 우연히 빠져 들어간 환상 같던 체험이 또다시 일어나고 있었다.

머리를 덮고 있던 주름 잡힌 손이 치워졌다. 손의 임자는 바로 침술사 왕 노인이었다.

'가만, 예전의 환상에서도 이와 비슷한 장면이 있었는데. 왕 노인이 손을 덮으면서 잠에서 깨어났었잖아. 그럼 이게 그 연장선상인가?'

그가 생각에 잠긴 사이, 왕 노인의 목소리가 들려왔다.

"이제 되었네. 자하공의 상원심결로 아이의 뇌리 깊숙이 심공의 경로가 새겨졌네. 이제 이 아이가 커가면서 무의식적으로 그 경로를 따라 호흡을 하게 될 것이고, 그렇게 되면 자연스럽게 노도가 주입한 심공을 터득해 나갈 것이네."

사이비 침술사로 알고 있는 왕 노인이 범상치 않아 보이는 초로의 도인에게 사조 소리를 듣는 것 하며, 또한 무슨 대단한 술법을 자신에게 펼친 듯이 말하고 있는 것이 맹정우는 무척 신기했다. 보아하니 노도인도 꽤 놀란 표정을 짓고 있었는데, 마치 '사조가 어떻게 그런 수법을 쓸 수 있을까' 하는 듯한 눈빛이었다.

"이 아이에게 전수한 것은 화산의 무공이 아니니 장문께서는 너무 우려할 것 없네."

"그렇습니까. 사조께서 화산의 것이 아닌 다른 고명한 무공을 익히고 계신 줄은 몰랐습니다."

왕 노인은 빙긋 웃었다.

"어떤 무공인지 알고 싶지 않은가?"

"솔직히 말씀드리자면 그것 말고도 궁금한 점이 한두 가지가 아닙니다. 사실 사손이 사십 년 가까이 사조를 뵈어왔습니다만, 자하신공을 익히고 계신지도 몰랐고, 그중에서도 최상승의 수법에 속하는 상원심결까지 터득하고 계신 것이 죄송스러운 말씀이오나 믿어지지가 않습니다. 물론 사조의 높은 도력은 평소에도 흠모해 마지않았습니다만 무공쪽으로는 도통 관심을 보이지 않으시는 걸로 알고 있었는데……."

"장문의 말이 맞네. 노도는 젊었을 적부터 본산의 무공 수련에는 발을 끊고 공부에만 매진했네. 그런데 산으로 올라가는 길은 여러 갈래라도 어느 길이든 계속 올라가다 보면 결국 정상에 도착하는 것은 다 마찬가지더군. 만류귀종이라고도 하는데, 하물며 화산의 공부일진대 도술 따로 무공 따로 성취가 다르겠나? 자하신공의 경우도 도술 공부에 매진하다 보니 만년에 이르러 자연스럽게 터득하게 된 것일세. 그리고 한 가지 더, 이 아이에게 전수한 무공에 대해 말하자면, 사실 노도가 본산의 무공에 발을 끊은 이유가 이 무공과 관련이 있네."

"……?"

"설명해 주지. 노도는 스무 살 무렵 조양봉 깊숙한 숲 속에서 우연히 시체 한 구를 발견했다네. 큰 상처를 입고 사망한 무림인인 듯 보였네. 본산의 깊숙한 곳에서 무림인의 시체가 있다는 것이 의아하기도 했지만 무엇보다도 신기했던 것은 그 사람의 모습이었네. 좌정한 채로 죽어 있었는데, 몸에 난 상처가 심상치 않더군. 죽는 순간 대단히 고통스러웠을 것 같은 큰 상처였는데, 그 사람의 얼굴에는 한 점 고통의 빛이 없었네. 너무나도 편안한, 마치 득도를 하고 승천한 신선 같은 얼굴이었지. 게다가 그 근처는 산짐승들이 자주 다니는 길이고 시체가 오래된 듯 보임에도 짐승이 해한 자국 같은 것은 전혀 없더군. 몸이 자연과 동화되었을 때에야 가능한 현상이었기에 노도는 절로 공경하는 마음이 생겨 공손히 읍을 하고 말았지. 그런데 읍을 하려 고개를 숙여보니 시체의 발 앞에 글자가 새겨져 있는 것이 보였네. 글의 내용은 이곳을 지나가다 자신을 발견하는 연자는 어떤 동굴로 자신을 데려가 달라는 거였어. 동굴의 위치를 설명한 것을 보니 그 장소에서 그리 멀지 않았기에 시체를 들어 그곳으로 옮겼네. 그곳에는 사람이 살았음직한 흔적이 있었고, 편지가 한 장 놓여 있더군. 그 편지에는 경천동지할 만한 이야기가 써 있었네. 화산이 발칵 뒤집히고도 남을 만한."

화산이 뒤집힐 이야기라는 말에 도인은 눈을 반짝였다.

"무슨 이야기가 써 있었기에?"

왕 노인은 싱긋 웃으며 고개를 저었다.

"이미 지나간 일이고 다 끝난 일일세. 백 년 전의 소동을 지금 신경 쓸 필요는 없네."

왕 노인은 더 이상 말 안 할 듯 입을 다물었지만 도인은 뭔가를 생각하는 듯하더니 다시 입을 열었다.

"화산이 뒤집힐 일이라면, 혹시 청양 사조의 실종을 말하시는 것 아닙니까?"

"그렇게 오래된 일도 알고 있나? 자네가 본산에 입문하기 오십 년도 전의 이야기일 텐데."

"장문 자리에 오르면 본산의 대소사는 자연스레 다 알게 되기 마련이지요. 설사 백 년 선 일이라 해도. 청양 사조는 밖으로 알려지진 않았지만 화산 내에서는 가히 신화경의 경지에 오른 초고수로 인정받은 분이 아니셨는지요? 그분이 한창 활동할 시기에 갑자기 실종되는 바람에 본산이 한동안 휘청거렸다는 이야기를 들은 기억이 있습니다만."

청양이란 이름은 맹정우도 들어본 기억이 있었다.

'청양, 청양이라……. 혈패왕이 유일하게 패했다는 화산파의 도사 이름 아냐? 그래서 혈패왕이 화산의 동굴에 갇혀서 십 년간 수련하여 보석의 무공을 집대성했었지? 그런데 아까부터 본산이 어쩌고 청양 사조가 어쩌고 하는 것을 보니 저 장문인이라 불리는 노도인이 화산파의 장문인인가? 그럼 왕 노인도 화산파의 도인이고 등 뒤의 내 아버지로 추정되는 남자도 화산파?'

청양이라는 이름을 듣자 왕 노인은 복잡 미묘한 표정이 되었다.

"그래, 청양 사숙의 실종까지 알고 있다면 좀 더 이야기해 줘도 되겠군. 사실 그 남자는 청양 사숙의 실종과 관련이 깊은 자였네. 그는 어느 장소로 가서 큰 싸움을 벌이기 직전에 그 쪽지를 썼네. 그는 이미 천기의 흐름에 어느 정도 통달했었기에 자신의 운명을 알아차리고 있었지. 싸움의 결과가 죽음이라는 것을 알고 있었으나 스스로가 책임져야 할 일이었기에 뛰어들었던 게야. 어쨌든 그 쪽지에는 죽은 이후에 자신을 발견하고 이곳으로 데려올 연자, 바로 나에게 하는 당부가 써 있었네. 나는 쪽지를 읽고 난 후 그 남자가 크게 다친 장소가 청양 사숙이 실종되기 직전에 있었던 장소라는 것을 확인하고는 그 장소로 가 봤지. 그 장소는 폐허가 되어 있더군. 노도는 그 남자의 의도가 성공했다는 것을 확인할 수 있었네."

"그렇다면 그 남자와 청양 사조가 함께 어떤 자들과 싸웠단 말이신지요?"

"거기까지 얘기하기는 곤란하네. 노도는 그 남자와 청양 사숙의 사연을 타인에게 일절 말하지 않기로 마음을 먹었으니까 말일세. 이 아이에게 준 무공을 설명하다 보니 조금 말이 나온 것이네만 그 이야기는 거기까지만 해두세. 어쨌거나 그 사건의 결과가 결코 나쁘지 않았다는 것만 알아두면 되네."

왕 노인은 더 이상 말하기가 곤란한 듯 재빨리 화제를 바꾸었다.

"자, 예전에 죽은 사람들 이야기는 그만 하고 무공 얘기를 계속하지. 어쨌거나 그 남자가 남긴 쪽지의 마지막에는 한 가지 당부가 쓰여 있었네. 자신의 돌봐서 여기까지 다시 오게 해준 수고의 대가로 자신의 검을 가져가라더군. 그의 검에는 그가 십 년간 그 장소에서 고련하여 만들어낸 무공의 정수가 담겨 있으니 그것을 수련해 보라는 당부였네. 나는 본산의 무공을 익히고 있었기에 무공에는 별 관심이 없었으나 그 사람의 사정을 알게 된 이후 그를 크게 존경하는 마음이 생겼기에 기꺼이 검을 갈무리했지. 그리고 본산으로 와서 한 반년쯤 지났을까? 한창 호기심이 왕성할 나이인지라 그 남자가 남긴 무공의 정수가 대체 어떤 것일까 궁금하여 견딜 수가 없더군. 결국 그 검을 꺼내서 쪽지에 적혀 있던 방법대로 검의 보석을 빼내어 그가 남긴 무공을 엿볼 수가 있었네. 당시 노도의 수준으로 네 개의 보석을 빼낼 수가 있었는데, 그 안에는 금나수법과 내공심법이 들어 있었네. 그것들을 보면서 노도는 충격을 금치 못했네. 그 남자의 무공이 뛰어나다는 것은 익히 알고 있었지만 그렇게 간결하고도 빼어난 무공이 있다는 것은 그전에는 상상할 수도 없었지. 노도는 놀라운 무공에 정신없이 심취했네. 사흘 밤낮을 꼬박 무공을 음미하다 보니 애써서 공부하고 손발을 놀리지 않아도 절로 무공이 익혀지더군."

왕 노인은 겸연쩍은 듯 쓴웃음을 지었다.

"정신없이 심취해 있다가 제정신을 차리고 보니 이거 큰일이다 싶더군. 본 파의 무공에 매진해도 모자랄 판에 사문의 허락도 받지 않고 남의 무공을 익혔으니 말일세. 겁이 더럭 나서 얼른 보석과 검을 집어 던지고 머리 속에 빨려든 무공을 잊고자 갖은 애를 다 썼지. 그러나 한번 제대로 인이 박힌 그 무공은 결코 뇌리에서 사라지지 않았고, 뇌리에 박힌 내공심법은 무의식 중에 노도의 몸 안에서 자연히 발현되었네. 그렇게 되다 보니 내공은 나날이 늘어갔고, 높아지는 공력에 비례하여 무공 실력도 쑥쑥 늘어갔지. 영문을 모르는 사부님과 사숙들은 실력이 일취월장한다며 칭찬을 했지만 난 너무도 죄스러워 그분들을 볼 낯이 없었다네. 결국 죄책감을 견디지 못한 나는 무공 수련을 포기하고 말았네. 그 뒤로는 도술 공부에만 전념했지."

"그럼 그 무공이 바로……."

"그래, 지금 이 아이의 뇌리에 전수한 무공이 바로 그걸세. 사실 그 남자는 세상적인 명성이 대단한 자였네. 그 남자의 이름을 알고는 무공이 지극히 패도적이리라 생각했건만, 실제로 익혀보니 본산의 무공 못지않게 현기 어린 무공이라서 참으로 감탄했었지. 그자는 화산의 오지에서 십 년간 수련하면서 진정한 무공의 이치를 깨우쳤던 게야. 노도는 사문에 매인 몸인지라 이 남자의 무공을 그냥 방치하고 말았지만 이대로 이 뛰어난 무공을 사장시키는 것이 많이 아쉽던 차였네. 이제 이승과 하직할 때가 가까워 오다 보니 어떻게든 누군가에게 이 무공을 전수하고 싶던 차에 마침 이 아이가 나타났고, 관상을 보니 이 무공과 연이 닿을 듯하이."

그때 침묵으로 일관하던 맹정우 등 뒤의 남자가 입을 열었다.

"태사조, 그럼 이 아이는 자라나면서 그 무공을 자연스레 익히게 되는 것입니까?"

"그렇다고 봐야겠지. 하나 단순히 몸으로 익힌 호흡법으로는 큰 내공 증진을 기대할 수 없다. 그저 잔병치레 없이 몸이 매우 건강하게 자라는 정도 일 게다. 이 아이가 이 무공의 정수를 받아들이려면 또 다른 인연이 있어야 하겠지."

왕 노인은 차고 있던 검을 끌러 남자에게 내밀었다.

"이 검을 이 아이에게 주어라. 바로 그 남자의 검이다. 빼냈던 보석까지 원래대로 장치해 놨으니 우연히 빼낼 수는 없고, 이 아이가 진정 연이 닿아야 그 무공을 견식할 수 있을 게다. 그 다음 일은 이 아이가 어떤 선택을 하느냐에 따라 달라지겠지."

맹정우는 자신의 머리 위로 건네지는 검을 바라보며 눈을 크게 떴다.

'팔성검이잖아!'

팔성검을 받아 든 남자는 왕 노인에게 거듭 감사를 표했다. 그리고 도인에게는 아이와 검을 서안의 친척 노인 내외에게 맡기고 오겠다고 했고, 도인은 고개를 끄덕여 허락했다.

"자, 가자, 정우야."

커다란 두 손이 맹정우를 번쩍 안아 올렸다. 맹정우는 남자의 얼굴을 보려 안간힘을 썼지만 고개는 잘 들려지지 않았고, 남자의 가슴에 안긴 터라 간신히 턱과 입까지만 볼 수 있었다. 짙은 수염에 굳게 다문 입, 은근히 그와 닮은 모양새였다.

남자는 낡은 객잔의 문을 열고 밖으로 나섰다. 밖은 칠흑같이 어두웠고, 북풍한설이 몰아치고 있었다.

남자는 맹정우를 안은 채 날듯이 뛰었다. 맹정우는 추위를 느끼며 서서히 잠이 오기 시작했다.

'자면 안 되는데……'

깨어 있으려 안간힘을 썼지만 결국 그는 잠이 들었고, 의식은 한없이 멀어져만 갔다.

꾸벅거리던 고개가 삐끗하는 것을 느낀 맹정우는 눈을 번쩍 떴다.

석실 안이었다.

그는 여전히 좌정한 상태였는데, 꾸벅꾸벅 졸다가 목을 삐끗한 모양, 목덜미가 얼얼했다.

"어라?"

눈앞에는 진풍경이 펼쳐지고 있었다. 방구병과 남해노조는 그에게서 조금 떨어져 있었는데, 방구병은 자세를 바꾸어 누워 있었다. 남해노조가 누워 있는 그의 맥문을 잡고 있었는데, 놀라운 것은 방구병의 몸은 땅에서 조금 떨어져 공중에 떠 있는 듯했다. 그리고 그의 몸에서는 옅은 푸른 기가 발산되고 있었다.

옅은 푸른 빛이 조금씩 짙어지며 방구병의 신형도 조금씩 위로 떠올랐다.

남해노조는 방구병이 공중으로 계속 떠오르자 맥문을 잡고 있던 손을 놓고는 그를 향해 입을 달싹였다. 아마도 방구병에게 전음을 넣고 있는 듯했는데, 방구병은 눈을 꼭 감고 의식이 없는 듯이 보였다.

바닥 위 한 자 높이까지 떠오른 방구병을 응시하던 남해노조가 문득 고개를 돌려 맹정우를 보았다.

"깨어났냐?"

"저게 무슨 일입니까? 쟤가 지금 뭐 하는 거죠?"

이즈음 남해노조를 대하는 맹정우의 말투는 많이 공손해져 있었다. 처음에는 남해노조의 정체를 의심했기에 언사가 매우 날카로웠지만 지금은 그에게 전적으로 의지하여 방구병의 내공을 다스리고 있는 형편이기에 어느 정도 존중을 해주고 있었다.

"태음선요망의 내단을 섭취한 효과가 나타나기 시작했다."

"그걸 벌써 먹였습니까?"

"벌써는 무슨……. 네놈이 의식을 잃은 지 꼬박 이틀이 지났다."

"예에? 정말요?"

"노부가 네놈에게 뭐 하러 거짓말을 하겠냐? 어쨌거나 네놈은 꽤 괜찮은 무공을 익히고 있더구나. 의식을 잃은 상태에서도 내공 순환이 아주 기가 막히게 잘되더군. 그 덕택에 어제저녁쯤 놈의 몸에 들어간 과실이 모두 용해되었다. 그리고 임독양맥이 상당 부분 뚫리자 곧바로 내단을 집어넣었지. 처음에 내단의 한기를 견디지 못한 꼬마가 얼어 죽을 지경까지도 이르렀었지만 이제는 어느 정도 안정을 찾아서 아수라파천신공이 내단의 한기를 제어하는 수준에 이르렀다. 몸이 떠오르는 것을 보니 아마도 곧……."

그 순간, 한 자 반 높이까지 떠오른 방구병의 몸에서 눈부신 푸른 빛이 새어 나오기 시작했다.

쩍! 쩌적— 쩍!

갑자기 방구병의 옷이 쫙쫙 갈라지더니 누더기가 되어 사방으로 튀어나가기 시작했다.

맹정우가 놀라서 외쳤다.

"어떻게 된 겁니까?"

"걱정할 것 없다. 이제 시작되는 모양이로군."

방구병이 입고 있던 옷이 수십 갈래로 갈라지며 바닥으로 흩어져 내리자 방구병은 삽시간에 알몸이 되고 말았다. 그런데 갈라지는 것은 옷뿐이 아니었다. 벌거벗은 그의 피부, 푸른 기가 감돌고 있는 그의 생살까지 가물어 갈라진 논바닥처럼 쫙쫙 갈라지고 있었다.

"대체 무슨 일이 벌어지고 있는 거지?"

맹정우는 어리둥절하여 중얼거렸다.

이윽고 방구병의 몸에서 발생하는 푸른 빛이 더욱 환해지며 사방으로 뻗어나갔고, 조각조각난 겉 피부는 뻗어나가는 기운에 실려 몸에서 떨어져 나왔다.

"내단이 꼬마의 몸을 돌고 있는 아수라파천신공과 완전히 융화되기 시작한 것이다. 극음에 가까운 태음선요망의 내단이 아수라파천신공과 잘 맞으리라고는 예상했지만 노부도 저 정도일 줄은 몰랐다. 환골탈태(換骨脫胎)가 이렇게 삽시간에 일어날 줄이야."

"환골탈태요?"

"그래, 모든 무림인들의 꿈인 경지이지. 내단과 신공이 완벽하게 조화되며 각자의 능력 이상의 위력을 발휘하고 있는 것이다. 이제 저놈은 무공을 익히기 가장 좋은 신체로 거듭나게 될 것이다."

방구병은 발끝에서 머리끝까지 몽땅 허물이 벗겨졌고, 뼈가 다시 자라기라도 하는 듯 온몸이 경련을 일으켰다.

겉 피부가 벗겨진 온몸은 서서히 푸른 기가 가시면서 백옥 같은 피부로 탈바꿈하기 시작했다.

흉하게 얽은 자국이 있던 그의 얼굴 역시 샅샅이 벗겨지며 비단처럼 매끄럽게 변했고, 어릴 적에 맹정우랑 놀다가 잘못 넘어진 후 살짝 삐뚤어진 코도 뼈가 쑥쑥 새롭게 자라며 정상 위치로 돌아왔다.

서서히 푸른 기가 감소하며 공중으로 솟아올랐던 방구병의 신형이 바닥으로 가라앉았다.

시간이 흘러 그의 신형이 바닥에 안착하자 모든 환골탈태의 과정이 끝난 듯 그의 몸을 두르고 있던 푸른 빛이 사라져 버렸다.

맹정우와 남해노조는 방구병에게로 다가갔다.

벌거벗은 채로 누워 있는 방구병을 물끄러미 바라보던 맹정우가 한마디 날렸다.

"환골탈태를 하면 어마어마한 미남이라도 될 줄 알았더니, 그리 잘생긴 얼굴은 아니군!"

남해노조가 한마디 덧붙였다.

"원래 생긴 본바탕이 있는데 얼굴 허물 한번 벗었다고 호박이 수박 되겠느냐?"

제14장

시대는 영웅을 부른다

시대는 영웅을 부른다

대략 구월 중순으로 추정되는 어느 날의 일기.

절벽에서 떨어져 이곳 마교의 유적지에 머무르고 있는 지도 벌써 오 개월이 지났다. 무공 수련 외에는 도무지 할 일이 없는 곳인지라 심심하던 차에 간만에 일기를 몇 자 적어본다.

환골탈태한 지도 장장 오 개월이 지났지만 구벙이 놈의 벌어진 입은 아직도 닫혀질 생각을 하지 않고 있다. 처음에는 오죽 좋으면 그럴까 생각했었지만 오 개월이 지난 지금까지 '이제 잠룡이 출해할 시점이 얼마 남지 않았다!'고 외치며 실실 쪼개고 다니는 꼴을 계속 봐줘야 하는 것이 참으로 보통 고역이 아니다. 그 밉살스런 면상을 보고 있자면 두들겨 패고 싶은 마음이 들어 주먹이 근질근질해지는 요즘이지만 조금만 더 참아보자며 인내하는 중이다.

녀석은 그토록 소원이던 남해노조의 제자로 입문하고서 열심히 태양신공인가 뭔가 하는 것을 수련하고 있다. 집중력이 없고 주의 산만하기로 둘째가라면 서러워할 놈이지만 이번만큼은 워낙 간절히 원하던 것을 얻은 다음이라 그런지 제법 집중하고 있다. 저대로만 계속하면 상당한 고수가 될 수 있겠다는 생각이 들 정도이다.

나 역시 무공 수련은 열심히 하고 있는 중이다. 금석진을 부수는 것은 둘 다 지금보다 무공이 더욱 높아져야 가능할 거라고 남해노조가 누누이 강조를 하고 있기에 여기서 나가기 위해서라도 열심히 하지 않을 수가 없다.

구병이가 환골탈태하기 직전에 본 두 번째 환상 체험 이후로 무공이 또 한 단계 진일보한 느낌이 든다. 첫 번째 환상 때도 그랬던 경험에 비추어 볼 때, 내가 본 영상들은 환상이나 꿈이라기보다는 아주 어릴 적의 기억이 내공심결의 특수한 작용으로 잠시 되살아났던 것 같다.

특히 왕 노인이 내 머리에 손을 댔을 때, 또 떼었을 때가 환상의 시작점과 끝점이었다는 것이 상당한 의미가 있는 것 같다.

아직까지도 믿어지지 않지만 환상에서의 대화로 미루어볼 때 왕 노인이 화산파의 꽤 높은 지위의 도사인 듯했고, 그는 내 머리에 손을 대고 자신이 익힌 어떤 무공을 전수해 준 듯싶다.

왕 노인은 당시 '자하신공의 상원심결'로 내 머리에 뭔가 수작을 부렸다고 했었기에 환상에서 깨어난 후 남해노조에게 물어보았다. 혹시 자하신공과 상원심결을 아느냐고. 남해노조는 자하신공이 화산파의 최상승절기이고, 상원심결은 타심통(他心通)의 한 단계 위의 수법으로 상대의 마음에 시전자의 의지를 심어 넣을 수 있는 고등의 수법이라고 했다.

당시 대화를 기억해 보건대 왕 노인은 그 수법으로 무공 하나를 내 머리

속에 주입시켰고, 그 무공은 어떤 검의 보석에서 얻은 내공심법이었다. 그런데 그 보석이 달린 검은 다름 아닌 팔성검이었다.

이 기묘한 환상이 그저 내 머리 속의 유년 시절 기억이 뒤죽박죽 엉켜서 만들어낸 개꿈이라고 결론을 내리기에는 마지막 장면이 너무나도 절묘했다. 하필 왕 노인이 나에게 전수해 준 무공이 팔성검의 내공심법이라니! 만약 그 환상이 사실이라면 그동안 수수께끼 같았던 수많은 현상들이 모두 완벽하게 설명이 된다.

육 개월을 고련해야 익힐 수 있다던 금나수법을 불과 삼 일 만에 익힌 것도, 십 년, 이십 년을 수련해야 터득할 수 있을 거라던 경신법과 내공심법을 단시일 내에 익혔던 것도 내가 아주 어렸을 때부터 본능적으로 터득하고 있던 무공이었기 때문이라면 전혀 이상할 것이 없게 되는 것이다.

그 환상이 사실이라면 왕 노인은 아마도 내가 잘 자라고 있는지 아버지 대신 살펴보기 위하여 사이비 침술사로 분장하고 때때로 찾아왔던 것일 게다.

그는 내 몸속의 내공심법이 잘 발현하고 있는지 검사하기 위해 수시로 나를 진맥했고, 기혈의 흐름이 안 좋거나 할 때 침술을 시전하여 내 몸을 정상으로 돌렸을 것이다.

당연히 그 침술은 나에게만 적용될 수 있는 특수한 수법이었을 것이니, 내가 침술사로 잠시 나서서 나 자신 외의 다른 환자에게 그 수법을 썼을 때 환자가 죽는소리했던 것도 어찌 보면 당연한 일이었다.

그 환상이 사실이라 가정할 때 가장 충격적인 것은 내 아버지가 아직 살아 있을지도 모른다는 것이다. 세월이 꽤 흘렀으니 왕 노인은 죽었을지 몰라도, 아버지는 나이가 아직 있으니 사고만 나지 않았다면 분명 살아 있을 것이다. 옥운이란 도호를 남해노조에게 물어보니 놀랍게도 화산 장문인의 도호라는 대답을 해주었다. 내가 과연 환상 속에서 제대로 들은 것일까? 아버지의 도호가 정말 옥운이고, 또 화산 장문인이 맞는 걸까?

한시라도 빨리 밖으로 나가서 아버지를 확인하고 싶은 마음이 들기도 했지만, 그런 마음은 잠시 뿐이었다. 이때껏 죽었을 거라고 생각했던 사람이 살아 있을지도 모른다는 사실을 알게 되니까 반갑다기보다도 좀 생뚱맞다는 느낌이 들고 있다. 화산하고 서안하고는 그리 먼 거리도 아닐진대 뭐 그렇게 대단한 신분이라고 한번을 찾아오질 않는단 말인가? 부모 없이 자라는 자식 심정은 전혀 생각하지 않았단 말인가?

계속 아버지에 대해 생각해 봐야 좋은 감정이 생길 것이 없었고, 악감정만 늘어나는 것 같아 이제껏 늘 그래 왔듯 시큰둥해지기로 했다. 나중에 나가면 서안 돌아가는 길에 화산에 잠깐 들러 면상이나 한번 쓱 보고 지나갈 작정이다.

서안 돌아가는 얘기가 나와서 말이지만, 여기서 나가면 강호 영웅이고 뭐고 다 때려치우고 낙향할 생각이다. 절벽 아래로 추락하면서 그 짧은 순간 동안 여러 가지를 생각했었는데 살아나면 다시는 이 짓거리 하지 말아야 하겠다는 결론을 맺었다. 뭐 할 일이 없어서 허구한 날 칼 하나에 생명을 담보 잡힌 채 이리 치고 저리 박고 해야 한단 말인가?

생각해 보면 강호에 나와서 하루도 편한 날이 없었다. 수적하고 싸우고 산적하고 싸우고 나중에는 관에서 튀어나온 강시에다가 옛날얘기에나 나옴직한 괴물들하고도 싸웠다. 몇천 장이 넘는 절벽 밑으로 추락하기까지 했다. 그러고도 아직까지 숨을 붙이고 있는 것을 보면 명줄이 길긴 보통 긴 게 아닌 모양이지만, 이제 더 이상 운빨만 믿고 버티기에는 한계에 다다른 듯하다. 당장 여기서 나가도 천하제일세니 뭐니 하는 철혈방 놈들과 싸워야 하고, 또 그놈들이 괴물같이 강한 강시까지 부리고 있을 테니 승산도 별로 없어 보인다.

이제 돈도 많이 벌었고, 여자는 아직 진행형이긴 하지만 적어도 둘 정도는 확실히 꼬신 듯하고 해서 이쪽에 더 미련 둘 일도 없다. 나가자마자 만금전장에 맡겨둔 십만 냥을 찾은 다음에 서안으로 돌아가 그걸 밑천으로 큰 장사나 해볼 작정이다.

그러자면 한시라도 빨리 무공을 완성시켜 그 빌어먹을 금석진을 뽀개야 한다. 두 번째 환상 체험을 겪은 이후로 다시 내공이 진일보한 듯하니 이제 조금만 더 내공이 높아지면 마지막 남은 여덟 번째 보석을 뽑을 수 있을 것 같다. 모르긴 몰라도 여덟 번째 보석을 뽑는 순간 내 무공은 금석진을 부술 경지에 다다를 것이다. 과연 그날이 언제 올는지…….

*   *   *

근 백 년간 평화를 유지하던 강호에 마침내 피바람이 불기 시작했다.

가장 먼저 소요가 일어난 곳은 중경 북부의 철혈방 사유지였다.

강호제일패를 노리는 철혈방과 그들의 확장을 경계하는 무림맹 간의 큰 충돌이 벌어졌고, 양쪽 다 다수의 사상자를 낸 채로 향후 이어질 거대한 전투의 전초전이 종료되었다.

사건이 벌어진 직후 무림맹은 철혈방을 무림공적으로 선포했다. 백년 전 멸망한 마교의 수법을 이용하여 혈강시란 괴물을 만들어 강호전복을 노리고 있다는 것이었다.

철혈방도 즉각 성명을 내고 반박했다. 철혈방을 비롯한 칠패의 성장에 심각한 위기 의식을 느끼던 무림맹이 제 밥그릇 챙기기에 나섰다는 요지였다. 무림맹이 마교 운운하며 자신들에게 누명을 씌우려 한다는 그들의 주장에 힘을 실어준 것은 다름 아닌 남궁, 황보, 모용씨의 삼대세가였다.

무림맹의 큰 기둥이었던 삼대세가 출신의 무림맹 전임 장로들이 무림맹주 청천 진인과 그 휘하 각료의 비리를 폭로한 것이다. 가신과 함께 전횡을 일삼던 무림맹주가 비리가 들통날까 두려워 외부 세력에게 시비를 건 것이라는 게 그들의 주장이었다.

무림맹은 삼대세가가 철혈방의 돈에 눈이 멀어 맹을 배신하고 맹주에게 누명을 씌운 것이라고 항명했고, 상황은 점점 복잡해져 누가 진실을 말하고 있는지 알 수 없게 되어버렸다.

강호의 정황이 갈수록 복잡 미묘하게 전개되자 이곳저곳에 연줄이 복잡하게 얽힌 관부는 일찌감치 중립을 선언해 버렸다. 무림인들 문제는 무림인들끼리 해결하라며 관부가 발을 빼자 곧 무림의 거의 모든 방파들이 망라된 일대 전쟁이 벌어졌다.

무림맹은 전통의 구파일방과 그들의 속가, 그리고 칠패 중에 비교적 맹에 호의적이던 철권문과 창천보가 속한 연합 세력을 구축했고, 철혈방은 새로이 철무련(鐵武聯)이란 연맹을 만들어 칠패 중 사패를 비롯하여 무림맹에 반기를 든 삼대세가, 그리고 새외의 세력까지 끌어들이는 기민한 수완을 발휘했다.

특이한 것은 칠패의 쌍룡회와 일월문이었다. 친무림맹으로 알려져 있던 일월문은 의외로 중립을 선언했고, 친철혈방으로 분류되던 쌍룡회는 형산에서의 강시 소동이 철혈방에 의한 것이라는 무림맹의 주장을 받아들여 무림맹 측에 가담했다.

한편 호시탐탐 중원 진출을 노리고 있던 초연흠의 세력은 철혈방의 제안에 옳다구나 하며 마침내 섬서성으로 진출했다. 그들은 섬서성에 대기 중이던 화산파 주축의 무림맹과 충돌을 했는데, 그것이 무림맹과 철무련 간의 첫 전투였다.

누구의 도움 없이 단독으로 중원 진출을 노리던 초연흠이었던 만큼 새외 세력의 전력은 상상 이상이었다. 최근 침체기인 화산파가 그들을 막기란 역부족이었고, 결국 본산을 내팽개친 채로 화산파는 눈물의 후퇴를 해야 했다.

첫 교전에서 섬서성을 차지하는 기세를 올린 철무련은 쾌속 진격을 거듭하여 사천성 전체와 호광성 중부까지 단숨에 차지하는 개가를 올렸다.

급하게 세를 규합한 무림맹과는 달리 그들은 마치 한참 전부터 전쟁을 준비해 온 것처럼 조직적인 체계를 갖추고 무림맹을 압박해 들어갔다. 전세는 철혈방 쪽으로 크게 기울었고, 무림맹은 후퇴에 후퇴를 거듭했다.

힘없이 밀리던 무림맹의 반격이 시작된 장소는 중부의 호광성이었다. 무당파를 주축으로 호광성 장강 이북에 단단한 방어선을 구축한 무림맹은 북상하는 철무련을 철저히 막아냈고, 쾌진격을 거듭하던 철무련의 행보는 호광성에서 잠시 멈추게 되었다.

철무련의 진격이 주춤해진 사이 무림맹은 왜구와 결탁하여 산동, 하북 등지에서 소요를 일으키던 황룡문과 구궁보 등 철무련의 동맹 세력들을 차례차례 쓰러뜨렸다. 연맹에 가담한 사패 중 이패가 쓰러지자 욱일승천하던 철무련의 기세도 조금 주춤해졌고, 호광성 중부의 교착 상태는 지속되었다.

교착 상태가 이어지던 중 전세가 철무련 쪽으로 급격하게 기우는 사태가 발생하고 말았다. 중부 방어선의 가장 중요한 지형인 장강을 주름잡고 있는 장강수로채를 철무련에서 끌어들인 것이다.

장강의 패자인 장강수로채가 철무련으로 향하면서 교착 상태는 순식간에 깨어져 버렸다. 장강을 방어선 삼아 근 일 년간 버티던 무림맹의 중부 방어선이 수로채와 철무련의 연합 공격에 밀려 붕괴되었고, 무림맹의 방어선은 북부의 무당산 근처까지 밀려나 버렸다. 호광성이 철무련에게 완전히 함락되는 것은 시간문제였다.

철무련의 진격은 호광성에서 멈추지 않았다. 철무련은 호광성, 그리고 그에 인접한 하남성을 차지하게 되면 승세를 굳히는 거라고 보고 있었다. 게다가 하남성 개봉에는 무림맹의 총단이 있으니 개봉만 함락시키고 나면 무림맹 측의 사기는 급전직하할 것이고, 전쟁은 손쉽게 끝날 수도 있겠다는 예상이었다.

이러한 상황을 고려한 철무련의 책사 제소운은 섬서를 차지하고 있는 초연흠에게 하남성 바로 위의 산서성으로 침투해 줄 것을 청탁했다. 초연흠은 산서성으로 진격했고, 강력한 그의 세력은 창천보를 위시한 산서성의 무림맹 세력을 하남성으로 패퇴시켰다.

산서성이 함락되고, 조만간 무너질 듯한 호광성까지 철무련의 손아귀에 들어가게 될 듯하자 무림맹에는 서서히 패배의 암운이 드리워지기 시작했다.

강호의 협의지사들은 이러한 작금의 상황을 우려 섞인 눈으로 바라보고 있었다.

존재 의미가 많이 퇴색되긴 했으나 무림맹은 여전히 강호 정의의 상징적인 존재였다. 반면 칠패가 주축이 된 철무련의 경우, 지나치게 자파의 이익만을 중시하는 무리들로 구성되어 있었다.

만일 그들이 이 전쟁에서 승리하게 되면 강호는 오직 금전과 이익만을 추구하는 온갖 세력들이 범람하게 될 것이고, 그들은 악덕 상인들과 결탁하여 온갖 부정축재를 쌓아갈 것이 불을 보듯 뻔했다.

바야흐로 무림맹으로 대변되는 강호의 정의가 무너지고 자신의 이익을 위해 타인을 해하는 자들이 승리하는 때가 도래하고 있었다.

정의와 협의가 무너져 가는 것을 애통해하는 모든 강호인들은 간절히 소망했다. 불의한 승리자들을 쓰러뜨려 줄 진정한 영웅이 어디에선가 나타나주기를.

*　　　　　*　　　　　*

무림맹과 철무련의 전쟁 시발점이 된 장소로 유명한 중경 북부.

장강 변에서 남쪽으로 한참 내려가다 보면 돌무더기로 이루어진 산이 하나 보인다.

집채만한 돌무더기를 거인이 하나하나 쌓아 올려 만들었다는 이야기가 떠돌아 적석산(積石山)이라 불리는 이 산이 어느 날 밤 조금씩 흔들리기 시작했다. 마치 지진이라도 일어난 듯이 산 전체가 흔들리더니 갑자기 산의 옆면 한쪽이 화산 분출이라도 하듯 펑 소리와 함께 터져 나갔고, 쌓인 돌무더기가 산산이 부서지며 저 멀리 장강까지 튀어나갔다.

아래쪽 측면이 붕괴되자 위에 쌓인 돌들이 붕괴된 자리를 메울 듯 무너져 내렸지만, 붕괴된 자리에서 또 한 번 폭발이 일어나며 떨어져 내리는 위쪽 돌들까지 사정없이 날려 버렸다. 폭발이 연속으로 세 번 더 일어나자 돌산의 절반이 형체도 없이 사라져 버리고 말았다.

폭발음이 사라지고, 폭발의 여파로 온 돌산을 뒤덮었던 자욱한 먼지가 서서히 걷혀질 무렵, 산의 안쪽에서 호탕한 웃음소리가 새어 나와 반만 남은 돌산을 쩌렁쩌렁 울렸다.

"아하하하! 하하하하! 으하하하하하! 마침내 잠룡출해의 길이 열렸구나! 기다려라, 세상아! 기다려라, 강호여! 이제 경천객 방구병의 시대가 도래할 순간이로다!"

『영웅탄생』 6권에서⋯